실수없이 제대로 사랑할 수 있을까?

Antimanuel de Psychologie

실수 없이 제대로 사랑할 수 있을까?

Antimanuel de Psychologie

© by Éditions Bréal 2009
ISBN 2 7495 0918 1

펴낸날 초판 1쇄 2011년 9월 5일 │ 지은이 세르주 에페즈 │ 옮긴이 배영란 │ 펴낸이 정우진 │ 펴낸곳 황소걸음
북디자인 송원철 │ 출판등록 제22-243호(2000년 9월 18일) │ 주소 서울시 마포구 신수동 448-6 한국출판협동조합 내
편집부 02-3272-8863 │ 영업부 02-3272-8865 │ 팩스 02-717-7725 │ 이메일 bullsbook@hanmail.net
ISBN 978-89-89370-75-8 03180

실수 없이 제대로 사랑할 수 있을까?

Antimanuel de Psychologie

세르주 에페즈 지음

배영란 옮김

황소걸음
Slow & Steady

정신의학, 심리학, 사랑학

"금지하는 것을 금지한다."

내가 의대에 진학한 때는 68혁명기였다. 당시 대학가는 온통 굉장한 슬로건으로 도배되었다. 프랑스의 1970년대는 모든 면에서 유별난 시기였다. 굴레가 깨지고 사회규범이 무너졌으며, 사람들은 구속에서 벗어났다. 소외에서 해방을 추구한 이 엄청난 사회운동은 내가 몸담은 정신의학계까지 뒤흔들었다. 그리하여 정신병원의 빗장이 열리고 사람들은 반反 정신의학을 논했으며, 정신 질환자를 사회적으로 받아들이는 문제를 이야기했다. '광기'의 개념과 입지도 달라졌다. 사람들은 사회적 환경이 심리적 고통과 정신 질환에 미치는 영향에 줄기차게 의문을 제기했고, 정신 질환자들이 선천적인 정신이상으로 아파한다는 식의 낡은 사고에서 벗어나려고 부단히 노력했다. 이제 '정신병자'라 불리는 사람들은 세상의 보호를 받고, 세상은 보다 믿을 만한 곳으로 거듭났다.

켄 로치Ken Loach 감독의 영화 '가족생활Family Life'(1971)에서는 한 소녀가 가족 때문에 미쳐가는 과정을 보여준다. 반 정신의학의 아버지 데이비드 쿠퍼David Cooper가 사회에 일침을 가한 『가족의 죽음The Death of the Family』(1971)도 있다. 이 책은 가족 관계가 어느 정도로 병적일 수 있는지 설명해주었다. 그 뒤를 이어 브루노 베텔하임Bruno Bettelheim과 모드 마노니Maud Mannoni는 '잘못된 부모' 때문에 아이들이 어디까지 황폐해질 수 있는지 보여주었다. 정신분석에 심취하고 세상을 바꾸려는 의지에 불타오르던 우리는 올바른 제도를 만들겠다는 꿈을 꾸었다. 지나치게 규범적인 이 사회와 기형적인 가족 내부의 해로운 관계를 청산하고, 대신 유연하고 자유로운 인간 관계를 정착시킬 올바른 제도를 만들려는 것이다.

· · ·

대학 병원에서 정신과 인턴으로 있던 나는 미국에서 들여온 '가족 치료'라는 새로운 치료법을 접했다. 가족 치료에 따르면 사람을 미치게 만들 정도로 해로운 집단에서 고통 받는 건 개인이 아니라 가족 전체의 문제며, 가족 구성원 전체가 힘들어하는 건 가족 내의 관계가 치명적이기 때문이다. 당시 나의 환자들은 대부분 대학생이었다. 우리는 환자의 치료에 가족을 끌어들였다. 환자와 그 가족을 모두 상담했으며, 상담은 하루 종일 계속되기도 했다. 우리는 상담을 거듭하며 구성원의 관계에서 발생한 문제를 해결하는 게 이들을 어떻게 바꾸는지 지켜봤다.

치료 효과는 확실했다. 지나치게 경직된 가족 관계를 부드럽게 풀어주자, 개인 면담을 하거나 약을 처방한 경우보다 환자의 증상이 눈에 띄게 호전되었다. 가족 구성원 모두 그동안 자신의 능력에서 벗어나는 역할에 얽매여 있었다는 사실을 인정했고, 이러한 구속이 상황을 고착시키며 변화를 저해한다는 점을 받아들였다. 가족 치료는 희생양인 환자 대 가해자인 부모라는 구도에서 탈피하게 해주었으며, 서로 상대방을 탓하는 데서 벗어나 협력하게 만들었다. 이러한 가족 치료는 소위 '먹혀드는' 방법으로, 치료의 새로운 지평을 열었다.

· · ·

나는 관계의 위력을 실감했다. 개인은 의식적·무의식적 관계로 얽힌 세계에서 태어나고 성장하며, 관계는 개인에게 하나의 자리와 역할을 부여하고, 인간으로서 해야 할 행동을 제시하며, 때로는 구속하기도 한다. 여기에는 가족 간의 관계는 물론, 남성성과 여성성, 모성, 형제애를 정의하는 사회 규정도 포함된다. 나는 정신 구조와 개인의 삶, 사람 사이의 관계, 사회 전체의 교집합 부분을 연구하고 싶었다.

생태학에서는 지구 환경 훼손에 경고하는 뜻으로 "이 땅은 우리가 조상에게서 물려받은 게 아니라 미래 세대에게 빌려 쓰는 것"이라는 말을 자주 한다. 생태학에서는 우리와 환경의 관계를 정의하지만, 이 관계를 만든 게 우리가 아니라는 사실과 우리는 선대에게서 물려받은 역사를 단순히 간직하는 존재가 아니라는 점은 어떻게 설명할까? 관계는 '늘 거기에' 있었고, 살아가는 내내 전수되며, 과거는 미래 세대와 접촉함으로써 재창조되고 쇄신되며 변해간다.

우리는 모두 부모, 형제자매, 할머니와 할아버지, 아내와 남편, 친구, 토템과 조상, 집 그리고 집 안의 물건들에 엮인 존재다. 그뿐인가. 자신과 얽히고, 가풍과 가훈에 엮이며, 우리가 살아가는 이 사회와 우리를 둘러싼 이 자연에도 얽힌 존재다. 우리의 정신 구조는 의식적 관계와 무의식적 관계가 얽히고설킨 우주다. 그 안에서는 우리의 생각과 믿음, 감정, 기억들이 서로 엮이며, 이 같은 관계에서 벗어나는 건 늘 고통의 근원이 된다.

. . .

관계는 무너졌을 때 그 존재감이 드러난다. 격한 기질이 표출될 때나 실연 당한 연인이 온갖 상념에 사로잡혔을 때, 어머니가 오랫동안 생기 없이 눈물로 하루하루를 보내고 있을 때처럼 관계와 관련한 문제가 생겼을 때도 그 존재감이 드러난다. 오늘날 우리는 자립성을 우선시하며, 사회집단이나 연인 혹은 가족의 구속에는 반대하려고 애쓴다. 그리하여 우리는 늘 자신의 정체성은 유지하면서 관계를 엮어나갈 수 없는지, 세상과 연결된 느낌은 간직하되 지나치게 의존하지 않은 방법은 없는지 궁금해한다.

우리는 관계와 사랑이 하나라거나, 관계를 만들어내는 게 사랑이라거나, 관계가 반드시 사랑에서 비롯된다는 착각에 곧잘 빠진다. 그런데 자유는 우리가 자기 의지에 따라 좋아하는 사람에게 다가가거나 싫어하는 사람에게서 멀어지는 게 아닌가. 부부와 연인 사이에서 사랑이 둘을 이어주는 접착제 역할을 하지만, 그 근거가 될 수는 없다. 연인이나 부부가 된다는 건 집단과 사회, 제도를 만들어 어떤 역사, 어떤 문화, 어떤 정신, 어떤 이상과 가치를 심으려는 충동(심리학 용어로 쓰일 때는 식욕이나 성욕처럼 인간을 내부에서 행동으로 몰아내는 힘을 말한다.─옮긴이)과 관계가 있다. 그리하여 이를 전수하고 영원하도록 만드는 것이다. 관계의 작업을 끊임없이 이어가겠다는 의지의 발현인 셈이다.

· · ·

웃음은 때로 예기치 못한 관계를 구축하는 능력을 보여주며, 일상적 논리의 진부함에서 벗어나 우리가 낯설다고 생각하던 세상 사이에 다리를 놓는 힘이 있다. 이는 세계 곳곳에서 보편적으로 나타난다. 선량한 부부가 한결같은 가정생활을 유지하려고 애쓰다가 어느 날 아내가 결국 폭발했다. "내가 왜 당신을 사랑했는지 정말 모르겠어. 당신과 나는 아무 상관도 없는 사람이고, 모든 면에서 너무 달라. 문화도 다르고, 살아온 길도 다르고, 부모님도 공통점이 전혀 없어. 심지어 영화나 연극 한 편을 볼 때도 의견이 달라. 취향도 다르고, 친구들도 다르고, 하는 일도 다르잖아." 그리고 이렇게 덧붙인다. "심지어 섹스 취향도 우린 아주 다르잖아?!" 둘은 웃음을 터뜨리며 서로 그러안는다.

부부 상담은 내게 이런 생각에 확신을 심어준다. 사랑하는 두 사람이 만나는 건 두 개의 정신 구조, 두 개의 역사, 두 개의 사정, 두 개의 가족이 만나는 걸 의미한다. 관계는 전적으로 자유로운 상태에서 만들어내는 것이라 생각하겠지만, 이는 존재하면서 우리를 엮어주는 수많은 관계들의 변형된 형태에 해당한다. 내가 만나는 여러 부부들은 이 모든 논리들이 작용하는 작은 실험실이다. 나에게 심리학이란 관계에 대해 연구하는 학문이다. 관계가 무리 없이 이어질 수 있도록 도와주는 것이다. 정신 구조는 지금 여기뿐만 아니라 과거와 조상, 역사, 정신적 외상, 사회의 사람들을 이어주는 가운데 사람들의 관계 속에서 돌아다니는 하나의 물질이라고 본다. 우리의 지대한 관심사인 사랑이란 관계를 활성화하기 위해 정신 구조에 반드시 필요한 심리적 연료에 해당한다.

순응의 방식으로 환경에 적응해가는 것 외에 무엇이 우리에게 살아 있다는 느낌을 줄까? 보잘것없는 한 가닥 인연, 심장이 뛰는 속도, 살아 있다는 확신을 안겨주는 몸짓, 대수롭지 않은 무엇, 내 안으로 받아들인 뒤 내게서 일어나는 무엇 같은 게 아닐까? 관계란 생각한다고 만들어지는 게 아니며, 단순한 표현으로도 성립되지 않는다. 관계란 몸에서 발산되는 모든 것을 기반으로 정신적인 뜨개질을 해나가는 것이다.

영국의 유명한 소아과 의사 도널드 W. 위니캇^{Donald W. Winnicott}이 지적한 대로 놀이에 몰입한 아이의 모습보다 관계를 잘 나타내는 게 있을까? 위니캇은 놀이터의 중요성을 강조하면서 안과 밖, 자아와 비아, 상실과 존재, 아이와 어머니가 교류하는 장을 보여준다. 놀이는 시와 마찬가지로 한 공간에서 다른 공간으로 이동할 수 있게 해준다. 놀이에서 나로 이어지는 놀이터는 유동적인 경계의 기항지이자, 현실의 기반이 되는 만남과 이별의 과도기적 공간이다. 위니캇이 사용한 모든 용어는 순환, 여행, 과정, 수용력의 개념을 가리킨다. '논다'는 하나의 움직임 속에 몸과 사고를 모두 조합시킨다는 의미고, '존재한다'는 존재한다는 느낌 속에서 존재함을 느끼는 것이다.

· · ·

따라서 우리의 사랑은 인생이라는 항로에 발을 들여놓는 순간부터 시작된다. 생후 6개월 된 아이도 속으로 '엄마가 여기 없는 건 다른 데 있기 때문이야'라고 생각하며 놀 수 있다. 욕구는 부재에서 생겨나며, 언어는 욕구를 길들이고 결핍 상태를 견딜 수 있게 만들어주는 방식이자, 다른 사람이 죽거나 사라질 수 있다는 생각을 쫓아주는 방식이다. 타인의 부재는 버려짐의 시련이다. 타인은 돌이킬 수 없이 떠나는 사람이 되고, 남아 있는 사람은 속으로 '내가 사랑한 것보다 덜 사랑받는 모양'이라고 생각한다.

'나는 당신을 사랑한다'는 말은 나와 당신을 끈끈하게 이어준다. 주체와 객체는 이러한 결합에 따라 생명을 부여받는다. 마법에 걸려 추하게 살아가던 야수는 미녀를 사랑하고, 미녀는 야수에게 사랑을 느끼지 않지만 결국 야수의 고백에 넘어가 "야수, 나도 당신을 사랑해요"라는 기적과 같은 말을 하면서 새롭게 화려한 삶이 시작된다.

· · ·

하여 나는 '사랑학자'가 되었다. '관계학자'라고 해야 할지도 모르겠다. 20세기 초만 해도 정신과 의사를 '사회에서 벗어난 사람들의 전문가'란 의미에서 aliénistes라고 불렀으니, 소외에서 해방시키는 사람의 뜻으로 désaliénistes라고 해도 무방하다고 본다. 이는 『실수 없이 제대로 사랑할 수 있을까?』라는 이 책이 사랑에 대해서만, 우리를 이어주는 관계에 대해서만 이야기하는 이유다. 바로 그게 우리를 구축하기 때문이다.

차례

Part 2 인간에게 어떻게 사랑이 올까?

'Vicky', 로이 리히텐슈타인Roy Licthenstein, 1964.

'너'를 (이해하길) 원하는 '나'

• • • '인간의 머릿속에는 무엇이 있을까? 가슴속에는 무엇이 있으며, 마음속에는 또 무엇이 있을까? 인간이 엮어가는 관계는 어째서 그렇게 복잡하고 혼란스러우며, 왜 그렇게 문제가 생기고, 이해하기는 왜 그렇게 힘들까? 서로 가까워지고 멀어지며, 만나고 헤어지는 것이 우리에게는 왜 그토록 필요한 일이면서 왜 그렇게 두려운 일일까? 그토록 오래전부터 제기해온 '사랑이란 도대체 어떻게 해야 할까?'라는 질문에 심리학은 어떤 설명을 제시할 수 있을까?

1

우리의
머릿속에는
무엇이
들어 있을까?

프랑시는 자살하기로 결심했다.

그러던 중 친구들과 가족이 모두 끔찍한 사고로 죽었다.

프랑시는 망연자실했다. 당장 생을 끝내고 싶었다.

그런데 갑자기 자살하면 아무도 이를 알지 못할 것이며, 자신의 죽음 따위에는 아무도 신경 쓰지 않으리란 사실을 깨달았다.

자존심이 상한 프랑시는 일단 사람들을 만나보고, 자살은 그다음에 하기로 결심했다.

불행하게도 프랑시는 아주 좋은 친구들을 만드는 바람에 삶의 의욕을 되찾았다.

　　잡지 기자들은 한 가지만 꿈꾼다. 때로 인간의 삶을 복잡하게 만들기도 하는 '사랑'이란 기이한 현상이 도대체 어떤 원리로 일어나는지 설명해줄 '사랑학 전문가'가 되는 것이다. 심장 전문의가 심장의 활동을 면밀히 밝혀내고 이상 기능을 진단한 뒤 처방전을 하나 이상 제시하여 모든 걸 제자리로 돌려놓듯이 가급적 자세하고 명확하게 말이다. 신문 가판대와 서점에는 실용서와 심리 테스트, 사랑에 성공하기 위한 10가지 방법 등이 넘쳐나며, 하나같이 차분하고 효율적으로 문제에 다가가기 위한 방식을 제시해준다고 자부한다.

　　내 이상형에 관한 10개 항목에 체크함으로써 확실하고 검증된 '내 영혼의 단짝'을, 그것도 심리학 책 한 권을 읽는 것보다 짧은 시간에 만날 수 있게 해준다는 기적의 인터넷 사이트가 얼마나 많은지 헤아릴 수조차 없다. 따라서 남자는 어떻고 여자는 어떤지 배운 뒤, 각각의 특성에 맞게 생겨난 방정식을 풀 줄만 알아도 최상의 행복에서 허우적대는 이상적인 커플이 될 수 있을 것 같다. 문제가 있는 연인들은 이해가 될 때까지 그 모범 답안을 반복 학습하고, 사랑이란 미묘한 문제지만 잘 수립된 법칙을 적용할 수 있는 기계와도 같으므로 이를 잘 다루는 법을 배우면 그토록 바라던 행복에 다가갈 수 있다.

다행인지 몰라도 인간은 몇 가지 이론에서 설명하는 것보다 훨씬 복잡하고 흥미로운 존재다. 제아무리 탄탄한 이론이라도 인간은 이를 넘어선다. 현실은 전혀 딴판이다.

정신적 재료

일단 우리를 둘러싼 현실 세계의 재료에 대해 알아보자. 우리가 살아가는 세계를 구성하는 물질에 대해 알아보는 것이다. 살아 있는 물질을 다루는 생물학계에서는 물질이 구성되는 비밀을 조금씩 파헤쳤다. 우리의 몸이 움직이게 만들고, 우리가 그럭저럭 좋은 상태로 살아가게 만드는 모든 생리적 · 화학적 · 호르몬적 과정을 밝혀준 것이다. 생물학적 관점에서 연구한 이후, 인간은 이러한 생물적 현실에 보다 익숙해졌다.

연구와 발견이 거듭되면서 생물학은 몇 가지 객관적인 결론을 도출할 수 있었다. 우리의 생물적 현실이 어떤 원리로 돌아가는지 심도 있는 이해를 도와주고, 필요한 경우 의사가 끼어들 계제를 마련해주는 결론을 끌어낸 것이다. 이제는 신체적·생물적 변수를 꽤 정확하고 능숙하게 다루면서, 병든 심장을 잘라내고 그 자리에 다른 사람의 멀쩡한 심장을 이식하는 법도 안다. 대체적으로 모든 게 정말 '순조롭게 돌아가고', 그런 상태가 몇 년간 유지될 수 있도록 하기 위해서다. 지금 우리는 어느 신경을 연결하면 욕구와 기쁨의 호르몬을 대거 방출하며 두려움과 불안감의 생리적 경고 신호를 보내는지 보다 잘 알고, 심지어 어느 사람에게 거의 반사적으로 끌리거나 거부감이 드는 호감과 반감 기제를 유발하는 신경 연결 상태에 대해서도 잘 안다.

이와 더불어 객관적이지 않은 심리적 현실도 있다. 예를 들어 심장이식을 받고 이 심장이 기계적 관점에서든 생물학적 관점에서든 새로운 신체 환경에 완벽하게 적응한 사람이라도 새로운 심장을 거부하지 말아야 한다는 심리적 고충을 겪을 수 있으며, 때로 이는 심각한 상황에 이르기도 한다. 또 인터넷 만남 사이트에서 체크한 조건과 100퍼센트 부합하는 이상형이라도 기대와 다르게 실망스럽거나 전혀 사랑스럽지 않을 수 있다. 행복하기 위한 모든 조건을 갖췄는데도 무척 불행할 수 있으며, 원하던 것과 완전히 반대되는 사람과 사랑에 빠질 수도 있다. 동일한 상황이라도 더없는 행복을 느끼는 사람이 있는 반면, 참을 수 없는 고통을 느끼는 사람도 있고, 똑같은 방식으로 길러진 쌍둥이 아이도 성격이 전혀 다른 어른으로 자랄 수 있으며, 개인적인 반응 또한 완전히 다를 수 있다.

대뇌의 회백질로 도저히 설명할 수 없는 정신적 재료는 가늠하거나 수량으로 표시하기 어려우며 파악하기도 힘들다. 이는 정신이나 마음이 우리의 몸과 체험, 보다 정확히는 생후 초기의 체험을 바탕으로 형성된다는 정도로 정의할 수 있을 듯하다. 어떻게 보면 이 정신적 재료가 다른 계통의 현실도 지배한다고 생각할 수 있는데, 이는

'나는 안젤리나, 당신은 브래드 인생을 위하여', 알로시네Allociné.

의식의 발달과 관련한 모든 것을 포괄하기 때문이다. 우리는 물리적 현실과 생물적 현실을 초월해야 자기반성 의식을 발달시킬 수 있다. 즉 그래야 생각이라는 걸 하기 시작한다. 인간의 이러한 사고는 심리적 현실의 중심이 되는데, 이게 바로 '우리의 머릿속에 든 무엇'이자 '사고의 학문'인 심리학의 핵심이다.

파악되지 않는 현실

　　생각을 파악하기 힘든 것은 사고의 주관성 때문이다. 우리는 묘사의 대상인 동시에 주체다. 우리는 현실에 대해 생각하는 순간부터 현실에서 멀어지는데, 이를 벗어나기 위해 인간의 정신은 심상 세계를 발달시킨다. 그렇게 함으로써 현실에 영속성을 부여하고, 이를 이해하며 자기 것으로 소화하는 것이다.

　상상과 환상으로 가득한 심상은 우리의 내면에서 발달한다. 심상은 경험의 연속에 따라 끊임없이 달라지는 '환상'이 된다. 우리가 환상을 만들어냄에 따라 환상은 우리에게서 멀어지고, 환상이 우리에게서 멀어짐에 따라 우리는 계속 환상을 만들어낸다.

　이러한 사고 가운데 약간은 의식적인 부분도 있다. 우리는 자신이 생각하는 것을 인식하고, 이를 마음속으로 떠올리고 상상할 수 있으며, 대개는 이를 표현하는 것도 가능하다. 이게 늘 쉬운 일은 아니지만 말이다. 그러나 사고는 대부분 무의식적이다. 사고는 우리가 전혀 알지 못하는 사이에 펼쳐지고 전개된다. 기억 속에 저장된 종전의 정보와 관련이 있거나 여기에 영향을 미치는 새로운 데이터가 끊임없이 투입되는 거대한 기계와도 조금 비슷하다.

다른 요소들과도 어느 정도 관계가 있는 이 모든 데이터는 무의식적인 '연상 고리' 안에서 굉장히 은밀하고 복잡하며 예기치 못한 방식으로 조직되고, 무의식적인 연상 고리는 결국 우리의 사고 영역 혹은 그 밖으로 뻗어간다. 무심코 한 말이 듣는 사람에게 비정상적인 분노를 유발하거나, 다른 사람에게는 대수롭지 않은 어떤 몸짓이 우리에게 감동을 주고 눈물을 흘리게 만드는 것도 이 때문이다. 동일한 상황에서 똑같은 태도를

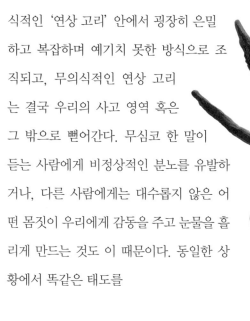

'바위 위의 사색가 Penseur sur rocher',
배리 플래너건 Barry Flanagan, 2002.

보이더라도 뚜렷한 이유 없이 화내는 사람이 있고, 감격하는 사람이 있는 이유도 이것이다. 사람과 사람의 관계가 복잡한 것도, 때로는 일관성이 없는 듯 보이는 것도 모두 이 때문이다.

우리는 무의식적인 부분을 해석하고 추론하면서 시간을 보낸다. 자신에 대해 파고들 때도 있고 다른 사람에 대해 파고들 때도 있지만, 우리가 좋아하는 사람이라면 더더욱 그렇다. 인간의 생각이란 바로 그런 것이다. 다른 사람과 입맞춤할 때, 우리의 머릿속에서는 수많은 기억들이 펼쳐진다. 과거에 '입맞춤한' 모든 기억이 되살아나며, 배신의 입맞춤이나 작별의 키스, 화해의 입맞춤, 하고 싶었는데 하지 못한 모든 키스의 순간들, 내게 해줄 거라고 기대한 모든 키스의 순간들, 부모님께서 해주신 입맞춤, 첫 키스의 추억, 포르노 영화 속의 입맞춤 등이 떠오른다. 뿐만 아니라 키스와 관련된 일이나 이와 전혀 상관이 없어 도대체 뭘 어쩌라는 것인지 알 수 없는 엉뚱한 기억까지 무더기로 떠오른다. 초콜릿 아이스크림, 함께 휴가를 보낸 브르타뉴의 예쁜 집, 다음 주까지 해야 할 일, 이웃과 말다툼한 일, 실업률 증가 등이 생각나는 것이다.

모든 생각들은 수많은 다른 요소들에 의해 끊임없이 머릿속을 파고든다. 여기에는 모든 사건에 특별한 색깔을 칠해주는 감정적 요소도 포함된다. (나의 입술과 상대의 입술, 그의 향기와 취향, 내 몸에 맞닿은 그의 몸 등) 물리적 현실과 (키스가 내게 유발하는 흥분, 가벼운 떨림, 전율, 키스로 내 몸에 나타나는 현상 등) 생물적 현실은 과거와 현재가 혼재하는 상상과 환상의 세계로 끌고 가는 연상 고리를 끊임없이 자극하며 우리의 심리적 현실을 동요하게 만든다. 이 모든 요소들이 뒤섞이면서 키스는 매번 짧거나 긴 내면 여행이 된다.

타인 없이는 아무것도 존재하지 않는다

얼핏 보면 그렇게 합리적인 것 같지도 않은 혼재 상태에 중요한 요소를 하나 더 보태야 한다. 이게 없으면 키스도 아무것도 결코 의미가 없는 핵심적 요소, 바로 '타인'이다. 우리의 생각은 일단 타인의 생각이다. 우리가 자기 생각을 만들어내는 건 타인의 존재를 통해서다. 타인이 우리에게 내보이고 권하며 가르치고 전달하는 것, 우리가 타인에게 내보이고 권하며 가르쳐주고 전달하고 싶은 것들을 통해서 자기 생각을 만들어낸다. 우리의 정신적 재료는 우리가 받아들이는 이 '타인'으로 구성된다. 그 사람, 다른 모든 '타인들'과 관계를 맺는 데 들이는 힘으로 구성되기도 한다. 이런 정신적 재료는 주로 ('그 혹은 그녀는 속으로 무슨 생각을 할까?' 같은) 우리의 심리적 동기와 ('그 혹은 그녀는 내게 무엇을 원할까?' 처럼) 타인의 심리적 동기에 의문을 던진다.

아이가 정서적으로 원하는 것을 들어주지 않는 모든 상황에서 이런 부분이 입증된다. 정서적 욕구는 생리적 욕구만큼이나 중요하다. 16세기에 프랑수아 2세는 신생아들을 탑 속에 가두고 이들에게 말을 걸거나 건드리지 않은 채 먹이고 돌보라는 지시를 내렸다. 아이들과 최소한의 관계도 맺지 말라는 게 그의 특명이다. 아이들은 모두 죽었다. 차우셰스쿠 체제 아래 고아원에서 가축과 다름없이 지낸 아이들의 참담한 실상을 모두 기억할 것이다.

'나에게서 멀어지는 것, 다른 사람에게서 나를 떼어놓다',
길거리 스텐실, 미스 틱Miss Tic, 2003.

아이들은 배를 채우고 보살핌을 받는 것에 더해 어디에 연결되었다는 느낌을 받아야 한다. 정확히 말하면 타인과 애착 관계에 있다는 걸 느껴야 한다는 뜻이다. 생후 처음으로 타인과 맺어지는 이 관계에서 아이의 인격이 구축되며, 이때 타인은 대개 어머니 혹은 어머니 역할을 대신해주는 사람이다. 정신적 재료의 중심이 되는 것도 세상에 태어나 처음 경험하는 애착의 형태다. 정신 구조는 타인과 관계 속에서 만들어지기 때문이다. 타인이 없으면 정신 구조는 존재하지 않는다. 이러한 타인과 관계를 맺는 것은 태어나기 전부터 주어지며, 우리는 그 관계를 존속시키는 타인과 함께 꾸준히 이 관계를 엮어간다.

결코 경직되지 않는 정신적 재료는 그 모든 것들에 따라 꾸준히 바뀌며, 연애를 포함하여 인간의 모든 삶이 이루어지기 위한 원재료이자 정신과 의사들인 우리가 일하기 위한 원재료다. 이 정신적 재료는 좀처럼 파악하기 어렵지만, 침착하게 주의를 기울여보면 몇 가지 굵직굵직한 작동 원리를 이해할 수 있다. 예를 들어 우리의 유년기가 남겨놓은 짙은 흔적이라든가, 우리가 성장하며 살아가는 사회가 미치는 뚜렷한 영향, 자신감의 중요성, 삶에 대한 충동이나 성적 충동 등이 그것이다.

인간은 인간이게 된 이후, 자신의 머릿속에 들어 있는 것에 대해 의구심을 품었다. 뿐만 아니라 주변 사람들의 머릿속에는 무엇이 들었는지, 자기 배우자와 자식들의 머릿속에는 무엇이 들었는지 늘 궁금해했다. 심리학의 발단은 라스코 동굴벽화에서 발견되는데, 인간 외에 그림을 그려서 경험을 표현하고 이를 상징화하며 전수한 동물은 없다. 인간이 다른 동물과 구별되는 것은 자신을 바라보고, 자기 존재에 대해 자문하며, 자신이 어디로 갈지, 어느 사람과 함께 가며 이는 어떤 의미가 있는지 생각해보기 때문이다. 인간의 심리적 현실은 놀랍기 그지없다. 비단 전문가 입장에서 봤을 때만 그런 게 아니라, 일반적인 시각에서도 그렇다.

우리의 정신적 재료가 어떻게 구성되는지 관심을 기울이는 것, 정신적 재료를 구성하는 모든 비합리적인 것들을 합리적으로 만들고 이론화하려고 노력하는 것은 우리가 머릿속에 있는 것들을 좀더 잘 이해하고 발전시키는 데 도움을 줄 기준을 찾게 해준다. 우리는 이를 통해 자기 삶에서 일어나는 일들을 보다 잘 이해할 수 있다.

TEXTES

Françoise Dolto

프랑수아즈 돌토

소아과 전문의, 정신분석학자

비뇌즈 거리

정말 신기한 것이, 나의 정신을 분석할 때면 언제나 '비뇌즈 거리Rue Vineuse'에 관련된 기억의 꿈이 맴돌았다. 마치 영화 '쿼바디스Quo vadis'에 나올 법한 연회라도 되는 것 같았다. 향기 나는 다갈색 머리카락이 커튼처럼 드리워졌고, 그 안에는 샴페인 잔들이 놓인 테이블보가 있었다.

어느 날 정신분석가가 말했다. "어머니께 혹시 비뇌즈 거리가 의미하는 게 있는지 한번 여쭤보세요." 내가 여쭙자 어머니는 무척 놀라셨다. 나는 어머니께 정신분석을 하면 비뇌즈 거리에 관한 꿈을 많이 꾸었는데, 내 유년기와 비뇌즈 거리가 관련이 있었으리라는 것이 정신분석가의 생각이라고 설명했다. "비뇌즈 거리에 누가 살았어요? 그 집에 우리가 자주 갔나요?" 어머니는 내가 정신분석 하는 걸 싫어했지만, 그날은 심히 놀라신 눈치다. "그걸 묻다니 참 신기하구나. 네가 아이였을 때, 알고 보니 네 유모차가 늘 비뇌즈 거리의 한 호텔 앞에 있었더라고. 그때 너를 돌봐주던 젊은 여자애 뒤를 미행하다 안 사실이야."

당시 어머니의 보석과 드레스가 종종 사라졌다가 나타나곤 했단다. 놀란 어머니는 '내가 착각을 했나?' 생각했는데, 어느 날 저녁 다이아몬드 목걸이를 하고 나가려고 보니까 도무지 찾을 수가 없더란다. 목걸이는 어머니가 받은 것 가운데 가장 값비싼 결혼 선물이다. 어머니는 제정신이 아니었고, 아버지도 마찬가지였다. 부모님은 어쩔 수 없이 경찰에 신고했고, 사건을 조사하던 경찰은 우리 집에 사는 사람들을 미행했다. 그러다 내 유모차가 비뇌즈 거리의 한 호텔 앞에 있는 게 발견되었다. 유모차를 끌고 간 건 나를 돌봐주던 젊은 아일랜드 여자다. 매력적인 그 여자는 나를 무척 좋아하고 아껴주었으며, 영어 실력도 수준급이었다. 이 점이 맘에 든 어머니는 여자한테서 영어를 배우기도 했다. 아일랜드 보모는 집안도 꽤 좋은 편이어서, 언니가 변호사에 아버지는 판사였다.

여자는 눈물을 흘리며 다이아몬드 목걸이와 다른 보석을 온전히 돌려주었다. 여자는 어머니께 무릎을 꿇고 사과했다. "훔친 게 아니에요. 제자리에 돌려놓으려고 했어요. 예뻐 보이려고 사모님 드레스를 입었어요…." 여자는 비뇌즈 거리에 있는 호텔에 가려고 어머니의 보석과 드레스로 치장한 것이다. 경찰에 따르면 그 호텔은 고급 창녀가 몸을 파는 곳이다. 코카인 같은 마약을 하는 곳이기도 한

데, 나의 보모도 약을 했단다.

여자는 계속 우리 집에 있고 싶어했으며, 부모님께 다시는 집 밖으로 나가지 않겠다고 약속했지만, 어머니는 여자를 신뢰하지 않았다. 다만 여자의 집에는 아무 말도 하지 않겠다고 했다. 보모의 가족은 여자를 조신한 숙녀로 만들고, 프랑스어 연수를 시키고자 우리집에 보냈기 때문이다. 여자는 내 어머니 노릇을 계속할 수 없었다. 어린 내 눈에 이 '천사 같은' 가짜 엄마에게 이상한 점은 없었다고 생각된다. 어머니는 여자를 집으로 돌려보내는 경위를 그저 보모가 필요하지 않은 상황이 되었다고 썼다. 여자는 어머니께 감사의 뜻을 표하고, 한두 번 내 근황을 묻는 편지를 보냈단다.

어머니가 여자를 돌려보내고 사흘쯤 지나서인가 나는 폐렴에 걸렸다. 필경 나를 좋아해주던 그 여자와 떨어졌기 때문이었을 것이다. 하지만 어머니도, 의사도 내 병을 아일랜드 여자가 떠난 것과 연관 짓지 않았다. (…)

나도 아일랜드 보모를 좋아했던 것 같다. 하지만 어머니께서는 여자의 이름조차 기억하지 못했다. 나는 프랑스어보다 영어를 먼저 말했고, 알아듣기도 영어 쪽이 수월했다. 부모님은 나를 웃게 하고 내게 부모님의 이야기를 이해시키기 위해 영어를 사용해야 했다. 나는 아일랜드 보모에게 얼마나 많은 사랑을 받았을까? 그래서 우리 가족에게 내가 좀 특이하게 여겨졌는지 모르겠다. 젊고 유능하며 예술적 소양도 풍부했으나, 결국 덜미가 잡힌 아일랜드 여자와 함께 보낸 생후 8개월의 결과였을 것이다. 충분히 가능성 있는 이야기다.

하지만 이것이 정신분석을 통한 의외의 발견이라는 점이 이상하다. 내가 왜 하필이면 그 거리의 이름을 아는지 어머니께 여쭙고, 어머니가 기억을 되살려 그때 이야기를 해주지 않았다면 나는 꿈과 환상에 잔류하는 이 현실을 이해할 수 없었을 것이다. 세상에 태어나 체험한 모든 건 무의식에 남아 있거나 발화되지 않고 억압된 것들을 분석함으로써 밝혀내야 하는 대상이다. 아이는 부모와 함께한 소중한 경험을 시간에 비례하여 지각한다. 하지만 아이가 기억하는 건 불안한 공간에서 사진처럼 뚜렷하게 남은 기억이나 실제 흔적뿐이며, 그 열쇠는 어른들이 쥐고 있다.

『어린이는 어떻게 어른이 되는가Enfances』

Bernard Golse

베르나르 골즈

소아과 전문의, 아동정신의학자, 정신분석학자

존재한다는 것

　　하지만 이런 상호 접근에서 알 수 있는 건 존재의 확실성
이 저절로 보장되지는 않는다는 점이다. 술레 박사의 표현대로
아이가 삶을 '선택'하는 것이라면, 아이는 단순히 존재하는 것이
아니라 실재實在하는 데 집착해야 한다. 상호 주관적이고 내부 주
관적으로 진행되는 이러한 차별화 작업의 적극적 양상과 이에 필
요한 인내심을 나타내는 말이 바로 '고집' '끈기' '집착' 등이다.
그런 양상을 이보다 잘 표현하는 말은 없을 것 같다.

　　아무것도 그냥 주어지지 않으며, 자신도 응당 무엇을 내줘야 한
다. 삶의 충동에 대한 집착, 끊임없는 절연絶緣과 반복을 통한 죽음
의 충동에 대한 집착, 아무런 기교 없는 이 이중의 집착에서 실제적
존재가 생겨나며, 존재는 오직 이를 통해서 가능하다.

　　연속성과 비연속성의 조합에서는 일종의 교차점 같은 것이 생기

는 듯하다. 신체적·감각적인 측면에서 아기는 어머니와 본질적인 연속성, 즉 자궁 안의 (절대적 혹은 상대적) 연속성에서 생후 (생체리듬, 식사 주기, 밤낮의 교차, 언어의 분절 등) 리듬과 기호의 비연속성으로 빠르게 넘어가야 한다.

자궁 안의 연속성과 관련하여 우리는 뱀파이어 신화에서 재구축된 회고적 반향을 찾아볼 수 있다. 알다시피 뱀파이어는 밤에 젊은 여자의 피에서 양분을 취한다. 이는 어머니의 혈액에서 태반 '주입'을 통해 영양분을 공급받으며 성장하는 아기와 비슷하다. 태반 주입은 세상에 태어난 뒤 모유 수유로 대체되고, 이는 비연속적일

'엄마와 딸 Mère et fille', Gladys&Mélodie, 1984.

수밖에 없다. 과거 사람들은 모유가 하얀 피$^{sang\ blanc[săblă]}$로 만들어진다고 생각하기도 했다. 잃어버린 천국에 대한 근본적인 향수를 잘 보여주는 대목이다. 전설 속 뱀파이어같이 피를 빨아 먹거나, 혼융 일체로 융합된 원래의 관계에 비해 '대용품'의 가치, '가짜$^{faux-semblant[fosăblă]}$'(혹은 가짜 하얀 피$^{faux\ sang\ blanc[fosăblă]}$)의 가치가 어느 정도인지 나타내는 것이기도 하다.

반면 심리적인 측면에서 상징화 과정에 접근하거나 대상을 부재 상태에 놓고 생각할 수 있는 능력에 다가가면 외부 대상에 대한 원래의 관계적 비연속성을 점차 완화할 수 있다.

이러한 발달의 교차점에서 생겨나는 게 외부 현실에 대한 관계적 비연속성을 존재한다는 느낌으로 보장해주는 내부적 연속성으로 메워주는 심리적 장치다.

『집착과 실재 : 단순한 존재에서 사람으로 거듭나기 Insister, exister: De l'être à la personne』

Patrick Miller

패트릭 밀러

의사, 정신분석학자

정신적 공간, 정신적 재료

　내면성을 이루는 정신적 공간의 구축은 이런저런 사물들로 빈 공간을 채우는 것보다 많은 창의력을 요구한다.

　"오염되지 않은 순수한 여성적 요소에 대한 연구는 우리를 존재의 문제로 인도한다. 이게 바로 자아 발견과 존재감의 유일한 근거다(여기에서 만들어지는 건 내면을 발달시키는 능력과 내용물을 담아낼 그릇이 되는 능력, 보호와 투입 기제를 이용하며 살아가는 능력, 보호와 투입 면에서 세상과 관계를 정립할 수 있는 능력이다)." *

　투입, 속으로 담아두기, 함입, 삼킴 등의 정신적 동요는 그 형태상 수락하고 긍정하며 성교에서 삽입 시 수동적인 양상을 보이는

---

* 도널드 W. 위니캇, 「창의력과 그 기원 La créativité et ses origines」, 「놀이와 현실 Jeu et réalité」, Gallimard, 1975.

여성성과 관계된다. 마찬가지로 투사, 외부로 내보내기, 배출, 돌출 등의 정신적 동요는 남근과 관계된 남성성으로 이어진다. 거부하고 부정하며 성교에서 삽입 시 능동적인 양상을 보이는 것과 비슷한 형태인 셈이다. 하지만 두 경우에서 이러한 정신적 동요는 순전히 추상적인 형태가 아니다. 짜임새, 점도, 농도, 구체적인 외형과 특별한 성질을 갖춘 정신적 재료를 움직여 형상을 부여하기 때문이다. 이러한 측면의 심리적 현실을 구축하려면 "정신은 부지불식간에 확장된다"며 정신의 확장성에 대해 논한 프로이트의 견해를 따라야 한다. (…)

정신 조직의 짜임과 그 형태화는 쾌감/불쾌감의 구분이 부여하는 의미와 끊임없이 관계를 맺으며 만들어진다. 정신적 공간의 구축에 있어 쾌감/불쾌감의 구분은 그 자체로는 도외시되지만 생존에 없어서는 안 될 타자의 존재/부재를 참고한다. 정신적 동요는 (형태, 본질, 물질과 그 특질 등) 정체성을 부여하면서도 정신을 구성하는 요소다. 정신적 삶의 부각을 스스로 표현해보려고 애쓰는 순간, 이는 벗어나기 힘든 맹점이 된다.

『치료 중인 정신분석학자Le Psychanalyste pendant la séance』

Jacques André

자크 앙드레

정신병리학 교수, 정신분석학자

실착 행위

    남자는 일주일에 한 번씩 으레 어머니 집에 들른다. 아무리 바빠도 이를 소홀히 하지 않는다. '나는 좋은 아들'이라는 자화자찬에 빠진 남자는 플랫폼을 착각하여 반대 방향의 전철을 탄다.

    실족, 실수, 미숙함, 오류, 망각 등 실착 행위가 모든 이들에게 과실은 아니다. 각각의 행위는 무의식의 한 '성공'을 의미한다. 무의식이 우연히 어떤 말이나 몸짓을 통해 의식의 경계를 허물고 금지 혹은 검열의 벽을 뛰어넘는 데 성공한 것이다. 오직 우연한 계기를 통해 나타나는 실착 행위는 평소의 무의식이다.

    꿈은 우리를 미지의 장소로 데려다놓고, 황당무계한 이야기를 지어내며, 불가능할 거라고 생각한 감정을 느끼게 하기 때문에 '내가 아닌 다른 사람'이라고 생각하게 만들기 쉽다. (…) 꿈의 '저작자'는 아무 데도 없다. 실수도 마찬가지다. 하지만 '메조 보체^{mezzo voce}'의 전략을 써서 다른 것으로 덮어씌우기 때문에 아무 일도 없었던 듯 행동할 수 있다. '피곤해서 그랬다'며 피로에 그 죄를 뒤집어씌우면 그만이다.

실착 행위는 일상의 모든 사소한 일에 의미를 부여한다. 실언을 한다거나 사다리에서 떨어지는 등 불행하게 일어난 실수에 권위를 실어주는 것이다. 이 사소한 일들의 보호 아래 사랑의 욕구가 완성되고, 무의식적인 증오가 돌파구를 마련한다. (⋯) 실착 행위는 늘 진실을 나타낸다. 우리가 무시하고 싶었던 바로 그 진실이다.

『정신분석에 관한 100가지 이야기 Les Cent Mots de la psychanalyse』

영화 '고스트 오프 걸프렌즈 패스트 The Ghosts of Girlfriends Past',
감독 : 마크 워터스 Mark Waters, 출연 : 매튜 매커너히 Matthew McConaughey, 2008.

Michel Neyraut

미셸 네이로

정신과 의사, 정신분석학자

연상 고리

약간 어수선한 방으로 들어간 환자는 곰 인형 꿈을 꾸기 시작했으며, 곧 침상에서 우리에게 그 이야기를 들려준다. 환자가 어린 시절 갖고 놀던 곰 인형은 그를 특정한 기억으로 끌고 갔는데, 형과 함께 곰이 나쁘다는 결론을 내린 뒤 인형의 다리를 잡고 허리 부분을 나무에 대고 세게 내리치다 결국 인형의 머리가 떨어졌단다.

이 기억을 떠올리고 잠시 침묵이 흐른 뒤 곧바로 이전 치료의 마지막 대목에 대한 이야기가 이어졌다. 환자는 나를 똑바로 쳐다본 뒤 개를 데리고 나가서 차츰 멀어졌기 때문이다.

환자는 나더러 신기하고 고독하며 이상한 분석가라고 했다. "뒤에서 보면 강아지가 당신을 닮은 것 같아요. 강아지도 당신처럼 앙상하게 말랐거든요."

'앙상하게 마른^{efflanqué}'이라는 표현에서 환자는 잠시 멈칫했다.

"그 표현… '앙상하게 마른^{efflanqué}'이라는 그 표현을 들으면 '따귀를 갈기다^{flanquer des gifles}'라는 표현이 떠올라요… 아버지는 내게 따귀를 갈길 거라고 말씀하곤 했거든요. 내가 찾으려고 하는 게 뭘까요? 그건 그렇고… 우리가 곰 인형을 나무에 패대기쳤을 때 배가 쑥 들어갔어요, 선생님처럼요… 우리가 머리를 아래로 하자 인형이 으르렁거리는 거 같았어요… 이상한 소리를 내더라고요… 우리가 배를 누르니까… 괴상한 소리가 나더군요… 계속 후려쳐서 결국 머리가 떨어졌어요… 내가 원하는 게 그거였나 봐요… 선생님의 머리가 떨어지게 하는 거… 결국 나는 선생님의 머리 값을 지불하는 셈이네요…."

다시 침묵이 이어졌다.

"하루는 ○○○의 집에 갔어요. (○○○는 은연중에 앞서 해석된 연상에 따라 그의 아버지와 연결되었다.) 녀석의 기분을 풀어주려고 간 건 아니에요. 이건 다 엄청나요. 심리 분석, ○○○, 엄청나요… 그날 밤 꿈을 꾸었어요. 내가 굉장히 커다란 성당 안에 있더라고요… 봉헌물도 있었어요… 선생님 배에서 꾸르륵 소리가 나요… 말씀해보세요… 아니라고 반박해보세요…."

두서없는 이야기지만, 여기에서 우리는 몇 가지 연상의 끈을 끄집어낼 수 있다. 이야기는 일종의 해석으로 나타나는 무엇으로 통일된다. 나를 곰 인형처럼 뒤흔들면서 답을 얻지 못하자 그는 지금 내 안에 들어와 있는 것처럼 이야기했다.

하얀 실로 꿰매어지기에 연상의 조각은 복잡하다. 우리는 여기에서 주된 연결 고리만 보여줄 수 있을 뿐이다. 내동댕이쳐지던 그 인형의 허리 부분처럼… 곰 인형의 머리와 엄청나게 컸던, 혹은 엄청나게 작았던 그 무엇, 아버지, 그리고 그 따귀처럼….

『전이|Le Transfert』

2

세 상 의

기 원

프랑시는 들판에서 산책하고 있었다.

그러다가 어린 시절 겪은 정신적 충격을 규명하려고 자신에 대한 연구에 매진한다.

그 작업에 매료된 프랑시는 날마다 삶에서 끄집어낼 수 있는 모든 이점을 살펴본다.

좀더 멀리 가보기로 한 프랑시는 시간을 거슬러 올라가는 타임머신을 제작한다.

기계가 제대로 작동하여 어린 시절의 자신과 만날 수 있었고, 프랑시는 어린 시절에 겪은 트라우마를 바로잡기 위해 찾아왔다고 설명했다.

어린 시절의 프랑시는 어른이 된 프랑시를 만난 일로 극심한 정신적 충격을 받았다.

세상의 기원

충동은 태어나는 순간부터 시작된다. 지금 어른이 된 우리는 모두 삶이 시작된 순간부터 충동과 함께한 갓난아기였다. 충동은 흥분과 욕구의 중간쯤에 위치한 일종의 돌발적 기세로, 우리의 몸을 움직이고 외부에서 즉각적인 답을 찾도록 부추긴다. 배고프면 젖병을 찾고 엉덩이가 화끈거리면 깨끗한 새 기저귀를 찾고 피곤하면 잠을 자는 등 생리적 욕구와 직결된 단순한 충동도 있고, 보다 범접하기 힘든 충동도 있다.

후자는 우리를 이루는 토대가 되며, 각자에게 자신의 관계적 우주가 된다. 밖으로 밀고 나가는 내부의 돌발적 기세 같은 충동은 하나의 목표, 즉 고립 상태에서 벗어나기 위해 연결되어야 할 대상을 추구하는 격정적 긴장 상태다. 잠에서 깬 아이, 젖을 물려준 아이, 깨끗하게 씻긴 아이를 유심히 살펴보는 것만으로도 쉽게 알 수 있다. 잠시도 가만있는 법이 없다. 빛이 들어오는 곳, 리본, 어머니의 젖가슴, 소리, 요람 주위에 있는 사람 등 세상과 연결되는 끈을 만들고자 부단히 노력하는 모습 같다. 삶의 충동은 자기 보존 본능의 일환이다. 삶의 움직임 자체도 우리를 자기 외부로 끄집어 내보내며 관계를 맺게 한다.

충동은 육체와 정신 사이에 있다. 정신적 기운의 물질적 형태라고 봐도 무방하다. 실제로 존재하기 위해 혹은 우리가 존재한다는 사실에 의미를 부여하기 위해 누군가, 무언가에 연결될 수 있도록 우리를 부추기는 힘이 충동이다. 이는 우리의 행동을 이해하는 데 중요한 개념이다.

충동의 혼재

지그문트 프로이트Sigmund Freud는 충동의 개념을 처음으로 이론화한 인물이다. 우리의 정신에서 일어나는 모든 유기적 충동은 무슨 시어詩語 같은 느낌일지 모르지만, 여하튼 배고픔과 사랑에 따라 분류될 수 있다는 게 그의 설명이다. 프로이트는 모든 게 갓난아기 때 우리 내부에서 생겨났다는 원칙에서 출발한다. 때로는 우리 내면에서 엄청난 소란이 일어나기도 하며, 외부에서 얻는 답이 여기에 어떤 식으로 영향을 미칠지는 우려하지 않는다.

하지만 그의 뒤를 이은 멜라니 클라인^{Melanie Klein}과 도널드 W. 위니캇은 이런 충동들이 어느 정도로 한 번에 상호 연결될 수 있는지 보여주며, 개인과 외부 세계 사이에서 벌어지는 일들은 어떤 식으로 내부와 외부 세계를 끊임없이 재창조하는지 알려준다. 달리 말하면 삶은 단순히 내 안에 있는 것이 아니요, 내 바깥에 있는 것도 아니다. 삶은 나와 외부 세계, 특히 나와 타인이 함께 만들어내는 무엇이다. 이 합작품은 관계의 원동력이며, 서로 다른 두 정신 체계가

'장난치기|Batifolage',
브라사이|Brassaï, 1931.

만난 것을 훨씬 뛰어넘는 그 무엇이다.

이는 단순히 아이에게 정신이 어떻게 생기는지 이해하기 위한 것뿐만 아니라 하나의 기본 개념이다. 상호주관성의 원칙은 모든 인간관계에 내재하는 것으로, 여기에는 가족과 친구, 연인 등 정서 관계도 포함된다. 연인, 부모와 자식, 두 친구, 두 동료 등 인간관계는 서로 다른 두 인격이 만나 부딪히고 인정하거나 밀어내는 것뿐만 아니라 정서 구조가 풍부하고 복합적인 두 사람이 제3의 개체를 만들어내는 것과 같다. 제3의 개체는 각자의 정신 구조로 구성되며, 아무에게도 속하지 않은 함께 만들어낸 감각과 감정, 생각 따위로 구성된다.

이는 문제를 다루는 방식에서 모든 것을 바꿔놓는다. 엄마와 아이가 함께 교감하고 웃을 때는 이들을 하나로 이어주는 무엇에 내재된 공통의 흥분 같은 것을 두 사람 모두 느낀다. 이는 아이나 엄마의 흥분이 아니며, 두 사람이 함께 만들어낸 무엇이다. 그리고 이는 두 사람 모두 기분 좋게 만든다. 엄마는 엄마대로 자신감이 커져서 좋고, 아이는 아이대로 자기 외의 다른 무엇에 연결된다는 안정감이 들어서 좋다. 아이는 그것이 유익하고 달콤해서 남은 생애 동안 이를 다시 만들어내며 그 충만한 느낌을 재차 맛보려 한다.

여러 가지 세상

사람의 머릿속을 이해하는 일이 복잡하면서 흥미로운 것도 이 때문이다. 이는 저마다 어떻게 외부 세계에 접근하는지 설명하는 데 국한되지 않으며, 우리 안에서 외부 세계가 어떤 즐거움과 어려움을 발생시키는지도 설명해준다. 신생아는 모두 다른 존재다. 각자 감각과 감정, 쾌감, 불쾌감에 따라 세상을 구축하고 배열하기 때문이다(이에 대해서는 나중에 다시 다룰 것이다).

아이는 세상을 자기 방식대로 배열하면서 특별하고 독특한 존재가 되며, 주위 환경에 의해 만들어지는 것이 아니라 자신이 성장하는 세계를 자기 손으로 만들어낸다. 아이가 관계를 맺는 사람들은 각각 자기의 색깔이 묻은 것을 보여주고, 아이는 이것을 통해 다시 자기 색깔이 묻은 무엇을 만들어내며, 그렇게 양쪽이 함께 속한 제3의 세계가 구축된다. 이는 아무도 상대방 때문에 피해자가 되지 않는다는 말이며, 아무도 일방적으로 당하는 관계가 아니라는 말이다. 양쪽 모두 관계의 주체이자, 둘을 연결해주는 세계를 만들어가는 완벽한 건축가다.

· · ·

모든 정신심리학자들은 늘 유년기로 돌아가 어른이 된 현재의 열쇠를 찾으려고 한다. 지금의 우리가 구축되는 과정은 임신 직후 시작되기 때문이다. 그리고 생후 학습을 하는 몇 년간 우리의 정신 재료는 수천 개의 데이터를 기록하고 배열하며 마치 반죽이 되듯 형태를 갖춘다.

그렇다고 아동기에 우리가 성장하는 세계, 그 세계에서 살아가는 모든 사람들이 우리를 '빚어' 낸다고 생각하면 오산이다. 세상과 그 안의 사람들이 우리를 빚어내는 만큼 우리 또한 저들을 빚어내기 때문이다. 우리는 자신의 이야기와 공동의 이야기를 그려갈 배경을 짜 맞추며, 여기에서 타인과 관계가 주원료가 된다. 따라서 한 사람이 다른 사람을 만날 때 두 사람의 몸과 마음, 머릿속에 있는 생각 등은 제3의 세계를 만들어내며, 이는 어느 한쪽의 세계가 아니라 두 사람이 함께 만들어낸 유일한 세계다. 어떤 의미에서는 플라톤 이후 서구 전통에 뿌리내린 영혼과 육체, 정신과 물질의 극명한 구분을 없애는 새로운 세계다.

프랑수아 루스탕François Roustang이 주장한 대로 심리학은 존재하지 않는 것일 수 있다. 영혼, 정신, 정신 구조 따위가 존재하지 않는 것이기 때문이다. 육체가 없는 영혼은 없으며, 공간이나 환경과 무관한 육체도 없다. 비트겐슈타인에 따르면 "인간의 육체는 인간의 영혼을 가장 잘 나타내는 이미지다". 따라서 우리가 돌봐야 할 것은 우리의 몸, 의학으로 분해되는 몸이 아니라 말하는 몸, 살아 움직이고 정신적으로 동요되는 몸이다.

우리는 혼자 살아가는 개별적 존재가 아니다. 수많은 관계와 인연의 끈들이 우리라는 존재를 이루며, 이는 우리의 무한한 자산이다. 과거의 개성적인 내가 될 수 있었던 것도, 현재의 개성적인 내가 될 수 있었던 것도 모두 그런 관계와 인연의 끈이 있었기 때문이나, 대개 이런 부분에 대해 생각하지 않고 살아가게 마련이다. 자신을 자기 몸 안에 갇힌 존재라고 느끼기 때문이다. 하지만 우리를 세상과 이어주는 관계의 고리가 끊어지면, 우리는 결국 존재감이 사라져 없어지고 말 것이다.

주위 환경은 우리를 만들고 해체하고 되돌린다. 그리고 각자 나름의 방식으로 대처하나, 이전의 맥락이 없다면 우리는 존재하지 않을 것이다. 우리는 나중에 태어나고 지금의 우리는 나중에 만들어진다. 우리라는 존재는 늘 이후에 만들어진다. 결국 '정신적 연구'는 이런 관계, 이런 연결 상태와 다시 만나는 것이다.

TEXTES

François Roustang

프랑수아 루스탕

철학자, 최면 치료사

프시케

프시케는 젊고 아름다운 여성으로, 그 미모가 아프로디테 (로마신화의 비너스)에 견줄 정도로 빛을 발했다. 그런데 왕이나 왕자는 고사하고, 평범한 남자조차 프시케에게 청혼하지 않았다. 프시케의 아버지는 아폴론에게 신탁을 의뢰했다. 아폴론은 프시케를 바위에 올려놓고 잔인한 괴수의 뜻에 맡기라고 했다. 눈물과 탄식이 오가는 가운데 아폴론의 신탁이 거행됐다.

바위는 곧 정원으로 바뀌고, 프시케는 시녀들에게 둘러싸였다. 시녀들의 모습은 눈에 보이지 않았으나, 귀로는 그 소리가 들렸다. 환상적인 저녁 식사를 마치고, 프시케는 잠자리에 들었다. 밤이 되자 그녀의 곁에 누군가 다가왔다. "그는 침대에 올라 프시케를 자기 아내로 만들었고, 날이 밝기 전에 서둘러 떠났다." 이런 상황이 얼마간 계속되었다. 프시케는 남편에게서 감미로움을 맛보았고, "남편의 신비로운 목소리는 홀로 남은 프시케에게 위안이 되었다". 사랑의 신 에로스(로마신화의 큐피드)는 밤에 나타났다가 날이 밝기 전에 자취를 감추었다.

손으로 남편을 만질 수 있고 귀로 남편의 목소리를 들을 수 있지만, 남편의 얼굴을 보는 건 결코 허용되지 않았다. 에로스는 프시케에게 절대 자기 얼굴을 보려 하지 말라고 수차례 경고했다. "당신이

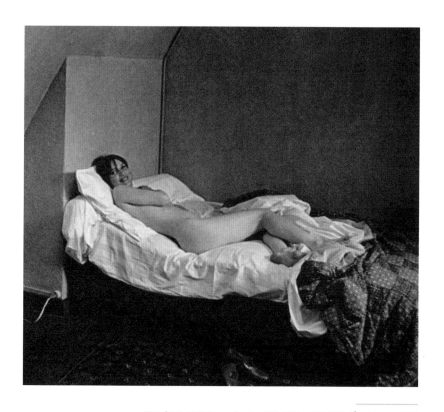

영화 '사랑, 오후 L'Amour l'après-midi', 감독 : 에릭 로메르Éric Rohmer, 1972.

내 얼굴을 보는 순간 다시는 내 얼굴을 볼 수 없을 것이오^{Non} ^{videbis si videris}." 프시케는 간교한 두 언니의 강압에 못 이겨 에로스가 잠든 틈에 램프를 들고 그의 얼굴을 비춰본 뒤, 그 아름다움에 넋을 잃는다. "프시케는 자기도 모르게 사랑의 신에 대한 사랑에 사로잡혔다^{Sic ignara Psyche sponte in Amoris incidit amorem}." (…)

아풀레이우스의 라틴 문헌에서 유일하게 등장하는 그리스어 프시케^{Psyché}는 지금까지 그 신화적 전통을 이어가고 있다. 프시케는 '영혼'을 뜻하는 말이지만, 생명 혹은 생명의 근원으로서 영혼을 의미한다. 프시케란 살아 있는 생명체를 움직이는 영혼이자, 이 생명체가 살아 있는 육체일 수 있도록 만드는 영혼이다. 아리스토텔레스에 따르면 그 동력은 욕구, 에피투미아^{Epithumia}다. 에피투미아 역시 에로스적이고 사랑의 측면도 있다.

프시케는 자신을 만족시킬 수 있는 왕도, 왕자도, 남자도 찾지 못했다. 하여 라틴어로 '큐피드^{cupidon}'라고 하는 사랑 그 자체를 기다려야 했다. 하지만 우리는 큐피드라고 할 때 프랑수아 부셰^{François} ^{Boucher}의 그림이나 바로크풍의 토실토실한 남자아이를 떠올리게 마련이다. 프랑스어에서 성적인 특징이나 에로티시즘의 뉘앙스를 섞어 이야기할 때는 '에로스' 혹은 '사랑의 신'이라고 불러야 한다.

정신 구조는 곧 사랑이다. 살아 있는 생명체에 추진력을 부여하고, 이를 생동감 있고 더욱 생명력 있는 존재로 만들어주는 게 유일한 일인 사랑이다. 영혼인 프시케가 없으면 시체나 다름없으며 이는 동물도, 인간도 아니다. 하지만 몸이 없다면 영혼도 존재할 수 없고, 정신 구조와 정신 체계도 존재하지 않는다. 영혼은 육체가 아니지만 육체적인 무엇이다.

아리스토텔레스 역시 그렇게 말했다. 몸을 지향하지 않고, 몸 없이 존재하는 영혼은 없다. 영혼은 늘 바깥, 외부, 세상을 지향한다. 영혼은 육체 안에서, 육체에 의해 나타날 때만 그 근거가 있다. 그리고 우리는 오로지 움직이는 육체적 특징에서 영혼을 파악하고 인식하며 이해할 수 있다. 영혼, 정신, 정신 구조는 결코 스스로 드러나지 못한다.

『탄식의 종말 La Fin de la plainte』

André Green

앙드레 그린

의사, 정신분석학자

충동

    죽음에 대한 충동의 가설은 논란을 일으킬 수밖에 없었다. 성 또한 그 지위가 바뀌었다. 죽음의 충동에 대비되는 것은 성적 충동이 아니라 삶에 대한 충동이기 때문이다. 뉘앙스에 불과해 보이는 것이 엄청난 차이를 내포한다. 죽음의 공포 앞에서 유일한 맞수는 에로스, 즉 삶에 대한 충동이기 때문이다.

    이 새로운 명칭은 무엇을 함축하는가? 자기 보존 충동, 성적 충동, 대상 리비도, 자기도취 등 앞서 기술된 충동은 이제 하나의 수장 아래 집결된다. 종전 충동 이론의 모든 구성 요소는 동일한 기능으로 묶은 부분집합일 뿐이다. 에로스에 의한 삶의 완수와 방어로 죽음에 대한 충동의 해로운 영향에 맞서는 것이다.

    우리는 어찌 보면 지극히 당연한 것 같고, 이보다 자연스러울 수 없을 것 같은 사랑이 실제로는 어떻게 모든 면에서 상반되고 모순되는지 이해할 수 있다. 사랑은 늘 승리하는 가공할 만한 적에 맞서 싸워야 할 뿐만 아니라, 자신의 진영을 갈라놓는 대립 구도로 힘들어하기도 한다. 각각의 부분집합이 삶에 대한 동일한 충동 속에서 다른 부분집합들과 갈등을 빚기 때문이다. 그러므로 동일한 삶에서도 욕구의 근원까지 포함한 일부 힘들은 자신도 모르게 죽음에 대한 충동과 결탁한다. 아직 정복욕에 사로잡힌 정신분석학자들에게 치료 의지를 뒤흔드는 죽음의 힘이라는 냉혹한 암흑의 부대를 인정해달라고 제안하려면 용기가 필요했다.

『삶의 나르시시즘과 죽음의 나르시시즘Narcissisme de vie, narcissisme de mort』

Jacques André

자크 앙드레

정신병리학 교수, 정신분석학자

애착

"갓난아기는 존재하지 않는다." 위니캇은 생애 초기 삶의
보존이 짧은 도발적 선언을 넘어 자기 보존에 해당한다는 사실을
강조한다. 태어나서 살아가고 살아남으려면 정신적인 측면을 포함
하여 최소한 둘이 필요하다. 정신분석은 오랜 기간 일차적 욕구를
배고픔과 갈증에 국한하는 데 만족했다. 하지만 실상은 그와 거리
가 멀다. 더위와 안전, 다정함 또한 일차적 욕구에 해당하기 때문이
다. 신생아가 주로 애착 대상인 어머니와 나누는 감각적 교류는 웃
음, 울음, 발성 등 무수히 많으며 상호작용을 통해 이루어진다.

생후 사흘 된 신생아는 목소리를 분간할 수 있고, 좋아하는 목소
리 쪽으로 관심을 쏟을 수 있다. 생후 처음으로 주변 대상들에 눈을
뜨고 이런 능력이 일찍이 발달하는 것은 아기에게 신속히 독립성을
보장해주기보다 주변 환경에 감사함을 느끼게 만든다. 쌍방이 본능

에 따라 적당히 조절할 수 있다면 삶은 순조롭게 돌아가지만, 인간은 다른 영장류와 같지 않다. 엄마가 우울하고 (쓸데없는 참견에 뒤이어 무관심한 행동을 보이는 등) 예측 불가능하며 적대적이고 (감각적으로든 보살펴주는 측면에서든) 버거워 보일 때, 이는 위태로운 정신적 삶을 구축하는 기반이 된다.

이런 좌절감에서 아기의 자아에는 취약함, 균열, 상처 같은 흔적이 남는다. 이 흔적이 무의식으로 축적되는 까닭은 억압처럼 받아들일 수 없는 성질 때문이 아니라 수정, 변형, 인정 등의 절차를 거치지 않았기 때문이다. 경계선에 서 있는 환자에 대한 정신분석은 산과(産科)적 방식을 채택한다. 환자를 새로 태어나게 만드는 것이다. 삶을 바꾸려면 우선 하나의 삶이 필요하다.

자연은 진공을 싫어한다. 아무것도 없이 빈 상태를 싫어하기는 아기 또한 마찬가지다. 아기는 세상에 태어나면서 중력을 발견하고, 'holding'의 개념을 깨닫는다. 정신적으로든 육체적으로든 잘못 지탱되면 아기는 어디론가 떨어지고 만다. "첫사랑은 아래에서 온다."(위니캇) 아기는 허공에서 옮겨지는 존재며, 일부 비행기 공포증이 이를 잘 보여준다. 특히 정신분석 침상의 지지력이 부실할 때, 이 침상이 곧 비난과 고통의 침대로 바뀌는 데서도 잘 알 수 있다.

『정신분석에 관한 100가지 이야기』

Donald W. Winnicott

도널드 W. 위니캇

소아과 전문의, 정신분석학자

사랑 없는 성장

　　어머니 혹은 치료사의 '사랑'은 의지할 곳에 대한 욕구 충족만 의미하지 않는다. 이는 아이나 환자에게 의존도에서 자립성으로 나가는 계기를 마련해주기도 한다.

　아이는 사랑 없이도 자랄 수 있지만, 사랑이 없거나 개인의 감정이 표출되지 않은 상태에서 정신 구조가 구축되면 자주적인 성품으로 성장하기 힘들다. 신뢰와 믿음의 필요성이 대두되는 이 지점에 하나의 잠재적 공간이 마련된다. 이는 무한한 분리 영역이 될 수도 있고, 아기와 아이, 청소년, 어른 등이 창의적인 놀이로 채우는 공간이 될 수도 있다. 그리고 이는 추후 문화적 유산을 행복하게 활용하는 요소가 된다.

　놀이와 문화적 경험이 포함되는 이 공간의 특징은 이런 장소의 존재가 삶의 경험에 따라 달라진다는 점이다. 이런 아이는 엄마와

떨어졌을 때 이해심이 많아지므로 놀이의 영역도 넓어진다. 반면 그렇지 못한 아이는 발달 단계에서 그런 경험이 지나치게 부족한 나머지 내향성과 외향성의 교차를 벗어나 성장할 가능성이 아주 적어진다. 후자에게 잠재적 공간은 의미가 없다. 신뢰감에 결부된 믿음이라는 느낌이 한 번도 구축될 수 없었기 때문이다. 게다가 긴장이 이완된 상황에서도 자아실현은 이루어지지 않는다.

보다 운이 좋은 아기(혹은 아이, 청소년, 어른)는 헤어진다는 사실에서 분리의 문제가 제기되지 않는다. 엄마와 아기의 잠재적 공간이 긴장이 이완된 상태에서 자연스럽게 나오는 창의적인 놀이로 채워지기 때문이다. 외부 세계의 현상과 개인의 내적인 현상에서 가치가 있는 상징들의 이용이 발달하는 것도 이 대목이다.

두두^{Doudou} (유아용 봉제 인형)

이불(혹은 그 외 아무거나)의 끝이 상징적이라는 건 맞는 말이다. 부분적인 대상의 끝이나 가슴의 끝이 그 예가 될 수 있다. 중요한 것은 그 상징적 가치도, 실질적 존재도 아니다. 제아무리 실제적이라도 그 대상이 가슴이 (혹은 엄마가) 아니라는 사실은 그게 가슴의 (혹은 엄마의) 자리에 있다는 사실만큼 중요하다.

아이는 상징성을 이용하면서 환상과 현실 사이를 정확히 구분하며, 내재적 대상과 외재적 대상, 원시적 창의력과 지각 능력 사이를 확실히 구분한다. 그런데 내 가설에 따르면, 과도 대상이라는 말은 아이가 차이성과 유사성을 받아들이도록 이끄는 과정을 가능하게 만든다. (…) (이불 끝 같은) 과도 대상은 아이가 실제로 체험하는 성장 과정에서 지각하는 것에 불과하다.

우리는 상징성의 성격을 완벽하게 이해하지 않더라도 과도 대상이 무엇인지 이해할 수 있다. 상징성은 오로지 개인의 성장 과정에서 연구될 수 있으며, 그 의미가 다양해질 수도 있다. 예를 들어 예수의 몸을 상징하는 성체의 면병을 생각해보자. 가톨릭에서는 면병이 예수의 몸을 의미하기 때문에 자신이 진짜 예수 안에 있다고 생각하는 반면, 개신교에서 이는 예수를 떠올리게 하는 '대체품'에 불과하다. 그 본질은 예수의 몸이 아니지만, 둘 다 한 가지 상징에 해당한다.

『놀이와 현실』

3

너, 지금
무슨
생각해?

프랑시는 들판에서 산책하고 있었다.

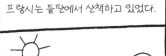

그러다가 사랑의 아픔으로 그 자리에서 꼼짝할 수 없었다.

극심한 우울증에 빠진 프랑시는 친구들의 위로를 받았다. 친구들은 그 자리를 채워줄 만한 다른 것을 찾아보라고 권유했다.

프랑시는 자신이 그토록 쉽게 삶의 의미를 찾을 수 있다는 데 놀라움을 금치 못했다.

프랑시는 첫사랑의 아픔이 보잘것없다는 생각에 실망감 같은 것이 들었다.

프랑시는 그 때문에 다시 우울해졌다.

너,
지금
무슨
생각해?

그다지 놀라운 이야기는 아니다. 인간과 동물을 구분하는 것이 '생각'이라면, 인간의 삶을 심히 복잡하게 만드는 것도 이 '사고'라는 놈이다. 인간관계에 대해 생각하거나 한 가지 일을 계속 곱씹어보고 강박증에 시달리는 경우라면 더욱 그렇다.

하지만 사고란 무엇인가? 사고는 어디에서 시작되며, 무엇을 기반으로 하는가? 사고력은 스스로 깨우치고 연마할 수 있는가? 귀로 사물을 볼 수 없듯이 발로 생각하는 것도 불가능한가?

이 문제는 심리학계의 주된 관심사 가운데 하나다. 심리학계에 발을 들여놓은 사람이라면 인간이 맨 처음 어떻게 사고를 하게 됐는지, 보다 구체적으로 어른이 되어 상담실 문을 두드릴 갓난아기들이 어떻게 생각이란 걸 하기 시작했는지 자문해보지 않을 수 없다. 비록 어른들이 자기 생각을 보다 잘 이해하기 위하여 기억조차

없는 아주 어릴 적 일을 뒤적거리며 당시를 회고하는 걸 근본적으로
싫어하지만 말이다.

너, 나 그리고 우리

프랑스어의 표현력은 굉장하다. '비추어보다' 혹은 '숙고
하다'를 의미하는 단어 'réfléchir' 안에 사고가 무엇인지 알 수 있
는 두 가지 요소가 내포되었기 때문이다. 거울은 우리의 모습을 비
추고 réfléchir 우리에게 이를 보여주어 자기 모습에 익숙하도록 해주
며, 우리가 어느 사람인지 한눈에 파악할 수 있게 해준다. '생각하
다 penser' 혹은 '숙고하다 réfléchir'라는 말의 의미도 정확히 이와 같
다. 외부 세계와 타인에게 익숙해지고 이를 해석하며, 여기에 의미
를 부여하기 위해 외부 세계와 타인을 파악하는 것이기 때문이다.

아이는 외부 세계와 타인이라는 존재가 자신이 빨던 엄마 젖과
자신을 안아주던 두 팔, 자신에게 입맞춤해주던 입술의 연장선 위
에 있지 않다는 사실을 곧 깨닫는다. 프로이트는 신생아가 주변 세
계와 자신을 구분하고 자신이 주위 환경, 특히 엄마 혹은 그와 동일
한 역할을 해주는 사람과 완전히 융화되지 않았다는 사실, 그에게
서 분리되었다는 사실을 깨닫기까지 몇 주가 걸린다고 생각했다.
하지만 프로이트의 뒤를 이은 발달심리학자들은 반대로 아기가 엄

마 뱃속에서 나올 때 처음으로 '분리'라는 것을 경험하며, 자신이 엄마와 다른 하나의 개체임을 인식하고, 엄마의 품에서 벗어날 수도, 가까워질 수도 있는 존재임을 깨닫는다고 생각한다.

아이가 이 같은 부분을 지각하는 시기가 언제든, 앞으로 영원히 이 아이의 사고 과정에 발동을 거는 것이 이타성의 개념이다. 사고 과정이 작동하면 아이는 자기 존재를 자각하고, 타인이 자신과 다른 존재임을 인식하며, 타인의 시선에서 자신을 비추어본다. 이로써 아이에게서는 '성찰réflexion'이 시작된다. 인간의 사고를 유발하고 이를 규정짓는 것이 타인이다. 그래서 타인의 존재가 그토록 중요하며, 우리와 알게 모르게 밀접한 연관을 맺는 것이다.

내 모습을 잘 비춰주는 거울

아기는 생후 몇 시간이 지나면 엄마의 일부 몸짓과 표정을 따라 할 수 있다. 엄마와 아기 사이에서 거울 효과 같은 것이 나타나는 셈이다. 아기는 '비추어보는' 행위를 통해 타인과 상호작용을 시작한다. 이 같은 아기의 몸짓에 엄마는 또 다른 몸짓으로 무척 기쁘게 반응하며, 아기는 다시 이를 흉내 낸다. 그리고 각자 상대의 표현에 적응한다. 하나의 몸짓으로 시작하여 몇 주 뒤면 타인이라는 거울을 통해 웃음이 나타난다.

최근 몇 년간 신경학계는 '거울 신경세포' 분야 연구에서 눈부신 발전을 거두었다. 특히 MRI 기술을 이용하여 생각, 움직임, 의도에 따라 뇌 구역이 다르게 활성화되는 것을 본 뒤 이 분야의 연구 속도는 더욱 박차를 가했다. 학자들은 한 가지 행동을 마음속으로 상상할 때, 실제로 이 행동을 할 때와 동일한 에너지 발산이 유발됨을 알았다. 어느 사람을 품 안에 안는 광경을 보면 자신도 다른 사람을 품에 안는 것과 같은 신경 반응이 일어난다. 거울 신경세포*는 동일화, 모방, 감정이입 등을 둘러싼 정신 구조 영역에서 일어나는 과정에 관한 새로운 이해를 도왔다. 따라서 어느 사람이 불쾌함을 느낄 때나 다른 사람이 불쾌해하는 걸 이 사람이 봤을 때, 동일한 뇌엽에서 반응이 일어난다.

. . .

MRI를 이용하면 인간의 사고가 활성화되는 과정을 실시간으로 모니터에 비춰볼 수 있다. 인간의 사고가 뉴런에 의해 생물학적으로 어느 정도까지 타인과 관계에 연계되는지도 확실히 알 수 있다. 신경과학의 이 같은 진보는 정신의학계 학자들이 관찰함으로써 추측하거나 추론한 내용을 더욱 보강하고, 풍부하게 만들어주었다.

---

*G. Rizzolatti, L. Fogassi, V. Gallese, 「거울 신경세포Les neurones miroirs」, 「Pour la science」, janvier, 2007.

감각, 감정, 정서 등 타인과 관계에서 일어나는 일들이 해부학적 기반에 그 뿌리를 두고 있다는 사실도 분명해졌다.

'거울'이라는 용어는 지난 세기, MRI가 발명되기 전에도 위니캇이 사용했다. 그는 어머니와 아기 사이에서 일어나는 일들에 대해 설명하고자 이 용어를 사용했다. 어머니의 얼굴 표정이 마치 거울 보듯 아기의 얼굴에 그대로 반영됐기 때문이다. 위니캇에 따르면 "충분히 훌륭한" 어머니는 아기의 몸짓과 표정을 약간 다르게 변형하여 재현할 수 있으며, 이로써 그가 느낀 바의 사진 같은 것을 아기에게 제공한다.

영화 '페넬로피Pénélope',
감독 : 마크 파랜스키Mark Palansky, 출연 : 크리스티나 리치Christina Ricci, 2006.

따라서 아기는 어머니가 보여준 반응으로 자신의 감정을 지각한다. 마치 자신의 생각이 타인에게서 구체화되는 듯한 느낌이다. 사랑하는 연인들이 상대의 눈에 빠져들고 상대의 말을 스펀지처럼 빨아들이며, 약간의 떨림에도 무척 민감하게 반응하는 방식에서도 놀라우리만치 유사한 측면이 나타난다.

· · ·

생각의 골조가 짜이는 것도 이런 상호주관성 안에서다. MRI를 통한 관찰 결과에서 이를 확인할 수 있다. 우리는 생물학적으로 그렇게 하도록 예정된 존재라는 것이다. 우리의 몸에는 집적기 같은 것이 내장되었기 때문에 이를 통해 타인을 파악할 수 있으며, 타인의 관점에서 보고 그가 생각하고 행동하며 표현하는 것을 재현할수 있다.

이는 곧 나와 타인 사이에서 일어나는 것을 통해, 이런 재현 메커니즘으로 우리의 자아가 조금씩 수면 위로 떠오르는 것을 의미한다. 인간은 갓 태어났을 때 타인의 시선을 통해 자신을 바라봐야 한다. 그리고 '비추어보기réfléchir' 시작한다. 이 같은 '성찰réflexion'의 과정에서 우리의 가장 내면적인 속성, '정체성'이 태어난다.

결핍 상태의 충족

  갓난아기는 타인이 곧 내가 아니며 나 또한 타인이 아니라는 사실을 경험하고 지각하는 동시에 타인이 자신의 곁을 떠나 이제 그 자리에 없을 수도 있다는 사실, 그의 빈자리가 느껴질 거라는 사실도 깨닫는다. 이는 매우 즉각적이고 물리적인 느낌이다. 내게 좋은 모유를 제공하며 큰 도움이 된 엄마 젖이 이제 내 입에 물려지지 않는다. 손에 닿을 만한 거리에 있지도 않다.

  엄마 젖이 다시 제자리에 와줬으면 좋겠지만 사라지고 없다. 돌아올지 모르겠고, 돌아온다 해도 그게 언제일지 모르겠다. 설령 되찾는다 해도 내 곁에 잡아둘 수 있을지도 모르겠다. 한 번 내 곁을 떠나간 전력이 있기 때문에 다시 사라지지 말라는 법도 없다. 아기는 이런 느낌을 매우 불쾌하고 걱정스럽게 받아들인다. 그 불안감이 너무 큰 나머지 아기는 하나의 의미, 하나의 대답을 찾지 않으면 안 된다.

  정신분석의 입장에서 볼 때 개인의 정신세계는 빈자리와 분리의 경험, 이러한 상황의 발생과 발생 가능성에 따른 고통에서 구축된다. 인간의 사고는 타자의 존재가 우리 자신과 마찬가지로 사라질 수 있다는 사실, 떠나거나 죽을 수 있다는 사실을 예측한다는 특성이 있다. 인간은 생각을 통해 우리에게 당장은 아니더라도 그 같은 분리의 상황이 발생할 수 있고, 그로 인해 우리가 고통 받을 수 있다는 사실을 예측한다.

　인간은 생이 시작되는 순간부터 결핍 상태를 경험하고, 아울러 우리가 죽을 수 있는 존재라는 사실도 깨닫는다. 과거와 현재, 미래라는 시간 속에 자신을 투사해보는 것이다. 이로써 우리는 현재 살아가는 여타의 동물들과 구별된다. 배가 고프다거나 춥고 목마르고 두려움이 느껴지는 등 부족한 점이 있을 때, 우리 이외의 다른 동물들 또한 고통을 느끼기는 마찬가지다. 하지만 이들은 앞으로 일어날 수 있는 일을 투사해보지는 않는다.

'초상화 Portraits', 플래시드 Placid.

인간의 의식은 자신의 무능력과 관계된 한계점을 둘러싸고 구축된다. 엉덩이가 따끔거리거나 지나치게 밝은 곳에 노출됐을 때, 매우 시끄러운 상황에 놓였을 때, 복통으로 장이 꼬일 때 등과 같이 추위, 배고픔, 갈증, 두려움, 그 외 모든 불편한 느낌이 좀더 심해지는 상황에서 갓난아기는 스스로 이런 고통에서 벗어날 수 없으며, 자신의 한계에서 벗어나려면 다른 사람에게 의지해야 한다.

자신에게 먹을 것을 주고 자신을 귀여워하며, 따뜻하게 해주고 흔들어 재워주는 부모 역시 늘 그 자리에 있는 것은 아니며, 그 빈자리가 느껴질 수도 있다. 혹은 곁에 있더라도 아이의 욕구를 제대로 충족하지 못할 수도 있다. 아이에게는 부모가 자기 곁을 떠나면 그 자리로 돌아올 거라는 확신이 전혀 없으며, 부모가 아무리 안심하라고 말해주고 노력을 기울여도 아이가 느끼는 모든 고통과 두려움을 없애줄 수는 없다.

프로이트는 결핍 상태와 욕구불만, 그리고 이 두 가지 심리 상태가 갓난아기에게 유발하는 불안에 대해 오랜 기간 연구했다. 프로이트는 이 같은 결핍 상태에서 사고가 어떻게 구체화되는지, 언어가 어떻게 이를 표현하며 사고의 구축에 기여하는지 설명해주는 개념을 추론해냈다. 이른바 '포르-다 Fort-Da' 이론이다.

한 아이가 실패를 가지고 논다. 아이는 이따금 실패를 보고, 따라서 실패는 지금 내 눈앞에 보이는 것이므로 아이는 이를 '다 Da'라고 말한다. '여기 있다'는 뜻이다. 아이는 때때로 실패를 숨긴다.

그러면 실패는 지금 내 눈앞에 보이지 않는 것이므로, 아이는 '포르 Fort'라고 말한다. '저기 있다'는 뜻이다. 아이는 같은 놀이를 끝없이 반복한다.

프로이트의 관심이 간 것은 빈자리를 채워준 단어 그 자체다. 단어는 '저기' '여기'라는 말을 통해 아이가 대상과 거리를 둘 수 있게 해준다. 아이가 '저기 있다'고 말할 때, 이는 실패가 지금은 여기 없지만 다시 내 앞에 나타날 것이라는 뜻이다. 아이는 머릿속에서 생각을 통해 실패의 존재를 만들어내며, 부재 대상을 대체하는 단어가 결핍 상태를 잠재운다. 실패는 아이의 내부에 존재하기 때문에 그 자리에서 없어진 대상이 아니다.

고도의 사고 또한 본질은 마찬가지다. 그 자리에 없더라도 부재 대상을 마음속으로 생각하며 돌아올 수 있다고 의식하는 것이다. 이름이나 존재에 대한 생각으로 존재를 대체하면 비록 '여기'에 없을지라도 존재가 계속 이어진다. '그'라고 생각하고 '그'에 대해 생각하는 것이다.

몇 년 뒤 어른이 된 아이는 어른으로 살면서, 특히 연애하는 가운데 결핍에서 오는 동일한 불안감에 다시 휩싸인다. 결핍 상태에 따른 불안은 어른이 된 아이의 사고를 작동하는 원동력이다. 아이는 어린 시절 깨우친 바와 같이, 자신이 좋아하는 그 혹은 그녀에 대해 생각하며 빈자리를 채운다. 아이는 자기 방식대로 두려움을 다스리는 법을 터득할 것이며, 이는 아이의 주변에 있는 사람이 두려움을 다스리는 방식이나 아이의 배우자가 하는 방식과도 달라진다. 하여 이는 모든 이들에게 삶을 심히 복잡하게 만드는 요인이 되지 않을 수 없다.

느끼거나 생각하거나

발달심리학자들은 생후 6주경, 아기들이 입을 다물고 있는 사람들보다 말을 하는 사람들을 주의 깊게 바라본다는 점을 발견했다. 사람들이 아이에게 들려주는 목소리가 발화자로 보이는 사람의 입술 움직임과 배치될 때, 청각 정보보다 시각 정보가 우세하다는 점도 알아냈다. 발화되는 것보다 보이는 걸 듣는 셈이다. 엄마가 걱정스러운 얼굴로 "다 잘될 거야"라고 말해도 아기는 엄마의 몸을 통해 전달되는 메시지, 즉 '걱정'이라는 정보를 주로 잡아낸다. 엄마가 입으로는 그 반대 이야기를 하더라도 말이다.

소아정신과 전문의들은 불안에 사로잡힌 엄마들이 마찬가지로 불안에 사로잡힌 아기를 안고 오는 경우를 종종 보는데, 엄마의 불안이 완화됨에 따라 아기의 긴장도 완화된다. 이를 통해 알 수 있는 사실은 우리가 갓난아기 때부터 하나의 지각 방식에서 방출되는 정보를 다른 지각 방식으로 전달할 수 있는 능력이 탁월하다는 점이다. 우리는 경험을 통째로 포착한다. 마치 타인의 존재와 그 의도를

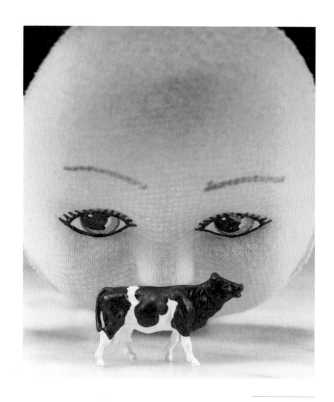

'젖소와 가면Vache et masque', 마크 아벨Marc Abel, 2000.

포괄적으로 생각해내는 능력이 있는 듯하다. 아이는 모든 것을 포착한다. 아기의 지각 능력은 어른보다 섬세하고 우수하다. 코드 변환 능력이 뛰어난 아기는 경험을 통해 목소리의 성질이나 울림, 소리의 높낮이, 입술의 움직임, 몸의 움직임, 촉감 등을 동시에 지각할 수 있다. 그러면서 세상에 대해 배워가는 것이다.

섭세한 지각 능력은 아이가 성장함에 따라 퇴보한다. 이후 중요한 부분만 단편적으로 남는데, 이에 따라 개인별 직관 능력이 달라진다. 우리 가운데 일부는 섭세한 지각 능력을 간직하고 발달시킬 수 있는데, 그런 사람들은 타인이 내보내는 정보에 매우 직관적이고 세심하게 반응한다. 이 능력을 직업으로 이용하는 경우도 있다. 이런 직업군에 속하는 게 정신과 의사 혹은 점쟁이다.

최면이라는 경험은 우리를 다시 신생아의 각성 상태로 만들면서 우리가 이런 능력을 어느 정도 되찾을 수 있게 해준다. 목소리, 요람에 누웠을 때와 같은 흔들림, 신체적 느낌 등 최면을 거는 사람과는 매우 의존도가 높으면서도 서로 떨어진 관계인데, 이는 우리가 그 같은 지각 능력을 조금이나마 되찾을 수 있게 해준다.

최면의 치유 능력은 "당신은 내 말을 듣습니다. 당신은 지금 아프지 않습니다. 당신은 지금 수술을 받고 있지만 아프지 않습니다"라는 암시문의 동화력에서 비롯되기도 하나, 그와 더불어 실제로 분리 현상이 나타나기 때문에 치료되기도 한다. 최면이 우리를 자기 내면으로 빠져들게 하면서 최면을 거는 사람에게서 완전히 분리시키기 때문이다. 우리가 신생아였을 때의 경험은 확실히 이와 비슷하다. 극단적으로 의존적인 상황이 극단적으로 독립적인 상황과 뒤섞이는 가운데, 정보란 정보는 죄다 긁어모아 축적하면서 자기만의 정신세계를 구축하는 것이다.

정도가 다르긴 하지만, 사랑에 빠진 상태 역시 우리를 매우 특별한 상태에 다시 빠져들게 만든다. 매우 예민한 상태에서 타인과 연결되는 것이다. 이는 사랑에 빠진 상태가 그토록 감미로우면서도 '정신을 잃을까' 두려운 이유 가운데 한 가지가 아닐까 한다.

· · ·

우리는 커가면서 이 굉장한 감각적 지각 능력에서 점점 멀어진다. 마치 사고가 육체보다 우위를 점하는 것 같은 느낌이다. 이는 우리가 모든 감각을 동원해 타인이라는 거울을 통해서 보는 것을 포함하여, 자기 모습을 바라보며 스스로 굽어보는 능력 때문이 아니라 우리가 지적으로 발달하기 때문에 나타나는 현상이다. 사고는 서서히 육체와 분리되어 하나의 관념이 되는데, 이는 자가 단련되는 추상적 사고다.

400년 전에 데카르트와 스피노자도 이에 대해 고도의 토론을 벌인 적이 있다. 지각이 이루어지는 모든 감각적 세계에서 감정은 사고에 대해 어떤 자리를 차지할 수 있는가? 고대 이후 지금까지 인간의 고질병은 관념이 사물, 육체, 현실을 대체하도록 하면서 순수한 사고 과정으로 존재하고 싶어한다는 점이다.

섬세한 지각 능력을 잃는다는 건 그만큼 동물적인 측면도 일부 잃는다는 말이 된다. 사고가 감각보다 우위에 서도록 하는 건 사회화를 위해 치러야 할 대가인 듯싶다. 반대로 보다 자연스럽고 본능적으로, 감각적으로 세상을 바라보는 건 이제 말할 수 있는 자신과 어울리지 않는 것 같기도 한다.

자신을 발견하고 타인을 발견하는 것, 자신을 돌아보고 외부 세계를 성찰하는 것, 결핍 상태를 재량껏 다스리고 사고를 구축하는 것 등은 우리를 성장시키고 우리가 지식과 역량을 업그레이드할 수 있도록 해주며, 주변 사람들과 다른 자기만의 세계를 만들어갈 수 있게 해준다. 우리는 자신의 존재에 따라, 우리의 능력으로 자신에게 비추어보는 것에 따라 서서히 자신이 되어간다. 그렇게 몸과 마음을 만들어가는 것이다.

이러한 경험은 사고와 육체를 연결해주며 자신을 살아 움직이는 존재로 만든다. 느끼고 지각하고 내보내고 받아들이는, 그리하여 자신에 대해 생각하는 동시에 타인에 대해서도 생각할 수 있는, 그럼으로써 몸과 마음으로 사랑도 할 수 있는 존재로 만드는 것이다.

TEXTES

지그문트 프로이트

정신분석학자

포르-다

아기는 지적인 측면에서 조숙함이라고는 전혀 보이지 않
았다. 생후 18개월 된 아기가 알아들을 법한 말은 몇 마디 정도만
발음할 수 있는 수준이고, 의미 있는 몇 가지 소리를 내기도 했는데
아기의 주변 사람들은 이를 완벽하게 이해했다. (…) 아기는 밤에
부모를 귀찮게 하지도 않고, 어떤 물건에 손을 대지 말라거나 어느
방에 들어가지 말라는 금기 사항도 성실히 준수했다. 특히 아기는
엄마가 없는 동안 절대로 우는 법이 없었는데, 엄마가 몇 시간씩 보
이지 않아도 상황은 마찬가지였다. 물론 아기와 엄마의 애착 관계는
강한 편이었다. 엄마는 모유를 먹일 뿐만 아니라 직접 아기를 키웠
고, 외부의 도움 없이 혼자서 아기를 돌보았기 때문이다.

그런데 나무랄 데 없는 이 아기에게는 자잘한 물건이면 무엇이든
방구석이나 침대 밑으로 던지는 습관이 있었다. (…) 아기는 자신에

게서 멀리 떨어진 곳으로 물건을 던지며 만족스럽고 재미있다는 듯 "o-o-o-o"라는 소리를 길게 냈다. 엄마와 관찰자의 공통된 의견은 이 소리가 무의미한 감탄사가 아니라 'fort(멀리 떨어져 있다)'라는 것이었다. 마침내 나는 이게 놀이임을 깨달았고, 아기는 장난감을 '멀리 던지는 데'만 이용했다.

어느 날 내 생각이 틀리지 않았음을 확인하게 해주는 상황을 목격했다. 아기는 실패를 가지고 있었는데, 실패를 자기 뒤로 보내 끌며 놀려는 생각을 한 번도 하지 않았다. 실패를 가지고 자동차 놀이는 하지 않았다는 이야기다. 아기는 실을 쥐고 매우 능숙하게 실패를 던졌다. 실패는 커튼으로 둘러싸인 침대 가장자리 너머로 굴러가 눈앞에서 사라졌다. 그러자 아기는 어김없이 "o-o-o-o"를 외쳤고, 이어 침대에서 실패를 잡아당기며 이번에는 "Da(나왔다)!"라고 말하며 좋아했다. 이는 사라짐의 요소와 재등장의 요소가 포함된 완벽한 놀이다. 사람들은 대부분 첫 번째 행위만 눈여겨본다. 이 행위가 끝없이 반복되기 때문이다. 그러나 아기에게 가장 큰 즐거움을 주는 게 다음 행위라는 점에는 의심할 여지가 없다.

따라서 놀이에 대한 해석은 간단하다. 아기는 자신이 좋아하는 것(에 대한 욕구 충족)을 포기하고자 노력을 기울인 셈이다. 이로써 아기는 엄마가 자기 곁을 떠나고 자리를 비운 상황에 대해 반발 없이 받아들일 수 있었다(…).

『정신분석 소론집Essais de psychanalyse』

Daniel N. Stern

대니얼 N. 스턴

정신의학자, 심리분석학자

애착과 상호주관성 그리고 사랑

우리는 애착과 상호주관성의 동기에 관한 체계를 명확히 구분하고자 한다. 비록 이들 체계가 상호 강화되고 상호 보완적이지만 말이다. (…)

애착과 상호주관성의 동기에 관한 체계를 구분하는 것은 이론적인 측면이나 임상적인 측면에서 중요하다. 사람들은 상호 주관적 내면성을 공유하지 않고도 애착 관계를 형성하거나, 애착 관계가 없이도 상호 주관적으로 내면성을 유지할 수 있다. 혹은 두 가지가 모두 있을 수도 있고, 둘 다 없을 수도 있다. 사람들의 관계가 보다 긴밀해지려면 애착과 상호주관성, 사랑이 필요하다. (…)

애착과 상호주관성은 함께 강화된다. 애착은 사람들 사이의 거리를 가깝게 유지하여 상호주관성이 발달되거나 자리 잡을 수 있도록 해주고, 상호주관성은 애착 형성에 용이한 환경을 만들어준다. 이 같은 발달 과정에서 무엇이 먼저라고 말하기는 힘들다. 태어난 지 얼마 안 된 아기에게 모유나 분유를 먹이는 사람의 감수성과 반응 정도는 상호주관성의 표현이자, 굳건한 애착 관계 형성에 반드시 필요한 조건이다(피터 포나기Peter Fonagy). 두 동기 체계는 함께 조화를 이루며 생존에 필수적인 집단의 통일성을 보장한다. 이들 체계는 상호 촉진 효과가 크지만, 서로 독립적인 상태를 유지한다.

일부 사회에서는 개인의 정신세계를 개인적 차원에 속하는 유일하고 독립적인 것으로 보지 않는다. 자아의 개념은 개인적 성격이 약화되고, 집단의 상호 주관적 원형에 더 가까워진다. 이러한 사회에서는 별도의 언어 이원론적인 상호 주관적 교류보다 집단의 의식과 행동으로 소속감이 유지된다. 춤이나 운동, 노래, 서사, 시 등으로 소속감이 유지되는 것이다. 이 같은 상황에서 물리적 추방이나 따돌림은 의식과 집단 활동에 참여하는 데 지장을 주므로 소외 현상을 초래할 수 있다. 이는 손상된 애착 관계와 정신적 고독이 뒤섞인 상태로, 해결하기 쉽지 않다.

대개 가족적·이원론적인 상호 주관적 접촉의 결과로 정신적 소속감이 생기는 서구 문화권으로 다시 가보자. 서구 문화권에서 살아가는 우리는 매우 사회적인 민족일 뿐만 아니라, 자신의 내면성에 대해서도 고민이 많다. 내면성 가운데서도 정신적인 내면성은 관계의 열쇠다. 서구 현대사회의 사랑과 우정에 대한 개념에서는 대개 상호주관성이 필수적인 요소일 것이다.

우리가 커가면서 가장 목숨 걸고 상호 주관적 관계를 추구하는 사람은 변하게 마련인데, 이 같은 애착의 대상은 부모와 형제부터 시작하여 사춘기나 청소년기가 되면 또래 집단으로 옮겨가고, 어른의 나이에 접어들면 사랑하는 사람으로 바뀐다. 우리는 정신적으로 고통스러울 때 상호 주관적 관계를 위해 치료사에게 눈을 돌리는데, 상호 주관적 관계는 때로 생존의 동의어가 될 수 있다.

『심리 치료와 일상의 삶에서 지금 이 순간The Present Moment in Psychotherapy and Everyday Life』

Albert Ciccone

알베르 시콘

정신분석학자

놀이와 창조

　놀이는 일단 자위적이며, 대상과 맺은 관계 경험의 내면화를 나타낸다. 놀이는 내적 대상의 구성 상태를 보여주는데, 이는 대상의 실제 모습이 아니라 아이가 주관적 관점에서 대상을 지각하고 파악하며 (재)구축한 모습으로 나타난다. 놀이는 내면화를 만들고, 자아를 형성하며, 정신적 재료를 생성한다. 이에 따라 놀이는 이타성이 미치는 외상성 영향을 완화한다. 놀이에서 관건은 잠재적으로 이타성의 외상성 영향을 완화한다는 점인데, 현실 세계와 만나고 이타적 존재와 만나는 과정에서 생길 수 있는 정신적 충격을 줄여준다는 뜻이다. 예를 들어 아이가 방금 전 겪은 충격적 경험이나 불쾌한 경험을 놀이에서 반복할 때, 아이는 이 같은 정신적 충격이 완화됨을 깨닫는다.

　우리는 주느비에브 아그Geneviève Haag가 '체내 동일시'라고 부른 것을 통해 초기의 내면화, 초기 형태의 놀이를 관찰할 수 있다. 아이는 주위 사람들과 맺는 상호 관계를 자기 신체 부위를 이용해 재현한다(예를 들어 아이는 엄마 품에 안겨 모유나 분유를 먹다가 한 손을 다른 한 손에 끼우며 손 연결 놀이를 한다. 한 손을 다른 손에 끼우는 것은 아이를 감싸 안는 엄마를 상징한다).

이타성을 줄여주는 내면화 움직임이 놀이로 강화되기는 하나, 놀이는 외면화 움직임을 전제로 한다. 즉 외부 세계의 사물이 심리적 현실을 지나는 것이다. 위니캇이 말했듯이 아이는 놀이를 통해 외부 세계에서 단편적인 것들을 취하여 외재화하고, 잠재적 꿈의 표본을 경험한다. 내적 현실은 외적 현실을 거치며 표현·변모되고, 이어 다시 내면화한다. 내면화와 외면화의 이중적 움직임은 놀이의 특징인 과도기성을 나타낸다. 이중적 움직임의 예를 살펴보자.

높은 의자에서 엄마가 숟가락으로 이유식을 먹여주는 생후 8~10개월 된 아기는 장난감을 떨어뜨리며 노는 경우가 많다. 엄마는 떨어진 장난감을 주워주고, 이 과정은 끊임없이 반복된다. 이 광경을 자세히 살펴보면 아기가 음식물을 삼키려는 순간 장난감을 던진다는 사실을 알 수 있다. 사물을 떨어뜨리는 동작은 음식물이 우리 몸속에 던져지는 상황을 공간적으로 투사한 것이라고 볼 수 있다.

아기는 물건의 상태가 어떤지 확인한다. 아기가 확인하는 건 체내화와 그에 따라 움직이는 구순성 가학적 요소가 자신에게 먹을 것을 주는 엄마를 파괴하지 않았다는 점이다. 장난감을 되찾는 건 공격에서 살아남은 대상인 엄마와 자신의 재회를 상징한다. (엄마가 주워줌으로써) 자신이 던진 물건이 돌아왔으며, 엄마도 체내화에서 살아남았다. 아이는 구순성 체내화로 나타나는 정신적 체내화가 대상을 파괴하지 않았음을 경험한다는 의미다. 대상의 연속성 개념도 이와 같이 습득된다.

르네 루씨옹René Roussillon 외, 『심리학과 임상 정신병리학 매뉴얼Manuel de psychologie et de psychopathologie clinique générale』

'덫Piège', RDA.

Albert Ciccone / Marc Lhôpital

알베르 시콘 / 마르크 로피탈

정신분석학자 / 임상심리학자

체내화, 내면화

"사라진 것의 흡수… 이는 애도와 그에 따른 영향을 거부하겠다는 뜻이고, 자신의 곁을 떠난 대상에게 있는 자신의 일부를 자기 안으로 들이지 않겠다는 뜻이며, 깨닫고 나면 우리를 다르게 만들어버릴 상실의 진정한 의미를 알고 싶지 않다는 뜻이다. 즉 자기 안으로 투입하는 것을 거부하겠다는 얘기다. 체내화의 환상은 정신 구조에서 결함을 드러낸다. 정확히 투입이 일어날 곳에 공백이 생긴 것이다." 에이브러햄[N. Abraham]과 토록[M. Torok]이 「애도 혹은 침울」이라는 논문에서 한 이야기다. 투입이 언어의 습득이면, 체내화는 사전의 구매다. (…)

모든 애도의 과정은 동일하다. 무엇을 배우든 (선생님과 학생, 기르는 자와 길러지는 자, 분석자와 피분석자 등) 무슨 관계든 과정은 동일하다는 것이다. 우리는 정신적인 양식과 지식 등을 내면화하고 통합하기 전에 자기 몸 안으로 들어가는 환상을 키우며, 마치 자신이 주인인 양 행세한다. 체내화가 투입에 자리를 내주고, 투사적 동일화가 투입적 동일화에 자리를 내주는 건 둘째 단계다.

투사적 동일화가 심하게 파괴적인 건 아니지만, 받아들이는 쪽에 있는 사람은 '내가 다른 사람인 양 말하고 생각하고 존재한다'고 생각한다. 파괴력의 활성화 정도가 심화되면 투사에 박탈이 더해진다. 시기심 때문이다. 하여 '나는 다른 사람보다 낮게 말하고 생각하며 존재한다'고 생각한다. 타인의 내면에 나 자신을 가져다놓는 것이며, 필요성이나 의존도는 인정하지 않는다. 그의 생각이 마치 내 것이라도 되는 양, 내가 마법과도 같이 즉각 그 사람만큼 힘이 세지고 똑똑해지며 어른스러워지기라도 한 것처럼 굴면서 그의 생각을 내 것으로 삼는다. '나'는 타인을 체내화한 것이지, 전혀 투입하지 않았다. 이는 병적인 투사적 동일화에 해당한다. (⋯)

따라서 체내화는 투입에 필요한 것으로 나타나며, 투사적 동일화는 투입적 동일화에 필요한 것으로 나타난다. 하나에서 다른 하나로 넘어가는 것, 원상原象의 지위 혹은 체내화된 대상의 지위에서 내적 대상의 지위로 넘어가는 것 등은 치료 과정의 핵심이며, 보다 구체적으로는 분석 과정의 본질이다. 하지만 이러한 이행 과정은 아직 밝혀지지 않은 상태다.

『정신적 생활의 탄생Naissance de la vie psychique』

4

나
그리고 나
그리고 나

프랑시는 들판에서 산책하고 있었다.

그러다가 실수로 바람을 피웠다.

프랑시는 엄청난 죄의식을 느낀 나머지, 정상적인 생활을 할 수 없는 지경에 이르렀다.

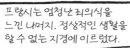

결국 프랑시는 아내에게 모두 털어놓았는데. 그러고 나니 어느 정도 안도감이 들었다.

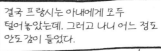

이를 안 아내는 대뜸 화를 냈다. 모두 털어놓고 너무 쉽게 양심에 떳떳해지는 게 아니냐는 것이다.

이후 프랑시는 죄의식을 자기 안에 간직하는 법을 터득했다.

나
그리고
나
그리고
나

고집스러운 의사 몇 명이 인간의 사고가 어떻게 이루어지는지, 왜 어느 순간 환자들 머리가 '돌아버리는지' 알려고 기를 쓴지 수십 년이 지났다. 의사들은 특히 그런 환자들을 치료해주고 싶었다. 법은 사회정의라는 이름으로 그런 환자들을 선별·분류·추출해 사회에서 더는 문제를 일으키지 않도록 하고 있었다. 당시는 '의학'에 불과하던 정신의학계가 서서히 태동하던 시기다. 가장 두드러진 발전은 이른바 정상적이라는 사람들과 달리 어딘가 비정상적인 사람들에 대해 보다 전문적인 법의학 명칭을 만들어냈다는 점이다. 그런데 정신 분야만큼이나 주관적이고 불안정한 분야에서는 '용어' 자체가 무척 상대적일 수 있으며, 때로 이름을 짓는다는 게 꽤 어려운 일에 속한다.

오스트리아의 무명 신경의학자 지그문트 프로이트가 정신 분야

와 관련하여 지극히 개념적인 내용 기술에 집중하던 20세기 초만
해도 상황은 별반 다르지 않았다. 내내 그 정도 수준이었다는 얘기
다. 그의 연구는 폭발적인 반향을 불러일으켰다. 프로이트는 자신
이 관찰한 사실과 종전 학자들이 관찰한 사실을 이론화하면서 무의
식의 개념을 '발명'했다. 마치 보물이라도 찾은 것 같았는데, 여기
에는 단순한 발견자 이상의 의미가 있었다. 그는 한마디로 무의식
의 '발명자'다. 프로이트는 정신 구조와 관련한 모든 것에 접근하
는 방식을 혁명적으로 바꿔놓았다. 통제 불가능한 상황은 비단 '미
친' 사람이라고 불리는 이들의 머릿속에서만 벌어지는 게 아니라는
설명이 대표적이다.

존재하는 두 가지 힘

프로이트는 존재의 내면 혹은 정신 구조 내부에서 일어나
는 일에 대해, 개인이 자신의 무의식과 맺는 관계에 대해 훌륭한 설
명을 제시한 학자다. 우리 가운데 아무도 자신의 집에서 주인이 아
니라는 것이다. 지금이야 이런 해석이 분명한 사실로 여겨지지만,
당시로서는 프로이트가 처음 제기한 주장이다. 지극히 정상적이고
정신 상태가 건강한 사람이라도 자기 내부에 알지 못하는 힘이 있
을 수 있고, 자기도 모르는 사이에 자신에게 영향을 미치고 이상한

생각을 하게 만들며 이해할 수 없는 증상에 따르도록 만드는 힘이 있을 수 있다. 이 모든 것은 의식과 무의식이 자기 내부에서 대립하기 때문이다.

의식이란 우리가 통제·설명할 수 있고 말로 풀어낼 수 있는 부분으로, 마치 바르게 자란 어른 같은 모습이다. 반면 무의식은 자기 손에서 완전히 벗어나는 부분이며, 이는 유년기 동안 형성된다. 이 시기에 무의식은 수많은 감각과 연상, 중첩 등을 기억 속에 축적하며, '의식'하지 못한 채 자신에게 영향을 미치는 정신적 조합 등도

'멱살Par le col'.

머릿속에 담아둔다.

　무의식은 모든 것을 바꿔놓는다. 무의식은 유년기에 축적된 수많은 자료들로 구성되며, 우리 손에서 완전히 벗어난 영역이다. 우리는 굳이 관심을 쏟지 않으면 자기 안에서 벌어지는 이 상황에 대해 아무것도 알 수 없다. 유년기의 요동치는 내면세계는 어떤 문명에서 살든, 어떤 합리적 수준으로 살든, 종교와 도덕이 무엇이든 우리에게 지속적으로 영향을 미치며 언제든 불쑥 튀어나올 수 있다. 게다가 우리는 이를 억제할 수도 없다. 기이하고 성가시며 때로는 초현실적인 무의식은 무척 흥미로운 대상이다.

"나보다 강하다"

　　프로이트는 무의식에 대한 연구를 이어가면서 여세를 몰아 이드-에고(자아)-슈퍼에고(초자아) 이론을 발전시킨다. 우리가 종종 '자신의 능력을 넘어' 스스로 벗어나기 힘든 상황에 처하는 까닭이 무엇인지, 우리는 왜 말하지 말아야 할 것을 말하고 선택하지 말아야 할 사람을 선택하는지, 상식이 우리에게 소곤거리는 것과 정확히 반대되는 일을 하는 이유는 무엇인지 합리적으로 설명해주는 이론이다. 이 모든 건 의식과 무의식의 방황에 더해 우리의 정신구조가 세 가지 모순된 힘으로 구성되어야 하기 때문이다.

프로이트가 '이드'라고 이름 붙인 것은 저 유명한 '삶의 충동'을 포함한다. 이드는 즐거움과 쾌락을 주며, 우리를 기분 좋게 만드는 모든 것으로 이끌어간다. 그 반대 개념이 '초자아'다. 이는 집안의 규칙, 사회·문화적 규정, 종교적 규칙 등이 내면화하여 우리를 지배하는 것으로, '기분 좋게 만드는 모든 것'과 상반된다. 이드와 초자아 사이에 있는 '자아'는 편한 자리를 찾고자 최대한 싸우면서도 규칙을 완전히 위배하지 않는 한도에서 쾌락을 추구할 수 있게 해준다.

. . .

프로이트 이후 세상은 달라졌다. 세력 구도는 거의 반대로 바뀌었다. 우리는 불과 1세기 만에 자기의 쾌락을 충족하기 위해 종종 지금까지 감수하며 위반해야 했던 매우 엄격한 규정들을 부과하는 무척 강력한 초자아의 사회에서 '제약 없이 즐기자'는 혁명적 기치 아래 이드가 지배하는 사회, 개인의 행복이 공공의 이익 다음에 오기 어려운 사회로 넘어갔다. 그 결과 자아는 늘 이드와 초자아 사이에 샌드위치처럼 끼어 있는 신세가 된다. 하여 자아가 겪는 병과 증상들이 크게 늘어난다. 사회의 금기 사항에 맞서는 것은 있을 수 없는 일이고, 자신이 원하는 것에 직접 반대하기도 어려운 일이기 때문이다.

상황이 이처럼 달라졌으나, 청소년들은 점점 더 자신에게 화풀이

하는 경향을 보이고 있다. 무엇에 반대해야 하는지 모르기 때문이다. 이는 연인 관계도 혼란스럽고 복잡하게 만들었다. 남자는 일하고 여자는 음식을 해야 한다거나, 여자는 감성이 풍부하고 남자는 힘이 세다는 등 미리 정해진 역할에 국한되지 않는 자유, 나아가 그럴 의무까지 부여됐기 때문이다. 이제 각자의 역할은 자기 정체성과 욕구에 따라 결정된다. 부부는 오렌지가 반쪽씩 모여 하나가 되기 위한 것이 아니며, 두 자아가 모여 좋든 싫든 제3의 개체를 만듦으로써 각자 개별적이고 유일한 존재가 될 가능성을 남겨둔다.

요동치는 머릿속

의식과 무의식 사이에서 종종 자아가 제자리를 찾기 힘들다는 사실은 쉽게 이해가 간다. 한 자아가 다른 자아와 조화를 이루어야 하는 상황에서는 더더욱 그렇다. 상대는 나름대로 정신이 없고, 그런 상대와 내가 정반대되는 경우가 생기기 때문이다. 거기에서 불씨가 생겨나는 것은 지극히 당연한 일이다. 때로 우리의 삶을 엉망으로 만드는 내적인 혼란 상태가 주변과 관계를 전쟁터로 바꾸는 것도 이로써 설명된다.

우리에게 늘 영향을 미치는 이 모든 정신적 갈등은 프로이트와 그 전후의 학자들이 연구한 여러 가지 형태로 나타난다. 꿈, 환상,

실수, 실착 행위, 반복적인 행동 등은 이런 갈등이 기포의 형태로 표면 위로 올라온 것에 해당한다. 정신적 생산물은 우리의 창의력이 무한하다는 사실을 보여준다. 이런 면에 있어 초현실주의자들은 자기 능력을 보여주었으나, 제아무리 뛰어난 그림이나 글, 영화라도 우리의 정신 구조가 만들어내는 구축, 연상, 중첩, 치환 등의 풍부

'주황색 카우치에 앉은 루시안 프로이트의 초상 Portrait of Lucian Freud on Orange Couch',
프랜시스 베이컨 Francis Bacon, 1965.

함과 복잡함을 풀어서 보여줄 수는 없으며, 우리도 모르는 사이 내면에서 일어나는 극적인 상황도 설명해주지 못한다.

딸과 사랑에 빠진 아버지, 자식을 죽이고 싶어하는 어머니, 의붓딸을 시기하는 의붓어머니, 자식을 버리는 부모, 자식을 먹어 치우는 아버지, 무능한 인간을 휘어잡는 공상 등 가장 원시적인 문화부터 가장 진화한 문화까지 모든 문화권에서는 시대를 막론하고 구조가 동일한 민담과 신화가 존재한다. 우리의 무의식도 여기에서 형성된다. 세상에 태어난 뒤 우리 안에 자리 잡으며 우리가 맞닥뜨리는 현실, 만남, 삶의 경험 등에 따라 끊임없이 변하는 시원적 두려움과 환상적 상상이 만들어지는 것이다.

우리는 그토록 강한 존재감과 높은 영향력에도 정작 그 실체와 정체는 파악되지 않는 무의식과 더불어, 사람들이나 세상과 관계를 만들고 엮어간다. 우리의 보이지 않는 무의식의 세계, 우리 곁을 스쳐 지나가는 타인의 보이지 않는 무의식의 세계와 더불어 관계가 형성된다.

TEXTES

Ronald D. Laing

로널드 D. 랭

정신의학자, 정신분석학자

나 자신으로 존재하기

집단 분석 과정에서 두 환자의 언쟁이 높아졌다. 그러다 둘 중 하나가 다음과 같이 말하며 언쟁에 종지부를 찍었다. "더는 못 하겠소. 당신은 지금 나를 이겨 먹으려는 생각에 논쟁을 벌이지만, 나는 내 존재를 유지하기 위해 논쟁하는 거요." (…)

타인과 정상적인 관계를 유지하려면 자기의 독자적인 정체성에 대한 느낌이 굳건해야 한다. 타인과 맺는 모든 관계는 개인에게 정체성 상실이라는 위협을 가한다는 이야기다. 이런 상황 가운데 필자가 '자아 침탈'이라 칭한 형태가 있는데, 이 경우 환자는 타인이나 자신을 막론하고 모든 관계를 두려워한다. 관계의 불확실성이 안정적 자립에 영향을 미치면서 이를 앗아갈 수 있기 때문이다.

이 현상은 개인이 이를 피하기 위해 부단히 노력하는데도 좋든 싫든 생길 수 있는 무엇으로 보기 힘들다. 이런 상태에 있으면 좌절

속에서도 진이 빠지도록 발버둥치는 것 외에는 익사 상태에서 벗어날 수 없는 사람처럼 자신을 인식한다. 그에게 자아 침탈이란 이해되고(즉 놀라고 충격 받고) 사랑 받으면서(즉 존재 자체를 보여주면서) 자신에게 닥치는 위험 같은 것이다. 다른 이유에서 미움 받는 걸 두려워할 수도 있지만, 이때 미움 받는다는 건 종종 사랑에 '집어삼켜지면서' 파괴되는 것보다 덜 위험하게 느껴진다.

자아가 외부에 의해 집어삼켜질지 모른다는 두려움 속에서 자기 정체성을 유지하기 위해 이용할 수 있는 주된 방법은 고립이다. 따라서 개인의 자립성에 기반을 둔 분리와 관계의 개념 대신 타인에 의한 완벽한 존재 상실(자아 침탈)과 완벽한 고독(고립)이라는 정반대 개념이 존재한다. 서로 자신의 존재를 확신하면서 이를 기반으로 '상실'되는 두 사람의 변증법적 관계를 보장하는 제3의 가능성은 존재하지 않는다. '진정한' 결합은 각자 자신에 대해 확신할 때만 가능하다. 한 사람이 자신을 미워하면 그는 타인의 자아 속에서 자신을 잃어버리고 싶어할 수 있다. 이때 타인에 의해 자신이 '집어삼켜지는 것'은 도망치기 위한 방법이다.

『분열된 자아The Divided Self』

Roland Gori

롤랑 고리

정신분석학자

잃어버리는 것과 사라지는 것

스스로 '열정적'이라고 말하는 것은 고통에 대한 자질을 자백하는 것이나 다름없다. 오랫동안 '고통'을 의미해온 '열정 passion'이라는 단어는 오늘날 자기 의지에 반하여 어느 대상에 마음을 빼앗기고, 그 대상 없이는 살 수 없는 상태를 의미한다. 열정이라는 상태의 원인과 결과이자 관건이 되는 부분은 고통이다. 이는 이 단어가 세상에 태어난 이후 줄곧 그래 왔다. 우선 신체적 차원에서 열정이 가리키는 고통은 점차 정신적인 고통, 마음의 고통으로 바뀌었다.

따라서 어원학적으로 봤을 때 열정은 곧 고통이며, 그에 따른 영향은 익히 알려져 있다. 비극적 비장함, 광기 어린 방황, 중독적인 집착, 수집가의 강박적 페티시즘 등 열정의 특징은 오해의 여지가 없으며, 아무도 이를 혼동하지 않는다. (…)

츠바이크는 『한 여자 인생의 24시간 24heures de la vie d'une femme』이라
는 소설에서, 도박에 대한 열정에 사로잡힌 한 남자의 손에 광적인
집착을 보이는 여주인공의 모습을 보여준다. "먼저 두려울 정도로
나를 놀라게 한 건 그의 손에서 나는 열기, 그 광적인 열정의 표현
이다. 서로 꽉 껴안고 맞붙어 싸우는 이 광기 어린 방식이 놀라운
것이다. 여기에서 나는 그를 대번에 이해할 수 있었다. 그는 열정이
자기 존재 전체를 폭발시키도록 자기 손가락 끝에 모든 열정을 집
중시킬 힘으로 충만한 남자다."

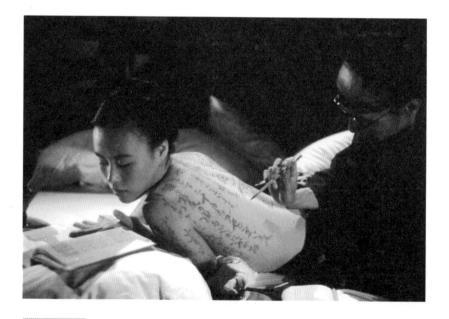

영화 '필로우 북The Pillow Book',
감독 : 피터 그리너웨이Peter Greenaway, 출연 : 우첸메이鄔君梅, 1996.

열정에 사로잡힌 사람이든, 그에게 다가가고 그를 둘러싼 사람이든 이들은 모두 자신이 빠진 비극의 내적인 힘을 인식하지 못하며, 대개 그에 따른 결과로 괴로워하거나, 좋든 싫든 그로 인한 피해를 예상하려고 노력하는 데 그친다. 열정에 사로잡힌 사람은 자기 눈으로 보든 다른 사람의 눈으로 보든 자신을 빼앗긴 사람으로 보이며, 더는 열정을 다스리지 못하고 자기 생각도 없으며 자기 의지대로 행동하지도 못한다. 열정이 극에 달하면 주체가 타락 혹은 실추되며, 객체의 사소한 자취로 존재할 수밖에 없다. 그리고 주체를 사로잡고 가차 없이 집어삼키기 위해 자신의 몰락에 집착하는 사람처럼 되고 만다.

증오

진실하던 사랑은 왜 결국 증오로 귀결되는가? 사랑의 열정은 어째서 늘 파괴의 욕구를 불러일으키는가? 애정망상증 환자들에게 사랑 받는다는 착각은 왜 결국 호소망상과 복수로 이어지는가? 이들은 어째서 한때 자신이 흠잡을 데 없이 완벽한 사람으로 추앙하던 인물을 유감과 복수의 감정으로 뒤쫓는가? 사람을 그의 모습 그대로 혹은 거의 그런 상태에서 보려면 어째서 그 사람을 미워해야 하는가? 나와 형제같이 닮은 사람인데도 어째서 타인과 이방인을 미워하고, 나 자신과 그의 차이에 대해 혐오하는가? 왜 우리는 가장 가까운 사람을 가장 미워하는가? 인간이 줄곧 타인을 통한 자기 파괴를 재촉하게 된 이후, 인간은 도대체 왜 이 물음에서 헤어날 수 없게 되었는가? 인간이 문화와 문명에 가까워지게 만든 것을, 문화나 문명과 관계된 행위로 파괴하도록 이끄는 원인이 인간 내부에 자리 잡고 있을까?

혹자는 '문명의 충돌' 때문이라고 믿게 하고 싶겠지만, 이 같은 표현은 외려 자기실현적 예언이 없애고자 하는 위험을 만들어낸다. 충돌은 문명 속에서 벌어진다. 문명이란 필연적으로 잔인하고 미개하게 마련이다. 비극적인 언어적 표현이 동질성과 가산성에 따른 언어적 처리로 구속될 때, 그 정도는 심화된다.

피에르 페디다 Pierre Fédida의 아름다운 표현을 빌리면, '이방인의 위치'는 언어 그 자체에 있다. 언어 가운데 가상의 타자가 자리하며, 그 상징적 존재가 실제 대화 상대가 된다. 이 '타자'를 구현하려면 다른 타자들이 필요하다. 우리에게는 타자들이 필요하다. 우리 안에 '타자'가 늘 살아 있다는 사실을 타자들의 존재로 증명하기 위해서다. 이 타자들을 죽이면 우리는 '타자'의 매개체가 될 수 있는 존재들을 사라지게 만드는 셈이다.

우리는 직접적으로 '타자'에 맞서며, 우리의 메시지를 환각의 형태로 받아들일 수밖에 없다. 따라서 우리는 정신병의 순수하고 단순한 영역에 놓인다. 나는 여기에서 다른 사람을 죽이려면 미쳐야 한다는 이야기를 하려는 게 아니다. 그런 생각은 하지도 않는다. 내가 말하고자 하는 건 다른 부분이다. 나는 어느 사람이라도 상황에 휩쓸린 채 공격성에 사로잡혀 다른 사람을 죽일 수 있다고 확신하며, 그 상황이 갑자기 가치가 생겨 그런 일이 생길 수 있다고 생각한다. 사랑의 열정은 죽음과 파괴에 관한 생각과 끊임없이 가까워지려 든다.

『열정의 논리 Logique des passions』

5

관 계 의
조 율

프랑시는 들판에서 산책하고 있었다.

그러다가 다른 친구가 만나고 싶었다.

첫 번째 관계에서는 전혀 융합되는 느낌이 없었다. 여자 친구는 별로 공감을 표현하지 않았고, 프랑시는 여자 친구가 곁에 있는데도 외로웠다.

두 번째 여자 친구와 관계는 왠지 확신이 서지 않았다. 완전히 하나가 된 느낌이었으나, 프랑시는 자신과 관계를 맺는다는 불쾌한 느낌이 들었다.

당황한 프랑시는 자신의 정서 교류 능력을 의심했다.

그리고 프랑시는 친구의 아내 쉬시앙과 잤다.

관계의 조율

의식, 무의식, 삶의 충동, 욕구, 빈자리에 대한 두려움, 타인 등 우리의 사고와 개성은 풍부하면서도 상반된 원료를 바탕으로 구축된다. 이들 요소에 언어를 더할 수도 있다. 마법 같은 힘이 있는 언어는 살면서 겪는 이런저런 일들에 맞서기 위해 없어서는 안 될 도구다. 이런 도구를 갖춘 우리는 엄청난 일에 뛰어들 수 있다. 이로써 우리 삶이 하나 둘 채워지며, 정서 생활의 핵심인 교류와 공유가 이루어진다.

존재를 위한 공유

따라서 우리는 태어나는 순간부터 모든 것을 끌어들인다. 아기의 지각 능력은 어른의 지각 능력보다 훨씬 섬세하고 우수하다. 목소리의 성질이나 울림과 높낮이, 입술과 신체의 움직임, 촉감 등을 한 번에 파악할 수 있는 놀라운 해석 능력 때문이다. 하지만 이것만으로는 부족하다. 우리는 생후 6~9개월, 타인과 정신적 공유가 가능하다는 사실을 깨닫는다. 타인이 느끼는 것을 우리가 인지할 수 있다는 사실, 우리가 느끼는 것을 타인에게 표현할 수 있다는 사실을 이해한다.

우리는 타인의 존재를 깨닫기 시작하면서 자신의 경험을 공유하고 상대와 소통하고 싶다는 욕구를 느낀다. 갓난아기가 이를 인식하면 곧 타인의 반응을 유발하려고 노력한다. 아기는 무언가 충분하지 않다고 느끼면 자신이 느끼는 바를 타인에게도 알려주고 싶어 하며, 말 그대로 이를 '교류'하고 싶어한다. 자신이 지금 어떤 상황을 겪는지 깨닫고, 자신이 느낀 바를 공유하려는 것이다. 즐거움을 느끼는 아기는 자신의 즐거움이 타인에게도 즐거움을 유발한다는 걸 아는 만큼 더더욱 즐거워한다.

아기는 정서 상태의 교류, 즉 자신이 느끼는 것을 타인과 소통하고자 하는 마음과 그 즐거움을 매우 빨리 경험한다. 목적은 타인에게 이를 알리고, 타인과 함께 느끼기 위해서다. 아기가 크게 웃음을 터뜨릴 때, 그 웃음을 보고 가족도 웃으면 이 웃음은 다시 아이의 폭소를 자아낸다.

이는 모든 정서 교류의 기반이다. 사랑하는 사람에게 하루 일과를 이야기하는 건 상대와 정서적으로 무엇을 공유하기 위해서다.

'사랑을 나누는 동물들Les Animaux amoureux', 로랑 샤르보니에Laurent Charbonnier, 2007.

하루 일과가 만족스러웠다면 기쁨은 배가 된다. 극복해야 할 난관에 대해 동정의 뜻을 표하면 좋지 않은 경험이라도 값진 경험이 된다. 그러기에 "기쁨은 나누면 배가 되고, 슬픔은 나누면 반이 된다"고 하지 않는가.

갓난아기라도 할 수 있는 한 모든 언어적 형태를 동원하여 자기의 경험을 소통하려 든다. 정서적 교류를 하려는 것이다. 우리는 이후에도 결코 이를 멈추지 않는다. 몇 년 뒤면 이런 기반에서 애정 관계가 만들어진다. 경험을 공유하는 과정에서 타인은 자신과 우리에게 가치를 부여한다.

조화의 모색

표정, 몸짓, 애무, 시선, 눈물, 웃음, 단어 등 모든 언어적 형태로 의사소통하며, 끊임없이 교류하는 가운데 각자 상대를 변화시킨다. 갓난아기는 '엄마'라는 존재를 만들어내며, 엄마는 '아기'라는 존재를 만들어낸다. 연인도 서로 존재를 만들어간다. 근본적으로 이들을 이어주는 것은 폭넓은 의미에서 정서적 공유다. 음악으로 말하면 '조율'이다.

조율은 서로 음을 조화롭게 연주할 수 있도록 조정하는 방식이다. 타인에게서 자신의 색깔이 나타나는 무엇을 인지하여 함께 조화로운 음을 만들어내는 것이다. 이는 관현악단이 다 같이 연주하기에 앞서 자기 악기를 조율하는 것과 비슷하다. 부모가 아이와 정서적으로 이어지지 않고, 자신의 감정적 · 정서적 · 애정적 잠재력을 어떤 식으로든 쏟아 붓지 않는다면 부모와 자식의 관계는 불협화음을 내고 만다. 상대를 조금도 이해하지 못하는 아기와 어른일 뿐이다.

조화로운 화음을 위해서는 아기가 할 수 있는 것에 대해 가급적 정확하게 반응해주어야 하고, 아기가 주위 환경에서 자기 능력과 꼭 맞는 무엇을 발견하는지 예의 주시해야 한다. 그리고 아기에게 지금 자신이 창조하는 과정에 있다는 인상을 주어야 한다. 이는 아기의 능력에 비해 너무 앞서가도 안 되고, 뒤처져도 안 되는 매우 민감한 작업이다.

끝없는 교류는 아기에게 이제 막 생겨나는 자질들이 표면 위로 드러나 발달할 수 있도록 도와준다. 그 과정에서 부모 또한 제대로 된 부모로 거듭난다. 아이가 천사 같은 웃음을 짓고, 부모가 이 웃음을 해석하며, 아기는 이 해석에서 무엇을 만들어 웃음에 의미를 부여한다. 조율은 일종의 반사작용 같은 것으로 성찰과 사고력, 의식적 구상력을 넘어선다.

타인의 존재와 부재

이 같은 교류는 생후 초기부터 말 그대로 두 주체인 두 사람, 동등한 관계인 두 사람을 대면하게 만든다. 그렇다. 두 주체는 동등하다. 아기는 부모에게 의존적이나, 부모 또한 아기에게 의존적이다. 아기는 부모의 관심을 온통 사로잡으며, 부모의 정신 구조를 완전히 장악한다. 상대가 자신의 세계를 침범하는 이런 상태에 양쪽 모두 온통 신경이 쏠려 있는가 하면, 다른 한편 주체로서 남아 있기 위해 고군분투한다. 상대에게 자신이 완전히 녹아 없어지는

'지금 내 말 들려Je te parle, tu m'écoutes?', 스튜어트 피어스Stuart Pearce.

불상사를 막기 위해서다. 달리 말하면 사랑의 열정에 완전히 사로 잡히지 않으려는 것이다.

나중에 아이가 미치도록 사랑에 빠질 때면 그 자신으로서 존재하려고 애쓸 테고, 단지 타인의 연장으로 존재하지 않으려고 노력할 것이다. 아이는 흥분 상태에서 열심히 관계에 몰입하는 동시에, 거기에서 벗어나 자기의 망상에서 발을 빼야 할 필요도 있다. 사랑의 열정은 타인에게 완전히 잠식당하는 한 방식이며, 성욕에 의해 이상적으로 추앙된다. 심지어 나와 타인의 경계가 무너지는 수준까지 간다.

이는 타인의 입장에서 생각하고 지각하는 방식이기도 하다. 하지만 때로는 타인의 존재에 억눌리지 않고, 타인에게서 벗어나 숨을 쉬기 위한 치열한 싸움이 되기도 하다. 욕구와 생존의 문제는 아이에게 같은 방식으로 진행된다.

우리는 자신과 융합, 대치 사이를 오가며 희열과 고통, 다시금 사랑의 열정에 사로잡히며, 육체적 열정이 더해질 때는 정도가 심해진다. 상대에게 자신을 맞추고 상대와 자신을 하나로 연결하면서, 육체와 감각, 감정, 생각 등을 동시에 주고받으면서 성욕은 우리가 어릴 적 부모님과 관계에서 맛본 경험과 극도로 유사한 경험을 하도록 이끈다.

우리는 타인과 교류하는 법을 배우면서 자신과 교류하는 법도 배운다. 생애 초기에 나타나는 이런 조율 과정이 원활하면 제대로 된 정서 상태를 갖출 수 있다. 인간은 이 같은 교류 단계가 밑바탕이 되어야 타인과 함께 있을 때도 혼자 있을 줄 안다. 아기가 부모와 자신의 관계를 조율하면서 터득하는 것도 바로 이런 부분이다. 아기는 이를 통해 교류하고 공유하는 능력을 습득한다. 사랑할 줄 아는 능력이 생기는 것이다. 이로써 아기는 기나긴 모험의 길에 첫발을 내디딘다.

TEXTES

Daniel N. Stern

대니얼 N. 스턴

정신의학자, 정신분석학자

조율

생후 9개월, 여자아이는 장난감에 매우 흥미를 보이고, 이어 장난감이 있는 곳에 다다른다. 장난감을 손에 쥐자 아이는 "아아아~!"라며 크게 소리를 지르고 엄마를 바라본다. 이어 엄마도 딸아이를 바라보며 어깨를 들썩거리고, 마치 무도회장의 댄서가 격렬한 폭스트롯을 추듯 상체를 흔든다. 엄마가 과장된 몸짓으로 몸을 비트는 행동은 아이가 "아아아~!"라고 외치는 시간과 거의 비슷하게 유지된다. (…)

. . .

생후 8개월 반 정도 된 남자아이가 닿을 듯 말 듯한 거리에 있는 장난감 쪽으로 손을 내민다. 아이는 말없이 장난감 쪽을 향해 몸을 쭉 뻗고, 웅크렸다가 쭉 펴서 팔과 손을 내뻗는다. 그래도 장난감과 거리가 멀자, 아이는 몸을 펴서 장난감에 도달하기 위해 2~3센티미터 몸을 늘인다. 그때 엄마는 "오오오오오, 쫌마아아아안 더어어어어어!"라며 점점 더 큰 소리로 안간힘을 쓰고, 상체를 내밀며 숨을 내쉬었다. 목소리와 호흡을 통해 강도를 높여가는 엄마의 노력은 아이의 물리적 노력이 강도를 더해가는 것과 일치했다. (…)

. . .

생후 9개월 된 아기가 엄마를 마주 보며 앉았다. 아기는 딸랑이를 위아래로 흔들며 보통의 관심과 재미를 나타낸다. 맞은편에서 아기의 모습을 보던 엄마는 아이가 팔을 움직이는 속도에 따라 자기도 고개를 끄덕이기 시작한다. (…)

. . .

정서적 조율이란 내적인 상태가 외부로 표출된 행동을 그대로 따라 하는 게 아니라, 공유된 정서 상태의 감정적 특성이 나타나는 행동을 하는 것이다. 주관적인 정서 공유를 모방에 국한한다면 과도한 모방 행위에 한정됐을 것이다. 우리가 행동으로 표현하는 정서적 반응은 우스꽝스러운 모방에 지나지 않았을 테고, 로봇의 흉내 내기처럼 보였을지도 모른다.

『신생아의 상호적 세계The Interpersonal World of the Infant』

프랑수아즈 돌토

소아과 전문의, 정신분석학자

아이에게 말하는 법

일반적인 부모와 어른들은 아기가 태어난 순간부터 언어적 존재라는 점, 아기가 겪는 난관들은 어른들이 설명해주면 발달 과정에서 거의 그 해결책을 찾는다는 점을 알지 못한다. 부모가 이유를 설명해주거나 자신의 힘겨움을 예측해줄 때, 아기는 비록 어려도 이를 통해 자신과 부모에 대한 믿음을 유지하며 시련을 극복할 수 있다. 아기가 단어의 의미를 아는 것일까, 아니면 말투에서 나타나는 도와주겠다는 뜻을 이해하는 것일까?

내 생각에는 아기가 매우 일찍부터 모국어의 의미, 연민과 진실이 담긴 말의 인간적인 의미를 깨우치는 듯하다. 이런 말은 아기를 조용히 시키려는 목적에서 내지르는 소리나 질책, 손찌검 등보다 일관적으로 아이를 안심시키고 평온하게 만든다. 소리를 지르거나 질책하고 손찌검하는 행위가 소기의 목적을 달성할 때도 있지만,

이는 소리 지르고 불편함을 호소하는 게 유일한 표현 방법인 아기에게 자신을 사랑해주는 사람들에게서 구원의 손길을 받는 인간의 지위보다는 주인에게 복종하고 주인을 무서워하는 애완동물 같은 지위를 부여한다. 부모의 삶을 곁에서 지켜보며 스스로 의사를 표현할 언어수단이 없는 갓난아기들에 대해 최근 우리가 가장 잊고 있는 부분이 인간적인 소통 방식인 듯하다. 이는 아기가 엄마나 보모를 통해, 어린이집 등에서 길러지는 도심형 생활 방식이라면 특히 두드러지는 현상이다.

반면 부족사회에서는 늘 육아를 도와주는 어른이 있었기 때문에, 아기의 부모가 없을 때 이 어른이 대신 아기와 이야기하고 노래를 들려주며 아기를 흔들어 재우고 달랬다. 아기가 왜 그런 고통을 표현하는지 알아듣는 어른이 있었다는 이야기다. 이후 교육을 하는 내내 아이의 모든 질문에 솔직히 응해주며 관찰과 논리, 비판 등에 관심을 일깨울 줄도 알았다. 지금의 부모들에게 일깨워야 할, 혹은 다시금 깨닫게 해줘야 할 부분이 바로 이런 언어가 아닐까 싶다. 이 상식에 해당하는 모든 진리를 잊고 있는 수많은 부모들에게 말해줘야 하지 않겠는가.

『아기가 태어나면 Lorsque l'enfant paraît』

Boris Cyrulnik

보리스 시릴니크

신경학자, 정신과 의사, 동물행동학자

언어의 폭발

세상의 모든 아이들이 생후 몇 개월 만에 말을 하는 놀라운 속도 앞에서 어찌 놀라지 않을 수 있겠는가? 우리는 그때까지만 해도 외견상 매우 느리고 정신없어 보이는 발달 과정이 급격히 빨라지고, 언어적 측면에서 '폭풍 성장'을 하는 모습을 본다. 아이는 생후 20~30개월 학교에 가지 않은 상태에서 단어와 억양, 언어 규칙을 배우며, 심지어 예외 규칙까지 습득한다.

제아무리 실력 있는 교사라도 이 짧은 시간 동안 그토록 높은 성취도를 얻어낼 수는 없을 것이다. 생각해보라. 아기는 10개월 만에 수백 개에 이르는 단어를 습득하고, 단어를 익히자마자 단어를 가지고 놀기 시작하며, 매우 빠르게 '언어유희'를 성공한다. 때로는 말 그대로 시를 만들고, 있는 대로 즐거움을 표하기도 하며, 미치도록 공격성을 띠기도 한다.

아기는 단어가 사물을 가리킨다는 사실을 이해하는 것은 물론, 얼마 가지 않아 단어가 사물을 직접적으로 가리키는 것이 아니라 사물을 가리키는 다른 단어를 의미할 수도 있다는 사실, 우리가 여기에서 즐거움을 찾을 수 있다는 사실도 깨닫는다. 어른들은 20개월 된 아이에게 유머 감각이 있다는 사실, 아기가 즉각적인 자극의 물리적 구속력을 거침없이 비웃을 수 있다는 사실도 깨닫는다. (…)

'정상적인' 아이가 손가락으로 지시하는 행동이 나오는 매뉴얼은 이제 수립된 상태다. 아이가 유아용 의자에 앉아 있고 아이 앞에는 손에 닿지 않는 거리에 탁자가 놓인 상황에서, 탁자 위에는 엄마가 지시하는 물건이 하나 있다. 이는 곰 인형, 봉제 완구, 잼이 발린

'조지 다이어의 프랜시스 베이컨 연구Francis Bacon Study of George Dyer', 무라카미 다카시村上隆, 2003.

빵 등 모두 아이가 갖고 싶어하는 물건이다. 이런 상황에서 우리는 '단시간 표본 추출'이라는 방식의 카메라 촬영을 한다. 매달 어느 정도 정형화된 상황에서 5분 정도 촬영하는 것이다.

그러면 생후 9~10개월 된 아기가 유아용 의자에 몸을 지탱하며 자신이 갖고 싶어하는 물건 쪽으로 모든 손가락을 동원하여 손을 뻗는 모습이 관측된다. 아이는 물건 쪽을 보고, 자기 손이 물건에 닿지 않는다는 사실을 확인하면 소리 지르기 시작한다. 아이는 뒤로 물러나 손을 물어뜯는 등 자학 행위에 들어간다. 엄마는 아이가 투정을 부린다고 이야기한다. 이는 전문가의 입장에서 보면 '운동 항진증'에 해당한다. 이 같은 관찰을 체계적으로 계속하면 거의 모든 게 이와 비슷하다는 사실을 알 수 있다.

그런데 11~12개월 여자아이나 13~14개월 남자아이에게서는 영상을 통해 쉽게 알 수 있는 행동학적 변화가 나타난다. 신경적 성숙이 진행된 덕분에 아이가 손가락을 편 채 손을 뻗는 행위를 중단하고, 손가락으로 지시하는 상황이 나타나는 것이다. 이는 매우 의미 있는 발달 상황으로, 이 같은 몸짓을 하려면 아이가 조직적인 사고를 할 수 있어야 하기 때문이다. 아이는 갖고 싶은 물건을 즉각 손으로 잡으려는 생각을 버리고, 자신에게서 공간적으로 멀리 떨어진 사물을 지시하는 행위로 가리킬 수 있다는 사실을 매우 구체적으로 마음속에 떠올려야 한다. 아울러 엄마라는 매개체를 통해 해당 사물을 손에 넣을 수 있다는 점 또한 생각할 수 있어야 한다.

우리가 촬영한 영상을 상세히 분석해보면 육안으로는 별다른 '상황'이라고 인식하기 힘든 구체적인 부분이 나타난다. 지시 행위를 할 때 아이는 엄마나 아빠 혹은 자신과 같은 공간에 있는 어른을 바라보기 시작한다. 이는 전문 용어로 '애착 대상'이라 부르는 상대에게 시선을 돌린다는 뜻이다. 바로 이때 아이는 미숙하나마 분절음을 시도한다. 이 미완의 단어에 대해 필자가 감히 이름을 붙이건대, 이를 '원시어'라고 명명할 수 있지 않을까 싶다. '봉-봉^{bon-bon}' 같은 형태의 발성으로 볼 수 있기 때문이다.

『감각의 탄생Naissance des sens』

'너'를 이해할 수 있는 '나'?

한 사람이 있다. 감각적 · 유기적 측면이나 생물적 측면에서 극도로 복잡한 존재며, 매우 복잡한 정신적 요소에 따라 움직이고 온갖 생각과 충동에 좌우된다. 이 모든 것의 내부에서는 초현실적 표현과 태곳적 환상이 한껏 펼쳐지는 가운데 의식과 무의식, 이드와 자아와 초자아가 각축을 벌인다. 또 한 사람이 있다. 같은 원형에 따라 만들어지지만, 그 방식은 근본적으로 다른 존재다. 각자 독특한 개성이 있기 때문이다.

이 둘을 붙여놓으면 복잡하게 뒤얽힌 수많은 상황의 조합을 포함하여 죽을 것 같은 지겨움을 동반한 단조로움에서 온갖 불꽃이 튀는 격렬한 상태까지 여러 가지 결과가 나타난다. 각자의 머릿속이 때로는 예측도 할 수 없는 논리에 따라 조합된 수십억 개 데이터로 가득 차 있기 때문이다. 대개 그런 '나'는 그런 '너'를 이해하는 데 상당한 어려움을 겪는다. 인간이 심리학을 만든 이유다.

'We rose up slowly', 로이 리히텐슈타인, 1964.

2 PART

인간에게 어떻게 사랑이 올까?

● ● ●   '나' '너' '우리'는 신비하고 마법 같은 천상의 힘으로 엮여 있다. 이 힘은 '그게 너였으니까' 혹은 '그게 나였으니까'라는 이유 외에 다른 무엇으로도 설명할 길 없이 우리의 몸과 마음을 뒤흔든다. 그게 바로 사랑일까? 어느 날 갑자기 하늘에서 뚝 떨어져 미처 그런 상황을 생각지 못한 때 우리를 파괴하기도 하고, 도무지 예상치 못한 곳으로 우리를 데려가는 것일까? 그 사람 이전에는 아무도 없었던 것처럼, 중요한 게 없었던 것처럼 생각하도록 만드는 것이 사랑일까?

하지만 '우리' 이전에 '남'이라는 존재가 있었다. '나'라는 존재도 있었다. 남과 나라는 각각의 존재는 태어나는 순간부터 시작된다.

6

모든 건

아주

어릴 적부터

시작된다

프랑시는 들판에서 산책하고 있었다.

그러다가 프랑시의 아내가 떠났고, 그는 이별을 경험했다.

프랑시는 타인은 자신이 아니며, 언제든 곧 사라질 수 있는 존재라고 생각했다.

프랑시는 한없이 부풀었다가 이내 버려진 듯한 느낌 때문에 자신의 한계를 깨달았다.

아울러 드넓은 환경에서 자신이 차지하는 위치도 깨달았다.

프랑시는 이러한 생각에 개의치 않고, 그저 아내가 돌아오길 바랐다.

모든 건
아 주
어 릴
적 부 터
시 작 된 다

　　　아이는 자신의 감각과 자신을 둘러싼 세상, 자기를 돌봐주
는 사람들을 지각하는 과정에서 단순한 기준에 따라 우선적으로 사
물을 분류하기 시작한다. 자신을 기쁘게 하는 것과 그렇지 않은 것
으로 모든 걸 나눈다는 얘기다. 배가 고픈 건 기쁘지 않은 상황이
고, 먹는 건 기쁨을 주는 상황이다. 두려움에 시달리는 건 기쁘지
않고, 안심하는 건 기쁘며, 추운 건 기쁘지 않고, 따뜻한 건 기쁘다
는 식이다.

　우리는 태어나서 처음으로 느끼는 이런 순간들을 이분법적으로
나누면서 점차 삶을 이루는 모든 것들을 발견해간다. 엄마의 품은
포근하고, 엄마의 목소리는 톤이 높으며, 엄마의 뺨은 부드럽다. 아
빠의 가슴은 단단하고, 아빠의 목소리는 톤이 낮으며, 아빠의 수염
은 까칠하다. 또 낮과 밤이 있다는 것을 알고, 추운 게 있으면 따뜻

한 것도 있음을 알며, 건조한 것과 축축한 것, 높은 곳과 낮은 곳, 빛과 어둠, 안과 밖을 깨닫는다.

이 모든 것들을 느끼고 지각하며, 이 모든 것에 대한 반응에 결부되는 게 쾌감과 불쾌감의 개념이다. 태어나서 몇 시간, 며칠, 몇 주 동안 서서히 인성의 밑바탕이 구축된다. 이 밑바탕은 몇 년이 흐른 뒤 우리가 사랑을 하거나, 애정이 식거나, 기뻐하거나 싫어하는 모든 것의 뼈대가 된다.

갓 태어난 '쥘'이라는 남자아이에게 배가 고프다는 건 불쾌한 일이며, 이를 사람들에게 알리기 위해 고래고래 소리를 질러야 한다는 것 또한 불쾌하다. 하지만 엄마가 다가오는 소리를 듣는 데는 나름의 묘미가 있으며, 내게 관심을 쏟아주고 부드럽게 안아주는 엄마 품에서 양껏 젖을 빠는 데서 그보다 더한 즐거움이 느껴진다. 갓 태어난 '쥘리에트'라는 여자아이에게 배고픔을 느끼고 이를 표현하기 위해 소리를 지르는 것은 불쾌한 일이다. 하지만 아기 보는 데 지친 엄마에게 꾸중을 들으며 있는 힘껏 젖을 빤 뒤 아무렇게나 요람 속에 눕혀지는 것도 전혀 즐거운 일이 아니다.

결국 쥘과 쥘리에트는 같은 포만감에 젖지만, 이들이 배고픔으로 인해 감각적으로, 감정적으로 느끼는 경험은 전혀 다르다. 쥘이 소화 기능에 문제가 있는 경우만 아니라면 말이다. 그런 아이는 배부르게 먹으면 금세 불쾌한 복통이 찾아오면서 좋은 것과 나쁜 것이 뒤섞인다.

쥘리에트는 만족스럽게 배를 채웠다는 기분 좋은 느낌을 만끽하고 엄마가 좋아하는 목욕 또한 음미하나, 쥘은 목욕에서 오는 즐거움은 훨씬 덜하다. 욕조가 커서 행여나 아기를 놓치지 않을까 안절부절못하며 걱정에 사로잡힌 엄마가 너무 세게 붙잡고 있기 때문이다. 이처럼 갓난아기들은 자기도 모르는 사이에 삶이 꼭 이분법적으로 나뉘지 않는다는 것을 배워간다.

어른들 또한 나중에 다시 똑같은 걸 배우게 마련이다. 쥘과 쥘리에트는 어른이 되었으며, 각자 자기만의 방식으로 주변 세상을 지각하고, 똑같은 상황에서도 상반된 추론을 한다. 쌍둥이 자녀를 둔 부모라면 이를 잘 알 것이다. 아이를 키우는 과정에서 아이들에게 아무리 같은 것을 제시해도 두 아이가 정확히 똑같은 행동을 하는 경우는 없기 때문이다. 이처럼 우리는 저마다 별개의 개인으로 성장한다.

감각적 팔레트

우리의 정신 구조는 좋은 것과 나쁜 것으로 대비되는 두 가지 개념을 중심으로 구축되며, 이 개념은 다시 우리가 몸으로 느끼는 것과 연결된다. 우리는 이런 느낌에 따라 유발되는 쾌감과 불쾌감에 특정 행동을 취함으로써 어느 정도 영향을 미칠 수 있다는 사실을 서서히 깨닫는다. 예를 들어 삼키거나 뱉는 행위, 변을 참거나 누는 행위, 눈을 뜨거나 감는 행위, 잡거나 풀어주는 행위, 소리지르거나 침묵하는 행위, 보여주거나 숨기는 행위, 내버려두거나 저항하는 행위, 타인에게 다가서거나 물러서는 행위 등으로 각자 지각하는 느낌이 달라지는 것을 인식한다.

아기들은 이런 느낌과 행위를 점점 더 자세히 느끼고, 이를 무한 반복하여 최대한 자기 것으로 만드는 데 가장 많은 기력을 소비한다. 큰 일이 벌어지든, 소소한 일상을 살아가든 아기들은 이런 경험을 하루에도 수십 번씩 반복한다. 아기는 거대한 감각적 팔레트 같은 것을 무의식 속에 쌓아가며, 그 팔레트 안에서 이런저런 색의 다양한 배합은 점점 더 복잡해지고, 배합된 각각의 색깔은 다시 쾌감과 불쾌감, 자기 몸속과 주위에서 즉각적으로 나타나는 반응에 따라 분류된다. 우리는 하루하루 지날수록 자기만의 독창적이고 특이한 팔레트를 만들어가며, 이 팔레트는 수많은 인적 조합으로 구성된다. 그리고 이것을 통해 살아가는 동안 다양한 배합을 만들어낼수 있다.

키스나 촉각적인 애정 표현에 파묻히는 것을 좋아하는 사람이 있는가 하면, 최소한의 애무에도 갑갑해하거나 심리적 위협을 느끼는 사람이 있는 것도 이 때문이다. 같은 상냥함이라도 어느 사람은 아부라고 느끼고 다른 사람은 매력적이라고 느끼는 이유도, 외로운 순간이 어느 사람에게는 견디기 힘들고 다른 사람에게는 유익한 이

유도 여기에 있다. 우리는 쾌감과 불쾌감을 감지하는 코드가 다르기 때문에 만날 때마다 자신의 욕구를 다시 탐색해야 하며, 타인이 원하는 게 무엇인지 다시 찾아봐야 한다. 때로 자신과 타인의 욕구 사이에 아무 관계가 없을지라도 이를 어떻게 조화시켜야 할지 알아내기 위해서다.

욕구의 기반

우리는 매우 간단하지만 알고 보면 그렇게 간단하지도 않은 쾌감과 불쾌감의 개념에 기반을 두고 저마다 극도로 복잡한 인격 지도를 그려간다. 이는 몇 가지 기본적인 경험을 바탕으로 구축되는데, 신생아를 침착하게 관찰해보면 알 수 있다.

우선 안으로 들어가는 것과 밖으로 나오는 것이 있다. 이는 아마도 생의 첫 경험이 '탄생'이라는 강렬한 경험이기 때문일 것이다. 우리는 태어날 때 '안'과 '밖'의 다른 점, 밖으로 '나간다'는 것이 무엇을 의미하는지 제대로 느끼지 않는가. 거기에 더해 세상에 막 태어난 우리는 공기를 들이쉬고 내쉬는 것을 금세 느끼며, 이게 제대로 되지 않을 때는 숨이 막히는 끔찍한 불쾌감이 동반된다.

몇 시간 뒤에는 죽는 순간까지 쾌감과 불쾌감을 끊임없이 반복하며 일상의 근원이 될 무엇을 발견한다. 바로 우리가 먹고 토해낼

'음식'이다. 음식은 우리에게 허기와 포만감을 안겨주는 대상이자, 갈증과 해갈의 원인이다. 우리는 음식과 더불어 충만감을 맛보기도 하고, 허전함을 느끼기도 한다. 먹는다는 건 우리에게 즐거움과 고통을 안겨줄 수 있으며, 걱정과 기쁨이 되기도 한다. 음식 때문에 애달플 수도 있고, 음식에 아무런 관심을 두지 않을 수도 있다. 그리고 어느 정도는 이 모든 걸 한꺼번에 느낄 수도 있다.

뒤이어 빠르게 깨닫는 한 가지는 4장에서 다룬 '자아'와 '타자'가 근본적으로 다르다는 사실이다. 그 '속도'에 관해서는 정신심리학계 학자들 사이에 의견이 분분하다. 일각에서는 태어나는 순간 자체가 처음으로 차별화를 경험하는 때라고 주장하기도 하고, 다른 이들은 자신이 빠는 엄마 젖이 자신의 일부가 아니라는 점이나 자신을 지탱하는 팔 또한 자신의 일부가 아니라는 점을 아이가 깨닫기까지 몇 주가 필요하다고 생각한다. 하지만 모두 동의하는 한 가지는 태어나는 순간부터 우리가 하는 활동 가운데 가장 중요한 것이 자신과 타인 사이를 고려하고 관계를 지각하며 이를 표현하는 일, 상호작용의 부단한 흐름을 조절하고 키워가며 통제하고 해석하는 일이라는 점이다.

우리가 살아가면서 하는 세 번째로 중요한 일은 '할 것인가, 하지 않을 것인가' '행위의 주체가 될 것인가, 객체가 될 것인가' 하는 문제다. 갓난아기는 자신에게 쾌감이나 불쾌감을 주는 것에 스스로 영향을 미칠 수 있다는 사실을 매우 빨리 깨닫는다. 특히 자신에게 들어오는 것과 자신에게서 나가는 것을 통제함으로써, 자신과 타인 사이에서 일어나는 것을 다스리며 영향력을 발휘할 수 있음을 깨닫는다. 아이는 자신에게 일어나는 일들에 수동적이 될 수도 있고 능동적이 될 수도 있다는 사실을 끊임없이 경험하며, 처음에는 시행착오를 통해 조금씩 더듬더듬 알지만 나중에는 점점 정확하게 이를 느낀다. 이 다양한 상황이 모든 쾌감과 불쾌감을 일소하는 결과

영화 '슈퍼 사이즈 미Super Size Me',
감독 : 모건 스펄록Morgan Spurlock, 2004.

를 만들어낸다는 사실도 안다.

우리의 삶에서 겪는 네 번째 근본적인 경험은 다른 세 가지를 한꺼번에 통합할 수 있다. '융합'과 '분리'의 경험이기 때문이다. 신생아는 태어나서 몇 시간 뒤면 엄마 혹은 엄마 역할을 대신하는 사람과 있을 때의 매우 격렬한 쾌감이나 이들과 떨어졌을 때의 강렬한 불쾌감을 맛보고, 이 사람과 융합적 관계에 '들어갔을 때'나 그 융합 상태에서 '벗어났을 때' 역시 같은 기분을 느낀다.

엄마 혹은 그 역할을 대신하는 사람은 자기와 하나인 동시에 타인이 될 수 있으며, 아이는 그 사람과 더불어 능동적일 수도 있고 수동적일 수도 있다. 아이는 그 상대에게 빠져들 수도, 그에게서 떨어질 수도 있다. 이런 행동은 아이에게서 매우 강한 감각을 유발하며, 이를 통해 아이는 가장 큰 쾌감부터 가장 끔찍한 불쾌감까지 경험할 수 있다. 최고의 행복에서 극한의 불안까지 모두 경험할 수 있다는 의미다.

괴물과 마녀

우리는 엄마 뱃속에서 나오자마자 제기되는 이 중요한 문제들에 모두 의심할 여지가 없이 똑같은 해답을 하나 찾아낸다. 바로 쾌감의 원천을 선택해야 한다는 점이다. 그런데 우리는 경험이

쌓일수록 쾌감과 불쾌감, 행복과 불행의 경계를 확실히 나누는 게 어렵다는 사실, 어느 쪽이 더 좋은지 결정하기 힘들다는 사실을 깨닫는다. 아빠가 나를 집어삼킬 듯 입맞춤을 퍼붓는 것은 분명 기분 좋은 일이다. 하지만 그러다 아빠가 정말로 나를 집어삼킬 수도 있으니, 이는 무척 위험한 일이 아닌가? 내 몸 밖으로 배설물을 내보내면 한결 편안해지지만, 나의 일부를 잃어버릴 위험도 있지 않은가? 나도 어느 정도는 혼자 있을 필요가 있다는 점을 부모님께 이해시키려면 부모님과 노는 것을 중단하는 게 좋을 수도 있으나, 그러다

익명, 1950.

영원히 나 혼자 남는 건 아닐까? 나를 완전히 엄마 손에 맡기는 건 즐거운 일이나, 지금까지 그래 왔듯이 엄마가 늘 그 자리에서 나를 돌봐주는 게 불가능해질 수도 있지 않은가?

삶이 거듭될수록 상황은 더욱 복잡해진다. 우리는 당장의 쾌감 뒤에 엄청난 불쾌감이 숨어 있다는 사실, 특정 불쾌감이 결국 쾌감으로 이어질 수 있다는 사실을 쓰라린 경험을 통해 배워간다. 그리고 제아무리 통제할 수 없는 결과라도 자신의 선택에 따라 그 결과가 달라진다는 사실도 깨닫는다.

이 근본적인 문제들로 혼란스러운 우리의 무의식에서 탄생된 것이 아이를 잡아먹는 끔찍한 괴물 이야기와 마녀로 둔갑하는 선녀 이야기다. 나쁜 사람이 된 선한 사람 이야기나 가야 할 길로 이어지지 않는 길에 대한 이야기도 마찬가지다. 시대와 언어를 막론하고 삽입하는 것/삽입되는 것, '나'로 존재하는 것/'타인'으로 존재하는 것, 행위의 객체가 되는 것/주체가 되는 것, 융합되는 것/분리되는 것이 바람직한 동시에 끔찍한 일이 될 수 있다고 이야기하는 동화나 신화, 비극을 열거하자면 끝도 없다.

이 달콤하면서도 고통스러운 상반된 구조를 바탕으로 어른이 된 우리의 기이한 연애사가 구체화된다. 우리는 사랑할 때 자신을 고통스럽게 하는 그 사람을 간절히 원하기도 하고, 자신이 좋아하는 그 사람에게서 멀리 도망치기도 하며, 소중히 여기고 싶은 그 사람에게 폭력을 가하기도 할 뿐만 아니라, 다가가길 바라면서도 다가

오길 기다리지 않는가.

· · ·

들어가면서 나가길 바라고, 자아로 존재하길 원하면서 타인이 되길 바라며, 행위의 주체가 되길 바라면서 객체가 되길 바라고, 하나가 되는 동시에 둘로 떨어지길 원하는 우리는 자신을 잃지 않으려고 하면서도 가능하면 기쁨을 누리고자 한다. 이쯤에서 무언가 떠오르는 게 없는가?

"모든 건 아주 어릴 적부터 시작된다."

TEXTES

François Dolto
프랑수아즈 돌토

소아과 전문의, 정신분석학자

어린이에 대한 이해

사회는 어린이를 위한 신문을 만들려는 생각을 했다. 아이들에게 이야기를 들려주고, 이를 그림으로도 표현하면서 아이들의 관심을 사려는 것이다. (…) 이는 나를 활기 있게 만드는 데 매우 중요한 역할을 했다. 가정 이외의 다른 곳에도 아이들을 이해하는 사람들이 있으며, 나도 그런 사람이 되고 싶다는 생각이 들었기 때문이다.

일찍이 나는 내가 어떤 사람이 되고 싶은지 잘 알고 있었다. 나는 여덟 살에 '교육 의사'가 되고 싶다고 이야기했다. 가족은 내게 교육 의사가 뭐냐고 물었고, 나는 "뭔지 잘 모르겠지만 필요한 사람인 것 같다"고 대답했다. 아이들이 집에서 종종 심리 문제에 따른 신체적 반응을 보였기 때문이다.

예를 들어 영국 여자와 요리 잘하는 여자 사이에 무언가 관련된 일이 벌어졌을 때도 비슷한 상황이었다. (…) 아이에게 다이어트를 시키라고 말하거나, 아이가 무엇을 먹거나 밖으로 나가선 안 된다고 말하는 사람은 바로 의사라는 작자였다. 아이는 먹지 못하는 것에 무척 화가 났다. 자기는 토할 것을 다 토했고, 전혀 아프지도 않았기 때문이다. 이는 감정적인 차원의 문제였고, 더욱이 아이와 죄의식을 느낀 영국 여자에게서 연쇄적으로 좋지 않은 반응이 나타났다.

여자는 술을 마셨다(영국 여자들은 술을 많이 마시는 편이다). 어머니는 이 사실을 몰랐지만 나는 알았다. 여자는 샤워코롱도 마셨고, 위스키도 마셨고, 뭔지 모를 것들을 마셔댔다. (…) 그 결과 아이는 병에 걸렸고, 결국 의사가 왔는데 "아이 곁에서 불화가 있었기 때문"이라고 말하기는커녕 아이가 바깥에 나가도, 뭘 먹어도 안 된다고 얘기하는 것이다.

사람들은 우리를 걱정했다. 애들이 병에 걸린 게 아니냐, 이런저런 병의 잠복기는 아니냐 등 말이 많았다. 동생이 구토 증세를 보이는 바람에 사람들은 우리의 체온도 쟀다. 하지만 동생이 구토한 건 보모가 샤워코롱을 마셨기 때문이다. 집에서는 귀찮은 일이 연달아 일어났다.

일이 어떻게 되었는지 아는 나는 커서 '교육 의사'가 될 거라고 얘기했다. 교육에 문제가 생기면 곧 아이들의 병으로 이어진다는 사실을 아는 의사, 이 병이 비록 진짜 병은 아니지만 가족 내에 분란을 만들고, 더 얌전하게 살 수 있었을 아이들의 인생을 복잡하게 만든다는 사실을 아는 의사가 되고 싶었다. 그리고 어느 정도는 그와 비슷하게 살고 있다.

『어린이는 어떻게 어른이 되는가』

르네 루씨옹

정신분석학자

소아성욕

과거가 미치는 주관적 영향이 중요하다는 사실을 확인함에 따라 정신분석학자와 정신분석을 참고하는 의사들은 아동기에 특별한 관심을 쏟았으며, 이 시기 동안 주관성과 의미 구축에 있어 결정적인 역할을 하는 것도 눈여겨보았다. (…) 먼저 임상 연구에서 중요시하는 아동기와 소아성욕의 차이를 짚어볼 필요가 있다.

아동기에는 여러 가지 사건·사고들을 겪으며, 타인과 여러 형태의 관계를 맺는다. 아이는 이런 사건과 관계 구축 방식에 의미를 부여하며 이를 자기 삶으로 통합한다. 주체적으로 의미를 부여하고 해석하는 것이다. 아이는 차츰 세상에 대한 관념 체계와 '이론'을 구축해나가고, 아울러 자신에게 의미 있는 관계를 만들어나간다. 자신에게 방향을 잡아줄 관계, 방향을 잡는 데 도움이 될 관계, 자신의 성장에 있어 필수적인 관계를 만들어가는 것이다.

소아성욕은 아동기와 다르며, 아동기에 나타나는 게 소아성욕이라 할지라도 둘은 엄연히 다르다. 소아성욕은 아동기의 주관적 자료에 따라 스스로 방향을 잡고 삶의 사건·사고에 의미를 부여하는 특별한 방식이다. 아이가 자신이 맞닥뜨린 궁금증들을 줄이려고 노력하는 방식이기도 하다. 예를 들어 아이의 '나르시시즘'이라고 부르는 것은 아이가 자신의 삶에서 일어나는 것들과 주변 환경에서 일어나는 것들에 대해 자기 자신에게 이야기를 하는 한 방식이다. 즉 아이가 마치 자신이 중심인 양 자기 생각에 따라 이런저런 상황을 해석하는 방식이라는 뜻이다.

아이는 자신이 맞닥뜨린 상황을 만들어낸 것이 마치 그 자신이라도 된 양 자기 입장에서 생각하고 '이론화'한다. 혹은 (…) 자신과 가까이 지내는 사람들 사이의 관계를 이론화하기도 하는데, 아이는 이 사람들과 더불어 쾌감/불쾌감 상태가 알려주는 데이터를 바탕으로 당시의 충동적 상태에 따라 자신의 세계를 구축해나간다. (…)

아동기와 소아성욕의 구분을 한 문장으로 요약해본다면, 아동기는 구조화에 있어 중요하고 크게 눈에 띄는 사건들이 어느 정도 나타나는 시기인 반면, 소아성욕은 사건을 표현하고 이에 의미를 부여하는 한 방식이다. 소아성욕은 사건 자체보다 이 사건에 방향을 잡아주는 작업에 해당한다. (…) 이에 따라 우리는 두 번째 기본 명제가 될 하나의 새로운 문장을 제시할 수 있다. 바로 무의식은 우리 안의 소아성욕이라는 것이다.

무의식을 구성하는 논리는 어린이의 논리다. 이는 아동기의 경험·과정·이론에서 비롯되며, 아동기의 내가 이해하지 못한 것과 이렇듯 이해할 수 없는 부분을 줄이려고 한 방식, 즉 이를 정신적으로 처리하려고 한 방식에도 기인한다. 하지만 이 같은 논리는 아동기가 끝났다고 해서 함께 사라지지 않는다. 과거의 우리, 그 옛날 우리가 이런저런 사건에 의미를 부여하고 어린 시절 의미 있는 관계를 만들어가던 방식은 지금까지 계속해서 우리 안에 존재하며 우리의 정신세계를 일부 조직해가는 힘을 유지한다. 비록 이 힘이 겉

영화 '화니와 알렉산더Fanny et Alexandre', 감독 : 잉마르 베리만Ingmar Bergman, 1982.

으로 드러나지 않고, 소아성욕이 우리에게 미치는 영향이 무의식적이라 할지라도 우리 안에서 계속 존재하며 힘을 발휘한다.

그러므로 소아성욕은 어른과도 관련이 있으며, 어린 시절의 경험과 체험은 어른이 되어서도 활성화 상태를 유지한다. 혹은 '재'활성화된 것일 수 있으며, '현재적'이라고 표현할 수도 있다. 그저 정신분석적 메타심리학 용어에서 끌어오는 개념에 따라 달라지는 용어 차이가 있을 뿐이다.

『심리학과 임상 정신병리학 매뉴얼』

Bernard Brusset

베르나르 브뤼세
소아정신과 전문의, 정신분석학자

남을 집어삼키는 나

최근 동물행동학 연구가 발전하면서 충동에 관한 새로운 생물학적 모델이 나오고 있다. 이에 따라 존 볼비^{John Bowlby}도 동물의 유년기와 비교연구를 수행하면서, 아이와 어머니 사이의 교류는 선천적인 행동 일체가 점진적으로 자리를 잡는 과정이라고 설명한다. 이에 속하는 행동 유형으로는 빨기, 잡기, (처음에는 눈으로) 따라가기, 소리 지르기(그리고 모음 발성), 미소 짓기 등이 있으며, 이는 전부 '애착' 행동이다. 다만 음식에 대한 생물학적 욕구가 사실상 대상과 무관한 반면, 애착은 대상과 대상의 영속성을 전제한다는 점을 주지해야 한다. 인간만큼 영속적인 애착 대상을 필요로 하는 동물도 없을 것이다.

같은 맥락에서 해리 할로^{Harry Harlow}는 구순성의 비중이 대상에 대한 다른 행동에 비해 어느 정도 되는지 가늠하는 연구를 시도했다.

구순성의 비중은 상대적으로 볼 수 있겠으나 인간의 일차적 성격인 구순성은 생후 초기 어머니와 맺는 관계를 특징짓는 중요한 요소며, 이에 대해서는 볼비 또한 같은 생각이다. 정신분석의 관점에서 볼 때 애착 행동의 내면화는 가장 흥미로운 문제를 제기한다. 디디에 앙지외[Didier Anzieu] 역시 '피부자아'를 그 영향 중 하나로 기술했는데, 피부자아는 정신 조직에서 처음으로 자아가 분화되는 것이다.

입술의 분화적 경험은 르네 스피츠[René Spitz]가 말하는 '원시 배낭강'을 구현한다. 반면 포만감과 피부에서 느껴지는 보다 포괄적이고 확산적인 감각은 존재가 지속되는 느낌을 유발하며, 외부의 위협

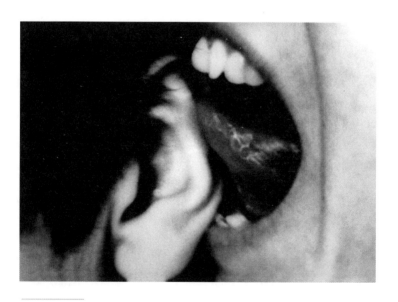

'최고의 혀Langue nº 1', 파스칼 세케Pascale Séquer, 1999.

에서 벗어나 중력의 중심에 있다는 느낌을 불러일으킨다. 피부 혹은(최소한) 입술은 타인과 가장 먼저 교류하는 곳이다. "따라서 '구순성'의 피부는 쾌감과 사고라는 두 가지 기능을 충족한다. 이런 본래적 쾌감에서 인간은 추후 연애와 성생활을 영위할 수 있으며, 이를 통해 사고에 접근할 수 있다."

　엄마 젖을 빠는 행복한 아기의 모습은 신화나 판타지에서 널리 나타나는 잃어버린 천국, 완벽한 행복의 이미지로, 이와 관련한 주제는 N. 에이브러햄과 에릭 H. 에릭슨^{Erik H. Erikson} 같은 정신분석학자들을 수동적인 구순기 전기, 공격적인 구순기 후기에 대한 연구로 이끌었다. 공격적 구순기에서는 이가 나고 물어뜯으려는 욕구가 생기면서 대상의 파괴를 전제로 집어삼키겠다는 환상이 유발된다. 에릭슨은 구순성의 개념을 단순한 수유의 개념을 넘어 자세, 흔들어 재우기 등 모든 감각적 쾌감을 아우르는 포괄적 '수용성'으로 확장했다. 따라서 태초의 탐욕적 욕구는 신체와 세계, 타인이 제공할 수 있는 모든 쾌감을 받아들일 몸과 정신 구조의 가용적 상태에 기반을 둔다고 볼 수 있다.

『접시와 거울 : 아동과 청소년의 정신적 부진L'Assiette et le miroir.
L'anorexie mentale de l'enfant et de l'adolescent』

7

정신분석에서는

왜

모든 걸

성으로

해결하는가?

프랑시는 들판에서 산책하고 있었다.

그러다가 프랑시는 미국 대통령이라는 직위를 이용하여 여성 보좌관이랑 자려고 했다.

그가 몹쓸 짓을 한 것이 발각되면 유례없는 섹스 스캔들이 초래될 수 있으므로, 프랑시는 사람들을 교란하고자 해외에 작전명령을 지시했다.

그러면 여기저기에서 차례로 연쇄반응이 일어나 결국 세계대전이 일어날 소지가 있었다.

긴급히 국제회의가 소집됐고, 프랑시는 자신의 부적절한 행동에 대해 해명할 것을 촉구 받았다.

프랑시는 사람들을 교란하고자 모든 사람들에게 섹스를 제안했다.

이는 신생아에 대해서도 근거 있는 이야기다. 쾌감의 공유가 무엇인지 관심을 두지 않는다면 인간에게 쾌감이 무엇을 의미하는지 이해할 수 없을 것이다. 이 사람의 것도, 저 사람의 것도 아닌 상호 간의 쾌감을 타인과 공유하는 순간이 무엇을 뜻하는지 모를 것이라는 이야기다. 어머니와 아이가 함께 기뻐하며 교감할 때, 둘 사이에는 서로 엮어주는 관계 속에 포함된 흥분이 자리 잡는다. 이는 어느 한쪽에 속한 것이 아니라 각자에게 속한 감정이다. 이 결합의 순간에 어머니는 안심하고 즐거워하며, 아이는 평정을 찾고 안정을 취한다.

부모 혹은 우리를 돌봐주는 사람들과 공유하는 생애 초기 쾌감의 순간은 앞으로 평생 동안, 특히 연애 감정에 빠졌을 때 타인과 결합하고 싶은 욕구의 밑바탕이 된다. 의식적이든 아니든 우리는 타인이 느끼는 걸 정확히 함께 느끼고자 하는 욕구에 익숙하며, 반대로 우리가 느끼는 걸 타인과 함께 느끼고자 하는 욕구도 있다. 생애 초기와도 비슷한 양상이다. 내면적이면서도 강도 높게, 절대적으로 공동의 쾌감을 공유하는 것이다. 심리·정신의학계에서 '퇴행'이라고 부르는 것도 결합의 무한 쾌감을 되찾고자 하는 억누를 수 없는 욕구를 말한다.

무의식적이고 뿌리 깊은 관계

태초의 욕구에 대한 끝없는 추구는 우리로 하여금 관계를 엮도록 부추기는 원동력이며, 특히 사랑의 관계를 만들도록 이끄는 동력이 된다. 하지만 '관계를 엮는' 건 복잡한 활동이며, 그 활동에 따라 우리 안에 생기는 변화는 일부만 지각할 수 있을 뿐이다.

앞부분에서 살펴본 바와 같이 상호주관성은 우리의 존재 기반이며, 두 사람 사이에서 만들어져 두 사람을 조직화하고 두 사람을 변화시키는 관계다. 이 같은 관계는 안팎의 부단한 교류에서 발전하며, 의식적인 생각과 무의식적인 생각이 끊임없이 오가는 가운데 감각과 감정, 인상, 느낌, 정서 등을 교류함으로써 관계가 성장한다. 우리의 내면에서 일어나는 모든 것들이 이 관계의 양분이 되며, 이 관계는 다시 우리의 내면에서 일어나는 모든 것들의 양분이 된다.

이 관계는 부분적으로 '상호 정신적'이다. 예를 들어 한 사람의 정신 구조가 다른 사람의 정신 구조와 만나 두 정신 구조가 동일한 불안감, 공통된 기쁨, 하나의 즐거움, 똑같은 두려움을 느끼는 것이다. 이는 '정신 초월적'이기도 하다. 알려고 하지 않아도 알 수 있고, 이해하거나 고려하지 않아도 지각하는 모든 것들이 우리 사이에서 보다 육체적인 방식으로 움직이기 때문이다. 입 밖으로 이야기를 꺼내거나 겉으로 드러내지 않아도 암암리에 비밀, 무언의 발화, 말없이 전달되는 집안 내력 등이 떠돌아다니는 것도 정신 초월적인 관계를 통해서다.

연인과 사랑의 교감을 할 때, 마치 어릴 적 어머니와 함께한 관계가 지워지지 않는 표식처럼 연인의 몸에 새겨지기라도 한 듯 어렴풋이 어머니의 그림자를 끌어들이는 남자들이 얼마나 많은가. 이는 그에게 옛날의 고통과 분노, 유감, 유혹적인 매력 등도 가져다준다. 부모, 형제, 자매, 전혀 알지 못하는 조상 등 다른 인물이 갑자기 나타날 수도 있다. 이는 무의식이 직접 교차되는 양상이며, 어떤 구체적인 언어를 통하지 않고 거의 불법 침입 같은 형태로 교류된다.

연인 관계든 아니든 하나의 관계로 이어지는 두 사람 사이에서 일어나는 일들에 대해 이해하려면 이렇듯 뿌리 깊은 관계가 존재한다는 사실을 알아야 하고, 이를 고려해야 한다는 사실을 받아들여야 한다. 우리가 새롭게 만든다고 생각하는 이 관계들이 형태적 변형에 지나지 않으며, 관계의 각인이 새겨진 몸 안에 늘 내재하던 관계가 이전된 것에 해당한다는 사실도 알아야 한다.

심리·정신의학계 학자들이 환자들에게 자신의 유년기를 돌아보도록 독려하는 이유, 갓난아기 시절의 우리가 세상을 발견하는 방식과 세상을 이해하고자 경험하고 정리하는 방식에 대해 이 책에서 그토록 상세하게 기술하는 이유는 아무도 이와 무관하지 않기 때문이다. 생애 초기 처음으로 느낀 흥분 상태가 우리의 존재를 만들고, 우리에게 정신적 문신을 새겨주며 우리를 조직해나가고, 우리가 세상과 타인 앞에 나서는 전체적인 방식을 결정해준다. 이는 우리가 세상이나 타인과 맺게 될 관계를 보다 구체적으로 규정하며, 특히 연애와 성생활에 다가가는 방식에 영향을 미친다.

그렇다고 해서 우리가 무수히 들어왔듯이 모든 게 다섯 살 때 이루어진다는 뜻은 아니다. 제대로 사랑 받지 못한 아이는 제대로 사랑할 줄 모르거나 그렇게 사랑스럽지 않은 어른으로 성장한다는 이야기가 아니고, 애지중지 길러져 밝게 자란 아이가 무조건 밝은 미래를 맞이한다는 이야기도 아니다. 이 시기가 미래를 위한 토양을 다지는 때임을 인정해야 한다는 말이며, 다만 무엇을 세우더라도 경사진 자갈투성이 밭보다 평탄하고 잘 손질된 토지가 쉽다는 이야기다. 기복이 심한 토양에도 아름다운 집을 지을 수 있다. 하지만 더 많은 노력이 필요하며, 심리 치료사나 정신과 의사의 도움이 필요할 때가 많다.

욕구 = 성욕

　　그러므로 "모든 건 아주 어릴 적부터 시작"되며, 우리는 가능한 한 최고 수준의 욕구에 도달하길 갈망하고, 되도록이면 타인과 함께 하길 바란다. 쾌감의 공유 또한 쾌감의 일부이기 때문이다. 생후 몇 시간, 몇 주 혹은 몇 년간 느끼는 생애 초기의 쾌감은 대개 몸을 통해 얻는다. 비록 '우리의 머릿속에 있는 것이' 점차 매우 빠른 속도로 중간에 끼어들면서 우리가 본래부터 갖고 있던 놀라울 정도로 섬세한 감각을 차츰 대체하지만 말이다. 우리는 태초의 쾌감과 불쾌감에 따라 상상적 표상의 발판을 만들고, 우리 안의 깊숙한 비밀의 정원에서 끌어올린 환상이 암시하는 환상적 장면들을 만든다.

　　학계의 표현대로 '소아성욕'은 무의식 세계의 뼈대를 구축하면서, 어른이 된 우리의 상상력에서 그 중심이 된다. 쾌감과 불쾌감을 차츰 깨닫고 금지된 것의 의미를 깨우치면서, 어린 시절의 우리는 끔찍하면서도 흥분을 안겨주는 장면들을 고안해낸다. 이 상상의 장면들은 어른이 된 이후 되살아날 수 있으며, 하나의 흥분 상태를 얻기 위해 새로운 형태나 신비로운 형태로 나타날 수도 있다. 역겨움이나 거부감의 대상이 되는 인물이 나타나게 할 수도 있으나, 역설적이게도 이는 우리의 환상에서 일종의 흥분을 자아내는 요소가 된다.

유년기에서 비롯된 이런 밑바탕을 토대로, 어른이 된 우리의 욕구 발판이 마련된다. 사람들은 각자 이를 기반으로 저마다 성의 사회·문화적 표상에서 자신의 환상 세계에 대응하는 것을 끄집어낸다. 하지만 애정 관계에서는 타인이 굳이 표현하지 않더라도 무의식적인 환상의 흐름으로 타인의 환상을 예감할 수 있다.

이상한 이론

갓난아기는 처음 태어났을 때 아무것도 모른다. 그저 자신이 체험한 것을 지각하고 기록하며 정리하려고 애쓸 뿐이다. 타인과 공통된 흥분 상태를 느끼고 동일한 쾌감을 공유하면서, 아이는 알쏭달쏭한 정서 세계를 해독하는 방법을 깨우친다. 하지만 '타인'은 전혀 그렇지 않다. 갓난아기의 몸과 쾌감의 공유를 둘러싸고 일어나는 모든 것은 부모들이 생각하기에 꽤 복잡하다.

아이는 사람들이 자신의 흥분이나 뺨을 만지는 것과 같은 방식으로 자신의 성기를 만지지 않는다는 사실을 인지하기 시작한다. 그리고 사람들이 자신의 성기를 씻어줄 때 이것이 자신의 몸과 관계에서 무엇을 유발한다는 걸 깨닫고, 이는 아이에게 꽤 오묘한 문제가 된다. 아이는 이런 내적 경험을 통해 타인에게서 자신에게로 온 무의식적인 메시지를 포착한다. 이런 내적 교류를 둘러싸고 어른에게서 아이로, 아이에게서 어른으로 '정신 초월적인' 무의식적 감응이 자리 잡는다. 아이는 자신의 몸이 모든 쾌감과 불쾌감의 원천임을 감지하고, 자신은 알지 못하는 엄청난 의미로 무장되었음을 서서히 깨닫는다.

따라서 아이는 자기 안에서 유발된 근심을 잠재우고, 무척 중요한 이 교류 과정에서 지속적으로 쾌감을 얻기 위한 이론을 생각해낸다. 아이는 조금씩 아빠라는 존재가 엄마라는 존재와 같지 않음을 깨우치고, 자신이 아빠와 엄마 중 어느 쪽에 가까운지 파악한다. 들어가고 나가는 것이 무언가 적극적이고 수동적인 것에 관련되었음을 알고, 함께 있는 것과 떨어져 있는 것의 연관성도 이해한다. 쾌감 가운데 일부는 공유하기 더 쉬우며, 다른 것들보다 '호락호락'하다는 점도 깨닫는다.

아이가 이 부분을 깨닫는 과정에서 부모와 교류하는 것은 의식적이든 무의식적이든 이를 더욱 확고하게 만드는 데 도움이 된다. 쾌감은 달콤하지만 그에 따른 영향은 다양하며, 아이는 이를 다 파악하거나 통제하지 못한다. 아이는 관찰한 모든 것들을 해석하기 위해 엄청난 에너지를 쏟아 붓는다. 이른바 소아성욕 이론이다.

이해력을 거치지 않고 직접적으로 성욕의 뿌리가 되는 것은 이와 같은 몸의 기억이다. 갓난아기의 몸에 기록된 감각에 의거하여, 생후 몇 주 된 갓난아기 시절 몸의 기억을 바탕으로 장차 성생활의 뼈대가 될 환상들이 구축된다. 그리고 이런 육체적이고 감각적이며 구체적인 현실을 바탕으로 서서히 이미지와 해석이 더해진다.

. . .

어딘가 약간 이상하기도 하고 말이 안 되는 듯한 면도 있지만, 소아성욕 이론을 기반으로 무의식 속에 퍼진 이 중추에 관심을 쏟지 않으면 자신의 정신 구조와 연인들이 부딪히는 비합리적 난관에 대해 아무것도 이해하지 못한다. 우리의 내면에는 문명, 이성, 종교, 도덕 수준과 무관하게 갓난아기의 이 요동치는 공간이 있으며, 이는

'메이 웨스트 입술 소파Mae West Lips Sofa', 살바도르 달리Salvador Dalí, 1937.

통제되지 않은 채 끊임없이 작용과 반작용을 만들어내고, 꿈이나 실수, 실착 행위, 초현실적 반응 등에서 수면 위로 떠오른다.

일상생활 중이나 사랑의 교감을 나눌 때, 정신분석 치료나 가족 치료, 부부 치료 중에 소아성욕 이론의 중추가 끓어올라 기이한 비명이 튀어나오는 건 종종 있는 일이다. 프랑수아즈 돌토는 하나하나 말로 풀어내며 가급적 유년기의 본질에 가까이 다가가는 방식으로 이를 이해하고 복원하는 데 놀라운 능력을 보여주었다. 그리고 원하든 원하지 않든 정신분석에서 사람들이 왜 모든 걸 성적으로 몰고 가는지 이해하는 데 도움을 주었다.

TEXTES

Sigmund Freud

지그문트 프로이트

정신분석학자

엄마의 다정함이 야기하는 의외의 결과

아이에게 엄마와 맺는 관계는 성적인 흥분과 만족의 지속적인 원천이다. 이런 경험은 엄마가 입맞춤을 해주고, 달래서 재우며, 완벽한 성적 대상의 대체물로 여기는 등 아이에게 성생활적 측면이 느껴지는 부분을 보여줄수록 심해진다. 엄마의 다정함 또한 아이의 성적 충동을 깨울 수 있다고 이야기하면 엄마는 무척 놀랄 것이다. 엄마는 자기 행동이 성욕과 전혀 무관하며, 순수한 사랑에서 비롯된 것이라고 생각한다. 몸을 씻기기 위해 필요할 때 외에 아이의 성기를 흥분시키는 일은 피했기 때문이다. 하지만 알다시피 성적 충동은 성감대를 자극할 때만 일어나지 않는다. 다정함 또한 굉장한 흥분을 유발할 수 있다.

『억압, 증후 그리고 불안Meine Ansichten über die Rolle der Sexualität
in der Ätiologie der Neurosen』

Jacques André

자크 앙드레

정신병리학 교수, 정신분석학자

양성애

　　"나는 각각의 성행위를 네 사람이 연루된 일로 인식하는 경향이 있다."(프로이트) 성행위는 인간의 창의력과 무관한, 단순한 성교라기보다 일종의 예비 단계에 가깝다. 즉 '구멍'과 '돌기'를 더 늘리고 적극성과 수동성을 주고받으며, '키스하고 애무하며 깨물고 껴안는 행위'를 통해 두 사람 사이의 경계를 없애는 성적 유희에 해당한다. 따라서 이 예비 단계는 인간의 양성애를 등장시킨다. 양성애는 하나의 결과인 셈이다. 원초적 장면에 흥분한 관객인 아이는 이쪽 상대와도 동일시해보고 저쪽 상대와도 동일시해보며, 엄마에게도 자신을 맞춰보고 아빠에게도 자신을 맞춰본다.

　　소아성욕의 다형성을 보여주는 양성애가 오랜 기간 균형을 유지하기는 힘들다. 남성 혹은 여성 쪽으로 기울기 때문이다. 하지만 이게 반드시 생물학적 성별과 일치하지는 않으며, 정체성에 대한 욕구는 그 대가를 요구하고, 때로는 탈락된 나머지 성별을 격렬히 거부하는 수준에 이른다. 양성애 자체가 방어적 성향이 되지 않는 한, 이는 거세를 거부하는 방식이다. 어째서 한 가지 성별로 살아야 하느냐는 것이다. 치마와 바지 사이에서 망설이는 청소년기 여자아이는 때로 어느 한쪽으로 확실히 돌아서기를 포기하고, 바지 위에 치마를 입는다. 성별의 동등함은 사랑의 이행에서도 유지될 수 있을까? 이는 남자보다 여자 쪽이 이해하기 쉬울 것이다. 두 여자는 아무렇지 않게 욕실을 함께 쓸 수 있지만, 남자는 족히 11명은 필요하다. 축구 팀 정도는 있어야 한다는 말이다.

양성애 없이 정신분석은 불가능하다. 양성애는 분석자가 한 성별에서 다른 성별로 이동할 수 있게 해주기 때문이다. 예를 들어 분석자가 한 남자로 있다가 감정전이 과정에서 동성애 관계의 여자 역을 맡는 게 가능하다.

육체

정신분석용 침상에 누운 알린느는 정신분석이 진행되고 말이 많아짐에 따라, 몸의 곳곳에서 느껴지는 흥분에 대해 거리낌 없이 이야기한다. 즉각 욕구를 진정시켜야 할 것 같은 수준이었다. 반면 육체와 정신의 배타적 관계를 확신하는 강박신경증 환자는 정신분석이 일종의 '지적' 훈련에 국한된다며 불평한다. 하지만 침상에서 꼼짝 못하는 그의 긴장 상태와 부동자세는 정반대되는 것을 '이야기' 한다. 그는 한시도 경계를 늦추지 않은 상태에서 순간순간 단어 하나하나의 '영향' 을 받을 수 있는 몸을 지켜내고 있었기 때문이다.

플라톤 이후 25세기 동안 정신과 육체를 극명히 대비하는 이원론적 확신에서 자유로운 사람은 아무도 없었다. 이런 확신은 우리의 언어와 사고 체계까지 장악했다. 하지만 무의식이라는 "우리 내부의 기이한 몸"(프로이트)에 대한 정신분석적 연구는 이 명확한 경계를 흐리게 하는 데 기여한다. 자아는 동일화에 의해 만들어지나, 이는 먼저 섭취-체내화 과정과 뒤섞인다. 최초의 소유와 최초의 소유물은 '항문적' 모델을 따라가고, 안팎의 형성과 그 구분은 남성성과 여성성의 대비로 뒷받침된다. 자아는 불안이나 쾌감 등 신체적 경로와 무관한 '정신 과정' 에서 비롯되지 않는다. (…) 오므려진 다리 사이, 목 뒤에서 느껴지는 약간의 떨림, 팔뚝에서 곤두서는 소름 등 갑자기 환상을 동반하며 우리의 몸에 예기치 못한 성욕을 가볍게 자극하는 흥분은 정신적 신체를 드러낸다.

『정신분석에 관한 100가지 이야기』

Colette Chiland

콜레트 실랑

의사, 심리학자, 철학자

성욕, 갈등의 원인

　　프로이트는 성욕의 중요성을 설파하고, 그 개념을 확장했다. 그는 모든 연령에서 성욕이 나타난다고 보았으며, 갓난아기가 입으로 빠는 행위를 시작한 순간부터 성욕이 존재한다고 생각했다. 이 정도만 해도 그를 '범 성욕적'이라고 나무랄 만하다. 그런데 프로이트가 인간에게 성적인 본능만 존재한다고 주장한 적은 한 번도 없다. 그는 성욕이 갈등의 주축 가운데 하나라고 확신했을 뿐이다. 이런 갈등은 건강한 정신 속에서 해소되거나, 정신 질환 속에서 지속된다. 그러므로 성욕은 정신생활과 인격, 정신 질환을 구성하는 요소일 뿐이다. 하지만 또 다른 축의 갈등에 대해서는 생각이 달랐다.

　　우선 프로이트는 모든 인간이 겪는 이 갈등을 주체의 내부 세계와 외부 세계 사이에 대부분 위치시켰다. 내적 갈등은 성 본능과 자아본능 혹은 자기 보존 본능 사이에 존재한다고 생각했는데, 이런 내적 갈등은 다시 외적 갈등으로 이어진다. 성적 본능인 리비도는 개인이 집단의 문명화된 도덕과 갈등을 빚게 만들기 때문이다. 자아본능은 개인이 사회적 규칙을 준수하게 만든다. 1908년에 발표한 논문 「문명화된 성도덕과 현대 신경증」은 이런 관점을 발전시킨다. 이 논문은 빌헬름 라이히Wilhelm Reich의 생각에도 영향을 주었고, 그는 개인이 성생활을 하는 데 사회적 억압으로 고통 받는다고 생각하기에 이른다.

하지만 프로이트에게 갈등은 본질적으로 내적 갈등이고, 이는 불가

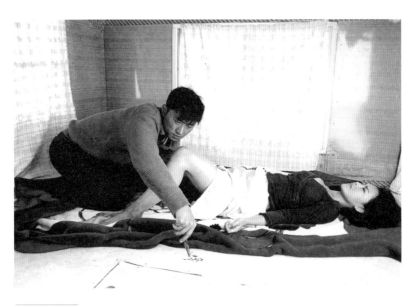

영화 '섬', 감독 : 김기덕, 2000.

피한 갈등이다. 프로이트는 사랑에 해당하는 리비도가 반드시 외부에 있는 사람에게로 향하는 건 아니라는 사실을 깨닫는다. 주체가 자신을 사랑의 대상으로 삼는 '자기애'와 주체가 타인을 사랑의 대상으로 삼는 '대상애' 사이에는 늘 갈등이 존재한다.

최종 단계에 이르러서는 내적 갈등이 한 번 더 심화된다. 타인과 결합을 부추기는 성적 본능이면서 생의 본능인 에로스와 파괴적인 부정적 힘이자 죽음의 본능인 타나토스 사이에 갈등이 위치하는 것이다. 이 대목은 신화적 성격 때문에 비판을 받았지만, 그 덕에 우리는 단순한 임상적 차원에서 인간의 조건에 관한 성찰로 나아갈 수 있었고, 프로이트 또한 단순한 성 의학자에서 사상가로 거듭날 수 있었다.

『세상을 이끄는 성Le sexe mène le monde』

Robert J. Stoller

로버트 J. 스톨러

정신의학자

증오의 성적 위력

도착증 환자의 몽상, 특히 포르노그래피에 등장하는 이야기에서 하나의 시나리오가 만들어지는 걸 간파할 수 있었다. 이 시나리오의 주된 목적은 어린 시절의 정신적 외상과 갈등, 욕구불만 등을 없애고 과거의 괴로웠던 경험을 현재의 (환상이 가미된) 승리감으로 탈바꿈하는 것이다. 이런 몽상 세계를 구축하기 위해 환자는 신화, 비밀, 위험의 감수, 복수, 대상의 인간성 박탈(물신화) 같은 요소도 끌어들인다. 겉으로 확실히 드러나든, 속으로 내재되든 모든 경우에서 분명한 점은 증오가 존재한다는 것이다.

하지만 나는 도착증 행위와 포르노그래피에서 이런 요소를 발견하면서 수년 동안 연구해온 비 도착증 환자의 성적 흥분과 일상생활 속의 외설성에서도 동일한 역학이 나타난다는 걸 깨달았다. 하여 나는 규범적 차원의 성적 흥분에 대해 연구했다. 그리고 대다수 사람들에게서 지루함을 흥분으로 바꿔주는 게 바로 환상에 적대감을 집어넣는 행위라는 걸 알았다.

그렇다면 도착증 성향이 분명하게 나타나는 사람들의 흥분과 그렇지 않은 사람들의 흥분은 어떤 관계가 있을까? 이 질문에 답이 될 만한 가설은 다음과 같다.

1 | 성적 흥분의 (내용이나 양태가 아닌) 전반적인 구조가 모든 사람들에게 유사하다.

2 | 직접적인 표현보다 왜곡된 정서와 애정 때문에, 의식적이든 무의식적이든 '모욕'이라는 방법을 통해 성적 대상을 해하려는 우리의 욕구가 반영된 시나리오가 없을 때 성적 흥분이 완화되는 경우가 종종 있다.

3 | 변태적 성욕을 가장 덜 변태적인 (혹은 정상적 행동이나 규범적 행동에 속하는 상태의) 성욕과 구별해주는 건 이런 역학이 아니라, 성적 흥분이 다른 사람과 더불어 유지되는 내면적 측면에 가까워지느냐 아니면 멀어지느냐 하는 부분이다.

그러던 중 성적인 측면에 내재된 적대감에 관한 연구가 새로운 전기를 맞는다. 정서와 애정, 사랑에 있어 비적대적인 요소들이 흥분의 과정에 참여하고, 나아가 이를 지배하는 맥락을 연구한 것이다. 문제는 시행되는 연구의 기준에 부합하는 사람들을 구하는 것이었다.

　나는 성적 흥분의 특별한 순간이 시나리오로 얽히고설켜 극도로 작고 단단해진 하나의 덩어리라고 생각한다. 충동, 욕구, 방어, 변조, 성적이건 아니건 어린 시절로 거슬러 올라가는 과거 일에 대한 기억 등으로 구성된 시나리오가 작고 단단하게 뭉쳐 응어리진 것이다. 이는 몸에서 느껴지는 게 진짜 같기 때문에 그 이야기도 진짜처럼 보이는 한 편의 연극이다. 이 순간이 비록 본능적으로 보일지라도, 반대로 이는 모든 게 효율적으로 이루어질 수 있도록 수년간 진행되어온 시나리오 작업의 결과다. 즉 흥분을 만들기 위해, 불안과 우울, 죄의식, 권태 등이 아닌 욕구 충족이라는 최종 결과를 얻기 위해 노력한 결과라는 이야기다. 여기에는 해학과 마찬가지로 심미적 측면이 있으며, 특히 복잡하거나 의욕적으로 나타나는 게 아니라 충동적이고 드물게 나타난다.

　앞서 나는 응어리의 자극제로서, 성적인 순간 안에 숨겨진 존재로서 모욕의 중요성을 언급했다. 나는 흥분을 만들어내는 시나리오 안에서 '모욕'을 통해 복수 기제를 말하고자 한다. 내가 당했던 모욕을 대가로 다른 사람을 모욕하는 것이다.

『관찰한 그대로 성적 상상Observing the Erotic Imagination』

8

나
하나만으로
벅찬 나에게
남이란?

프랑시는 들판에서 산책하고 있었다.

그는 가족에게 무심한 채 일에만
정신이 팔렸다.

프랑시의 아내는 견딜 수가 없었다.
자신이 버려졌다는 느낌을 받은
아내는 분노가 폭발하여 집에 있는
물건들을 닥치는 대로 깨부쉈다.

살벌한 집안 분위기에 시달리던
아이들은 스트레스를 받아
학업 성적도 엉망이었다.

프랑시는 아이들이 질 나쁜 친구들을
만나고 약에 손을 대는 등 탈선하는
것도 몰랐으며, 아내가 자살 충동을
느낀다는 점도 알지 못했다.

다행히 그는 가족한테 무심한 채
일에만 정신이 팔렸다.

나
하나만으로
벅찬
나에게
남이란?

　　'성적인 것'에 관심을 두는 정신분석학자는 성욕에만 관심을 두는 성 의학자와 결코 같지 않다. 성적인 것이 관계와 사랑, 생각을 엮어가는 씨실이 되기 때문이다. 우리의 삶을 끈끈하게 해주는 그토록 소중한 인연을 만들어가는 능력은 '나'라는 존재가 무엇이고 '남'이라는 존재는 무엇이며, 둘은 서로 어떻게 다르고 어떻게 기대며 어떻게 풍족해지는지 배우는 데서 비롯된다.

　　하지만 자신이 사랑스럽다고 여길 만큼 자신에 대한 믿음이 충분하지 않다면 어떻게 다른 사람을 사랑하고 사랑 받겠는가? 자신에 대한 최소한의 자기 평가가 없는 상태라면 어떻게 타인과 만나고 그와 함께 '인연'을 만들어갈 수 있겠는가? 보다 넓은 의미에서 부모의 사랑은 바로 이 부분에 이용된다. 어른들은 아이와 굳건한 관계를 만들어가면서 아이로 하여금 프로이트가 말한 '일차적 나르시시즘'을 발전시키도록 이끈다. 자아를 구축하기 위한 초석이 되는 부분이다.

나, 세상의 중심

프로이트는 나르키소스 신화를 기반으로 자신의 이론을 발전시키고, 그 이름까지 차용한다. 나르키소스가 태어났을 때 그에게 내려진 예언은 결코 자기 얼굴을 보지 않아야 살 수 있다는 것이었다. 따라서 나르키소스는 자기 얼굴을 보지 않은 채 성장했고, 자신이 얼마나 잘생겼는지도 알지 못했다. 그는 자기 얼굴에 전혀 관심을 두지 않았다. 나르키소스는 사랑을 혐오하고, 자신이 지나갈 때 거의 쓰러지다시피 하는 여자들도 싫어했다.

볕이 뜨겁던 어느 날, 나르키소스는 갈증이 나서 목을 축이려고 강물 위로 몸을 숙였다. 수면 위에 비친 얼굴을 본 그는 정신을 잃은 채 사랑에 빠졌다. 나르키소스는 수면 위에 비친 말없고 무심한 얼굴 위로 고개를 숙인 채 하루하루를 보냈고, 자신에 대한 사랑 때문에 꼼짝 못한다는 것을 깨닫기까지 상황은 계속됐다. 이 상황에서 벗어날 탈출구를 찾지 못한 나르키소스는 극도의 좌절감에 빠져 손톱으로 얼굴을 할퀴고 쥐어뜯어 죽음에 이르렀다. 그리고 강가에 있던 바위를 물들인 그의 피에서 '나르키소스(수선화)'라는 꽃이 피어났다.

프로이트는 나르키소스 이야기를 바탕으로 우리의 발달이 시작되는 첫 국면에 대해 기술한다. 이 시기 동안 인간은 스스로 나르시시즘의 핵을 만들어내는데, 오늘날 이것을 '자기평가'라고 부른다. 여기에서 인간의 발달이 시작되는 것이다. 사람이 엄마 뱃속에서 나왔을 때는 태어난 지 얼마 안 된 갓난아기에 불과하다. 하지만 그런 아이의 욕구에도 순서가 있고, 아이의 울부짖음은 거의 모든 걸 움직이게 만드는 힘이 있으며, 세상 모든 건 아이의 행복을 중심으로 돌아간다.

인간은 생후 몇 주 동안 이처럼 절대 권력을 휘두르는 전제군주가 된다. 그런 아이에게 타인이란 자신에게 필요한 것을 해결해줄 때 외에는 존재하지 않는다. 이 경이롭기 짝이 없고 완벽한 존재인 아기는 어르고 달래주며 보살펴야 하고, 쓰다듬고 예뻐해야 하며, 밥도 먹여야 하고, 늘 곁에서 지켜봐야 한다. 아이를 만족시키는 역할은 주로 엄마가 담당하며, 때로는 대리 부모가 동일한 역할을 한다. 우리는 이처럼 처음 세상에 태어났을 때 완벽하게 타인 위에 군림하는 존재이자, 타인이 모든 것을 돌봐주지 않으면 결코 살아남을 수 없는 무능한 존재였다.

세상의 중심일지 모르나, 자기 삶에 대해서는 전혀 힘쓸 수 없는 우리는 태어나는 순간부터 경이로운 전능함과 형편없는 무능함 사이에서 고통스럽게 갇혀 지내는 존재다. 불안하고 견디기 힘든 상황에서 살아가는 것이다. 새드 엔딩의 모든 여건을 갖춘 이 이야기가 해피엔딩이 되려면 타인이 필요하다. 나르키소스 주변에는 그의 시선을 돌리고 자신에 대한 미친 사랑의 기운을 다른 곳으로 돌려줄 사람이 전혀 없었다.

실제 삶에서는 '내가 다른 사람을 필요로 한다면 다른 사람 또한 나를 필요로 할 것이다' 라는 사실을 깨달으면서 서서히 그 전지전능

'발에 석고를 바른 예수Enfant Jésus au pied plâtré',
클로드 르 갈Claude Le Gall, 2003.

함과 무능함의 끔찍한 굴레에서 벗어난다. 타인과 관계를 맺으면 외부와 교류가 가능하고, 우리를 어디에 연결할 수 있으며, 자기의 감옥에서 헤어날 수 있고, 거기에서 비롯되는 불안도 떨쳐낼 수 있다. 한마디로 사랑이 우리를 구해준다.

훌륭한 선택

나르키소스 이후, 심지어 프로이트 이후로도 세상은 많이 달라졌다. 집단 중심의 전통 사회에서 개인은 주어진 운명에 따라 살았다. 성별, 신분, 집안, 종교, 계급 등 수많은 규정에 따라 구분되며 산 것이다. 남자는 가족을 보호하고 가족이 필요로 하는 것을 구해주었으며, 여자는 아기를 낳고 집안일을 돌보았다. 힘이 있는 사람은 아버지에서 아들로 대대손손 군림했고, 힘이 없는 사람은 세대에서 세대로 복종했다. 학식이 높은 사람은 아는 게 많고, 미개한 사람은 모르는 게 많았다. 남자에게 결정권이 있었으며, 여자는 그 결정을 고분고분 따랐다.

과거의 사회는 이렇듯 각자에게 확고부동한 자리가 주어졌다. 저마다 자신이 처한 사회·문화적 상황을 가급적 잘 해석해야 했고, 이는 자신의 욕구와 열망보다는 사회·종교적 법과 제약에 따라 이루어졌다. 3세대 위로만 올라가도 결혼은 가장들 사이에서 체결되는 사회·종교적 계약이었다. 이런 상황에서 사랑은 전적으로 부차적인 것이었다. 자식들에게 잘 어울리는 배우자를 찾는 것은 아버지의 일이었다. 자식들은 부모가 시키는 대로 할 수밖에 없는 처지였다.

하지만 불과 수십 년 사이에 엄청난 제약들이 흔적도 없이 사라졌다. 주어진 신분대로 사는 건 말도 안 되는 일이고, 모든 사람들이

영화 '러브 인 클라우즈 Head In The Clouds', 감독 : 존 듀이건 John Duigan,
출연 : 페넬로페 크루즈 Penelope Cruz · 샤를리즈 테론 Charliz Theron ·
스튜어트 타운센드 Stuart Townsend, 2004.

자신의 열망과 욕구와 생각에 따라 자유롭게 살 수 있다. 심지어 이는 민주주의의 근간이다. 종교나 초월성 혹은 어떤 방향을 정해주거나 나아갈 길을 새겨두는 그 모든 것에서 벗어난 자유와 평등의 이상이 바로 민주주의의 토대이기 때문이다.

우리는 3세대 남짓한 시간 동안 지금의 우리로 살아가게 되었다. 이 시대를 살아가는 개개인은 증조부모와 전혀 다른 삶을 영위한다. 우리는 자유롭게 자기 운명을 개척하며, 교황이나 이맘 혹은 랍비의 명령에 따라 살지 않는다. 아버지가 시키는 대로 살지 않으며, 자기 외에 누가 하라는 대로 살지도 않는다.

우리는 어쩌면 자유로운 존재인지도 모르겠다. 하지만 역설적이게도 우리는 끊임없이 새로워져야 한다는 압박을 받는다. 선대에서 물려받은 규칙들을 그대로 준수하기보다 반대하고 맞서야 하며, 자신의 삶을 새로이 구축하고 인생에서 성공해야 한다. 자신의 쾌감과 행복을 스스로 만들어가며 이를 성공적으로 달성해야 한다. 어쩌면 우리는 제약에서 비롯된 고통을 과도한 자유에서 생긴 또 다른 고통으로 대체할 정도로 자유로워졌는지도 모르겠다. 우리는 순간순간 무엇이든 선택해야 한다는 압박을 받는다.

사회학자 알랭 에른베르크Alain Ehrenberg는 이에 대해 고상하게도 "자기 자신으로 존재하는 것의 피곤함"이라고 표현했다. 오늘날 완벽하게 수립된 규칙이 없는 상황에서 사람들은 자신에게 다시 일관성을 부여할 수 있는 규칙을 세우느라 상당한 기력을 허비한다. 그리고 자신의 선택을 해야 한다. 아무도 그의 자리에서 대신 결정해주지 않기 때문이다.

이제 우리에게는 '자기 계발'에 대한 책임, 지금의 자신에 대한 책임, 어느 사람과 배우자로 인연을 맺을지 결정하는 책임까지 주어진다. 배우자를 선택한 뒤 그 사람과 자신을 하나로 이어줄 연결 고리를 생각해야 하며, 상대의 삶을 규제할 규칙도 만들어야 한다. 그리고 끊임없이 이를 재정의해야 한다. '다시' 선택해야 하는 상황이 한도 끝도 없이 이어진다. 그러니 얼마나 힘들겠는가.

욕구, 지배할까? 지배될까?

이건 더 피곤한 문제다. 주인의 입장에서 완벽하게 자신의 욕구를 다스리고 행복해져야 한다는 강박관념, 주체적으로 성장하고 발전하며 (자아) '실현'에 도달해야 한다는 강박관념과 더불어 그런 욕구에 이끌려 살다 보면 때로 매우 다스리기 힘든 나르시시즘적 퇴행으로 이어질 수 있다. 우리의 욕구와 쾌감을 삶의 중심에 놓고, 행복을 중심으로 자신의 삶과 세계를 꾸려가도록 이끄는 초 나르시시즘적인 사회는 우리가 전지전능하던 그 시기로 완전히 돌려놓는다. 우리가 필요로 하는 것을 해결해줄 때만 타인이 존재하던 그때, 우리가 '세상의 중심'이던 갓난아기 시절로 돌아가는 것이다. 그 시절의 우리는 전지전능한 존재지만, 우리의 욕구를 해결해 줄 수 있는 것들에 전적으로 의지한다.

이는 오늘날 제정신으로 살아가지 못하는 사람들 혹은 부부나 연인들이 '사랑학자'에게 제일 많이 하는 질문이다. 어떻게 하면 '상대의' 욕구와 '나의' 욕구 사이에 균형점을 찾을 수 있느냐는 것이다. 각자가 굴레에 갇혀 있다고 느끼지 않는 공동 공간을 만들려면 개인의 소중한 자유를 과연 얼마나 양보해야 하는가? 나의 정신적 동요와 타인의 정신적 동요를 어떻게 결합시켜야 하는가? 이 둘은 조율이 가능한가? '나'와 '호환'되는 '남'이 존재하는가?

· · ·

프로이트는 사회가 개인을 이 정도까지 자기 삶의 주인으로 만들면서 변화될 줄은 상상도 못 했다. 이렇게까지 개인을 작은 나르키소스로 만들며 세상의 주인 행세를 하도록 만들지 몰랐다. 하지만 그는 알고 있었다. 우리를 전지전능과 절대 무능 사이에 가둬두는 일차적 나르시시즘을 극복해야 의존도를 느끼지 않으면서도 '남'을 필요로 하는 '나'로 서서히 거듭날 수 있다는 사실, 즉 우리가 사랑이라는 걸 할 수 있다는 사실을 말이다.

TEXTES

Paul Watzlawick

파울 바츨라비크

심리학자, 정신분석학자, 사회학자

우리는 왜 자기 자신을 사랑할까?

사랑이란 분명 무궁무진한 주제다. 하여 나는 불행을 가장 많이 만들어내는 양상에 국한하여 심층 분석을 해보고자 한다. 먼저 도스토예프스키의 흥미로운 주장을 참고해야 하는데, 그에 따르면 "너 자신을 사랑하듯 네 이웃을 사랑하라"던 성경 구절은 반대로 이해해야 더 의미가 있다. 자신부터 사랑해야 이웃도 사랑할 수 있다는 말이다.

이보다 격이 좀 떨어져도 핵심은 정확하게 짚어낸 그루초 마르크스Groucho Marx는 같은 이야기를 수십 년 뒤 다음과 같이 표현했다. "나 같은 사람을 회원으로 삼으려는 모임에 들어간다는 건 나로선 있을 수 없는 일이다." 이 훌륭한 말의 심오한 뜻을 가늠할 수 있다면, 당신이 다음 단계에 대한 준비가 되었다는 뜻이다.

부족함 없는 사랑을 받는다는 건 참으로 신기한 일이다. 하지만

그 이유를 추구하려 드는 건 부질없는 짓이다. 질문할수록 문제는
더 복잡해지기 때문이다. 기껏해야 상대가 자기도 왜 좋은지 모르
겠다는 정도로 대답해주는 게 최선이고, 최악의 경우는 자신이 결
코 사랑스럽지 않다고 생각하는 부분을 상대가 나를 사랑하는 이유로

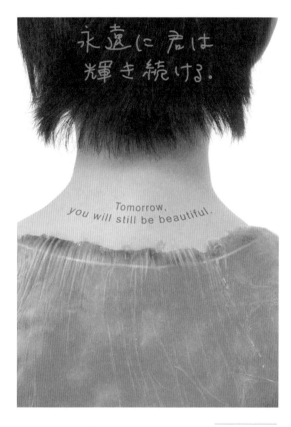

올리비에 굴레Olivier Goulet, 2002.

들 수도 있다. 예를 들어 내 왼쪽 어깨에 있는 흉측한 점 때문에 나를 좋아한다고 말할 수도 있는 일이다. 게다가 침묵이 금이라는 사실은 뒤늦게야 깨닫는다.

우리의 주제를 계속 논하는 데 도움이 될 새로운 교훈은 삶이 상대의 애정을 통해 우리에게 제공할 수 있는 것을 결코 단순히, 감사하게만 받아들이지 말라는 것이다. 곰곰이 따져봐야 하며, 자신의 어떤 점이 좋은지 상대에게 물어보기보다는 자문을 해봐야 한다. 상대가 우리에게 밝힐 수 없는 의외의 이기적인 이유나 이득 같은 게 있을 수도 있기 때문이다.

사랑은 일종의 모순이다. 그 때문에 수많은 사람들이 당혹스러워했으며, 우리보다 훌륭한 사람들이라고 예외는 아니었다. 세계적인 문학작품은 대부분 사랑에서 영감을 얻는다. 루소가 우드토 부인에게 보낸 편지에 나오는 문장을 보라. "당신이 내 소유가 된다면, 당신을 소유함으로써 내가 자랑스러워해 마지않던 그녀를 잃고 맙니다." 이 말이 무슨 뜻인지 생각해보라. 현대 소비사회를 살아가는 사람들로서는 루소가 하는 말을 받아들이기 힘들다는 건 나도 알고 있다. 하여 이 말을 현대식으로 표현하면 다음과 같다. "사랑하는 당신이 내게 무릎을 꿇는다면, 바로 그 점 때문에 당신은 내 사랑의 화신이 될 자격이 없어질 것이다."

지극히 18세기적이고 강렬한 이 시각은 오늘날에도 통한다. 일부 지중해 국가에서는 더더욱 그렇다. 자신의 불꽃이 강렬하다고 확신하는 남자는 자신이 선택한 여자에게 끊임없이 애원하고 매달린다. 그런데 여자가 그의 격렬한 요구에 넘어간다면, 남자는 곧 여자를 우습게볼 것이다. 조신한 여자는 결코 남자에게 넘어가는 법이 없기 때문이다.

(공식적으로는 그 존재가 부인될지언정) 어느 나라건 잘 알려진 불문율이 있다는 것도 놀라운 일은 아니다. "우리 엄마만 빼고 모든 여자들은 창녀다. 우리 엄마는 고귀한 여자였다." (당연히 엄마는 '그런 짓' 따위는 절대 허용하지 않았다.)

『스스로 불행을 만들라Faites vous-même votre malheur』

Francesco Alberoni

프란체스코 알베로니

사회학자

시작되는 사랑

시작되는 사랑이란 우리가 만나는 사람이 우리에게 응해 주었을 때, 그 사람이 욕구의 완전한 대상으로 여겨지는 과정이다. 이 시기에는 모든 것을 재정비하고 다시 생각해보지 않을 수 없으며, 우리의 과거부터 그리 한다. 사실 자신을 그렇게 재정비하여 새로운 사람으로 거듭나기도 힘들다. 이를테면 다시 봄이 찾아온 셈이다. (열정에 대해서든, 그 외 다른 집단적 움직임에 대해서든) 시작되는 사랑에는 과거를 재구축하는 놀라운 속성이 있다.

평소 우리에게는 그런 가능성이 없다. 우리의 과거는 실망과 후회, 회한과 더불어 존재한다. 우리는 과거의 기억이 떠오르면 아물지 않은 상처를 치료하려 한다. 왜 사람들은 내가 필요로 한 것을 주지 않았을까? 왜 그렇게 날 힘들게 하고, 내게 고통을 주며, 나를 배신했을까? 내가 사랑하던 그 사람은 왜 나를 사랑하지 않았는가?

영화 '도쿄 데카당스Tokyo Decadence', 감독 : 무라카미 류村上龍, 1992.

나는 왜 그런 원한과 증오를 가지고 살아야 머릿속에서 그 사람의 흔적을 지워버릴 수 있는가? 과거는 우리의 의식에 영향을 미친다. 우리는 망각으로 자신을 방어한다. 무의식에 숨겨 억압하는 것이다. (…)

사랑에 빠진 이들은 과거의 기억을 되살리고, 이러이런 방식으로 과거의 사건들이 발생했다는 점을 깨닫는다. 과거의 자신은 원했지만 지금의 자신은 원하지 않는 선택을 한 적이 있기 때문이다. 사람들은 과거를 숨기지도, 부인하지도 않지만 이를 폄하한다. 과거의 나는 분명 남편을 사랑했고, 이어 미워했다. 하지만 이제는 그를 미워하지 않는다. 내가 잘못 생각했지만, 나는 달라질 수 있다.

과거는 이야기의 이전 단계에 해당하고, 진짜 이야기는 이제부터 시작이다.

『장미꽃 향기가 나는 남자Innamoramento e amore』

François Marty

프랑수아 마르티

심리학자, 정신분석학자

'떨어짐'의 두려움

레미는 열다섯 살 소년이다. 우울증 때문에 나를 찾아왔는데, 자신의 성은 밝히지 않았다. 레미는 나지막한 목소리로 슬프다고 얘기했다. 불면증과 불안에 시달리던 레미의 눈은 벌겋게 충혈되었다. 레미는 같은 반 여자아이와 사귀었는데, 집에 가기 위해 여자아이랑 헤어진 순간부터 상실감에 빠져드는 것 같았다. 하루 종일 여자아이 생각만 했으며, 학교 밖에서 여자아이를 만나려고 애썼다. 학교에 있을 때는 여자아이도 레미에게 잘해주었으나, 학교 밖에서는 레미를 찾지 않는 듯했다. 레미는 연신 여자아이를 기다리고 갈망하며 성가시게 굴었다. 여자아이는 레미에게서 점점 멀어지다 둘은 결국 헤어졌다.

레미는 좋아하는 여자 앞에서 어쩔 줄 모르고 쩔쩔매는 연인 같은 스타일이다. 연인이 자신에게 다가와 곁에 있으니 안심하라고 얘기해주길 초조하게 기다렸다. (…) 레미는 여자아이에게 딱 달라붙어 떨어질 줄 몰랐고, 늘 수동적인 자세로 주눅이 들었다. 그에게는 자못 비장한 분위기마저 감돌았다.

여자아이와 멀어진 순간부터 레미의 어머니는 아들에 대한 걱정때문에 죽을 것만 같았다. 아버지가 레미를 달래보려 했으나 부질없는 짓이었다. 안심시킬수록 레미의 불안은 커졌다. 바캉스를 떠나기 위해 비행기를 타야 할 때면 레미는 2주 전부터 두려움에 떨었다. 현기증이 심하고, 중심을 잡지 못할 정도로 휘청거렸으며, 갈피를 못 잡는 상태였다. 비행기 이동에 대한 공포증은 분리 불안의 표현으로 볼 수 있다. 공포증 속에서 움직이지 못하는 건 엄마 품에서 안전하게 있을 수 없다는 것에 비교된다.

(…) 엄마 곁을 떠나 다른 여자아이들에게로 가는 시기가 됐을 때, 레미는 다시금 불안감에 휩싸인다. 레미의 어머니도 잠재우지 못한 불안감이 되살아나는 것이다. 레미는 이 여자아이들에게서 믿을 수 있고, 자신을 도와줄 수 있는 엄마 같은 존재를 찾으려 했다. (…) 여자아이들은 한동안 그를 받아들이다가 결국 그에게서 등을 돌렸다. 레미의 수동적 태도에 질린 것이다.

레미는 자신이 따라다니는 대상에게서 결코 떨어지지 않으려고 했다. 다른 여자아이들을 따라다니듯 그 여자아이도 따라다니면서, 레미는 타인과 거리를 없애며 제2의 어머니를 자기 곁에 확보하려고 했다. (여행은 거리를 늘리고, 비행기는 주체를 객체에서 떼어놓으며, 어머니 같은 지상에서도 떨어진다.) 그러면서 관계를 타인에게 고정하는 것이다.

레미는 (술이나 여자 등) 외부에서 자신을 지탱해줄 대상이 필요해 보였다. 그에게는 그러한 지지대가 없는 듯했고, 자신을 구원해주는 엄마의 존재를 포기하지 않은 것 같았다. 레미는 정신적 생존을 위해 엄마에게 의존하는 갓난아기와 같은 무기력 속에서 지내왔다. 타인과 관계에서 함께 놀이를 한 게 아니라, 자신이 그토록 원하는 대상을 잃을까 두려워 찰싹 달라붙었다. 이런 정시적 의존성은 원초적 대상과 떨어지기 힘들어하고, 어머니와 관계된 대상에 비해 신뢰와 믿음으로 만들어진 내적 안정성을 확립하는 데 어려움을 느끼는 그의 특성을 보여준다.

레미의 공포증은 '상실 불안'으로 자신에게 속한 것, 어머니와 관계된 것을 잃을까 걱정하는 증세다. 이는 레미가 대상과 관계를 유지하기 위해 보여준 노력으로 나타난다. 중독에 가까운 수준으로 대상에게 집착하는 레미는 상대가 언제나 자신을 원하기 바라며, 자신이 무언가 할 운신의 폭은 없는 상태다. 상대의 뜻대로 좌우되는 것이다.

파트리스 위에르Patrice Huerre · 프랑수아 마르티François Marty,
『술과 청소년 : 만취 상태를 추구하는 젊은이들Alcool et adolescence.
Jeunes en quête d'ivresse』

9

정신분석가와

관계

프랑시는 들판에서 산책하고 있었다.

그러다가 자신의 정신과 주치의에게 감정전이를 했다.

과거의 감정을 투사하면서 프랑시와 주치의 사이에는 정서적 관계가 정립됐다. 이번에는 의사 또한 프랑시에게 감정전이를 했다.

프랑시의 아내는 질투 같은 것을 느꼈다. 그리고 자신의 손에서 벗어나는 어떤 관계가 생긴 것이라고 추측했다.

치료 경험이 있는 루시앙은 모든 사람을 안심시켰다. 이러한 전이 현상은 정상적이며 당연한 것이라고 했다.

그러자 모두 루시앙에게 감정전이를 했다.

정신
분석가와
관계

정신분석가에게 어떻게 사랑이 찾아오는지 이야기하지 않고 인간에게 어떻게 사랑이 찾아오는지 논하는 건 어불성설이다.

무의식의 고고학

프로이트는 처음에 환자들을 정신분석용 침상에 뉘고 이성적 사고와 완전히 분리될 것을 요구하면서 그들의 개인사를 복원한 뒤 소아성욕 이론까지 거슬러 올라가는 것을 생각했다. 그는 태초의 기억만 끄집어내면 문제가 해결되리라고 생각했지만, 상황은 그렇게 간단하지 않았다.

프로이트는 먼저 다섯 살 이전의 기억으로 거슬러 올라가는 것이 꽤 어렵다는 사실을 인정했다. 그 당시 기억을 떠올리지 못하는 사람들이 태반이었다. 기억이 너무 많이 사라져서 무의식에서 의식으로 끌어낼 수 없었다. 깊디깊은 기억 속으로 들어가기 위해 최면요법도 시도해보았으나, 그는 자신이 환자들에게서 원하는 답을 이끌어내고 있다는 점을 금세 알아차렸다.

프로이트는 '원초적 장면'까지 거슬러 올라갈 심산이었다. 자기 부모가 어떻게 안팎을 연결시키고 자아와 타자를 결합하여 융합과 분리를 실현하는지 상상해보기 위해 아이가 소아성욕 이론을 끌어모으는 시기, 이 모든 게 자신의 삶과 직접 관련이 있다는 점을 깨닫는 시기까지 가보고 싶었다. 프로이트는 환자들이 이런 본능을 확인하기 바랐고, 그렇게 해줘야 했다. 그러나 그는 열망과 문제를 제기하는 방식 그 자체가 자신이 얻은 답 쪽으로 상황을 유도한다는 점을 깨달았다. 최면을 이용하든, 자유연상법을 이용하든 무엇을 떠올리게 유도하고 있었다. 프로이트는 고고학자처럼 환자의 과거를 복원하려 하면서 순수한 진리에 도달하리라고 생각했지만, 실제 상황은 전혀 그렇지 않았다.

결국 그는 환자, 특히 대다수 여성 환자가 무엇보다도 자신을 기쁘게 해주려고 한다는 사실을 깨닫기에 이른다. 프로이트가 자기를 좋아해주길 바란 것이다. 하여 환자는 프로이트가 좋아할 거라고 생각한 '정답'을 제시하려고 했고, 프로이트가 자신을 좋아할 수 있도록 그를 기쁘게 하는 답변을 내놓았다. 치료에서 주효한 건 정신적 외상과 관련한 기억을 되찾아 이를 중화하는 게 아니라, 환자와 정신분석가 사이에 만들어지는 '정서적' 관계의 동력인 셈이다. 프로이트는 여기에 '감정전이'라는 이름을 붙이고, 이것이 치료를 주효하게 만들었다는 사실을 받아들여야 했다.

환자 + 정신분석가 = 전이

프로이트의 여성 환자들은 모두 그를 광적으로 사랑했다. 이 기이한 현상이 어디에서 비롯되는지, 자신이 어떻게 했기에 이런 현상이 초래되었는지 불안한 마음으로 자문해보면서 이런 상황을 이용해볼 생각은 꿈에도 하지 않은 프로이트는 감정전이의 모든 문제를 이론화했다. 그리고 환자가 부모나 형제, 자매 등 어린 시절 매우 가까웠던 사람들에 대해 예전에 느낀 정서를 정신분석가에게 옮겨놓으면서 상태가 호전된다는 사실을 발견했다. 아버지나 어머니 혹은 어린 시절의 환자에게 중요했던 사람에게 상처 받은 애정을 정신분석가라는 중립적인 인격에 전이하면서 상태가 좋아지는 것이다.

사실 전이는 진행 중인 작업에 거듭 손을 대듯 과거의 인간관계를 다시 엮음으로써 사랑 받고자 하는 욕구에 해당한다. 이 욕구는 때로 매우 강렬할 수 있다. 사랑에 관한 최초의 기억에 증오나 거부라는 낙인이 찍히면서 자발적으로 격화하기 때문이다.

따라서 프로이트는 기억을 거슬러 올라가기 위해 만든 과학적 정화 장치가 아니라 사랑이 치료에 도움을 준다는 걸 깨달았다. 정신분석가의 인격을 통해 다시금 느낀 어린 시절의 아득한 기억으로 거슬러 올라가 당시의 인간관계, 교류 관계, 정서 등을 현재에 되살림으로써 치료가 가능해지는 것이다. 그리고 무엇이 재연되는 현 상황을 의식하고 이를 설명해주는 정신분석가라는 중립적 인격과 더불어 당시의 정서를 되살린다는 점이 환자에게 도움이 되어 상태를 호전시킨다.

정신분석가 + 환자 = 역전이

새로운 개념에 통달한 프로이트는 자신도 환자에 대해 무언가 정서적인 걸 느꼈음을 인정해야 했다. 그런 감정을 느낀 건 자신뿐만 아니었다. 그의 주변에서 정신분석을 시작한 정신분석가들은 자신들 또한 이 같은 문제를 겪고 있다고 이야기했다. 프로이트는 정신분석가가 환자에 대해 느끼는 '연상적' 부분이 치료의 방향을 좌우할 수 있을 정도로 지대한 영향을 미친다는 결론을 내렸다. 그는 전이의 개념을 구체화하고 이를 역전이라는 개념과 하나로 묶은 뒤, 정신분석이라는 과정이 어떤 면에서 상호적인지도 기술했다. 어찌 보면 이는 당연한 결과다. 환자와 정신분석가라는 두 세계가 만나는 자리이기 때문이다.

그는 제자와 동료들에게 역전이 현상을 주의하라고 당부하고, 마치 독을 제거하듯 가능한 한 이를 배제하려고 노력하라고 경고했다. 이는 프로이트의 계보를 잇는 사람들이 후대에 와서도 인정하지 않을 수 없는 사실이었다. 정신분석은 이를 분석하는 사람의 무의식에도, 환자와 만나는 과정에서도 영향을 미친다는 점이다. 두 사람 사이의 감정적 관계는 치료의 추진력이라고도 볼 수 있을 듯하다.

사랑 또 사랑

정신분석 치료에서 환자와 정신분석가의 관계는 일종의 감정적 관계이며, 애정을 추구하는 형태까지 나아가기도 한다. 상호주관성이 중요한 역할을 하는 것이다. 이 관계에서 사랑의 감정을 느껴서는 안 되며, 이를 분석하는 관계일 뿐이다. 모든 내적인 관계와 마찬가지로 정신분석가 또한 자신이 환자에게 전이하는 것을 속에 담아두고 있다. 정신분석가는 자신이 느끼는 것과 환자가 자신에게 투사하는 것, 자신이 환자에게 투사하는 것을 간파한다.

치료라는 명료하고 체계화된 맥락에서 이 같은 관계를 분석하는

영화 '욕망의 모호한 대상Cet obscur objet du désir',
감독 : 루이스 브뉘엘Luis Beñuel, 출연 : 안젤라 몰리나Ángela Molina, 1977.

정신분석가는 전이와 역전이 현상을 통제할 수 있고, 환자를 괴롭
히는 것에서 환자 스스로 벗어나게 해줄 수 있다. 치료가 끝나면 대
다수 사람들이 정신분석가가 되고 싶어하는 이유도 여기에 있을 것
이다. 정신분석은 흥미진진한 연애이기 때문이다.

Antimanuel

de

Psychologie

TEXTES

세르주 르클레르

정신분석학자

어떤 직업

사람들은 보통 나와 이야기하면 이런 말을 한다. "사람들 고백을 들어주고, 이 사람들을 이해하고 도와주니 얼마나 흥미로운 직업이냐"는 것이다. 그리고 부탁한다. "대체 어떻게 하는 것인지 내게 좀 말해주시오." 그럼 나는 대답한다. "의자에 앉아서 내가 하는 일이란 사람들 고백을 들어주는 것도, 이들을 도와주는 것도, 이들을 이해하는 것도 아니오. 이 일에서 정말 재미있는 부분은 그 반대라오."

이야기를 들어주는 처지에 있는 정신분석가가 이야기를 들어주려고 그 자리에 있는 게 아니라니, 이게 무슨 말인가? 환자가 한 말 가운데 의미 있는 부분에도 전혀 신경을 쓰지 않는다는 얘긴가? 어떻게 보면 환자를 치료하고 도와주며 상태를 호전시키는 고민과 관련한 정신분석가의 무관심에 지나치게 관대한 이 발언에는 터무니

없는 면도 있다. 이 상황에 놀라지 않는 건 자주 정신분석을 하러 오는 단골들뿐일 것이다.

환자가 자기 이야기를 털어놓도록 유도하는 행위는 산파술이나 카타르시스적 효과로 이어지지 않으며, 그 효력은 흉곽에서 울리는 목소리밖에 관심이 없는 의사가 (프랑스어의 [t]와 [ʀ] 발음을 통해 인후의 상태를 알아보기 위해) 시키는 "33, 33[tʀãt tʀwa]라고 말하세요"라고 말하는 것보다 약하다. 혀가 잘 돌아가는지 살피기 위해 의사가 환자에게 (힘든 발음이 섞인) "J'habite 33 avenue Ledru-Rollin[ʒabit tʀãt tʀwa avny lɛdʀy ʀɔlɛ̃]('나는 르드뤼-롤랭 33가에 살고 있다'는 뜻)"이라고 말하게 하는 것과 마찬가지로, 정신분석가들이 환자에게 이야기를 꺼내도록 권유하는 건 어떤 질서와 자유가 환자의 어처구니없는 상황을 주도하는지 간파하기 위해서다.

간단히 해결할 수 있는 일을
굳이 어렵게 돌아가지 말자.
그럼 모든 게 해결될 것이다.*

무엇을 추구하려는 것인가? 이에 대해서는 이야기했다. 발화의 본질은 정확한 발음이며, 말하는 자가 어떻게 마냥 즐거운 마음으로

---

*레몽 크노Raymond Queneau, 「거리를 휩쓸다Courir les rues」, Gallimard, 1967, p. 48.

논쟁을 벌일 수 있겠는가.

　정신생활에서도 서로 유사한 점이 없는 두 주체, 즉 문자 몇 개의 조합으로 표현되는 무의식 덩어리와 모든 문자를 통달한 이론적 총체가 둘의 발음 문제를 계속 가지고 노는 것이다. 정신분석가의 진료실에서도 게임은 환자의 침상과 정신분석가의 의자 사이에서 벌어진다. 그렇다고 표현이 단조롭다고는 생각되지 않는다. 초안이 단출해도 앞으로 줄거리가 어떻게 급변할지, 역할이 어떻게 배분될지 속단할 수 없기 때문이다. (…)

　제로게임과 그 표상 혹은 자신도 '일부'로 포함된 전체에서 더

파 봉주르Pat Bonjour.

욱 강조되는 공백에 대한 주체의 관계를 보면 프로이트의 '원초적 장면'이 떠오른다. 프로이트는 이를 통해 불가능한 지식의 공간을 '각자'의 '기원' 위에 배치하는 법을 가르쳐주었다. '나는 누구인가'라는 질문은 결국 (부인하려 해도 '주체'를 교미의 결과물이라는 객관적 지위로 고정할 수밖에 없으므로) 어떤 답변으로도 해결되지 않을 가능성이 있다.

환자는 분석의 막바지에 가서도 자신이 누구인지 알지 못하나, 자신이 어디에 예속된 존재인지, 자신이 어떤 '수치'로 이루어진 존재인지 알 수 있다. 정신분석에서는 자신의 '이해'에 필요한 긴박감을 마련해주는 것 외에 별다른 기교가 없으며, 환자의 이야기는 그런 분위기에서 진행된다. 한동안 '수다' 혹은 '대화'가 올바른 정신의 마법을 걸어주나, 이어 (이해의) 편견이라는 벽에 부딪혀 공허한 담론 속에서 휘청댄다.

『정신분석하기 | Psychanalyser』

해롤드 시얼스

정신분석학자

정신분석가에 대한 치료

치료적 공생 관계의 성격을 이해하려면 환자 자신이 주치의인 정신분석가와 주변의 다른 사람들에게 얼마나 정신분석가 역할을 하고 싶어하는지 알아야 한다. 타인에게 심리 치료의 영향을 미치는 것에 대한 고민은 심리 치료와 정신분석을 업으로 하는 상대적 소수의 전유물이 아니다. 이는 모든 인간이 하는 근본적 고민이다.

하지만 어린 시절에 가족 구성원들을 위한 정신분석가 역할을 하는 데 상당한 시간을 할애한 사람들, 까다롭고 복잡한 일에 마음이 온통 사로잡혀 정신분석가 노릇이 자기 정체성 형성에 근본적인 역할을 했으나 결과가 뚜렷하게 드러나거나 효과가 지속적이지 않았던 사람들에게 이런 치료 활동은 어른이 되었을 때 자연스럽게 이들의 마음을 빼앗는다.

진정한 의미에서 한 개인, 즉 완전한 자신과 상대적으로 완전한 자아를 가진 한 사람이 이렇듯 다른 사람에게 비공식적으로 정신분석가 역할을 해주는 방식에 대해 알아보는 건 꽤 흥미로운 일이다. 이들의 비공식적 치료를 받은 다른 사람들 또한 자신의 심리적 개체화를 완성하며, 완전한 개인으로 거듭난다. 하지만 여기에서 내 관심이 가는 대목은 '공생적 정신분석가'다. 이 경우 본인의 인격적 개체화는 굳건하지 않으며, 이런 유형에게는 타인에게 자아의 불완전한 구역을 상쇄하는 인간관계가 가장 의미 있다.

이 같은 관계 양상은 어머니와 관계에서 나타난다. 어린 자아의 기능이 단편적인 수준에 머무르고, 상대적으로 어린 미분화 수준에 고정되었기 때문이다. 이는 부분적으로 가정환경이 불안정하여 자아가 온전한 한 사람으로 거듭나지 못하고, 개인적으로든 집단적으로든 다른 가족 구성원의 자아를 보충하는 데 자아가 이용되었기 때문이다.

이런 관점에서 보면 환자는 단순히 어머니와 가족에게 착취당한 희생자가 아니다. 희생자의 개념에 집착하다 보면 실제보다 적대적인 요소에 치중하게 마련이다. 이 공생적 과정에서 증오와 사랑은 뚜렷이 구분되지 않으며, 자아와 객체도 확실하게 그 범위가 정해지지 않는다. 태어난 상태에서 애정 능력과 '성숙한' 인간적 책임감을 발전시킬 능력이 환자에게 이런 관계 양상을 지속시키도록 하는 경우가 대부분이다.

아직 제대로 분화되지 않은 '이기적' 관점에서 보면 환자는 자신의 심리적 · 정신적 생존을 위해 자신이 아는 유일한 관계 양상을 유지하려고 노력하고, 이를 통해 어머니의 역할을 개선 · 강화하기 바라며, 심지어 어머니가 보다 성숙한 존재로 거듭나고 자신에게 동일화 모델을 제공해주어 자신의 성숙도 용이해지길 기대한다. 아직 제대로 분화되지 않기는 마찬가지인 '이타적' 관점에서 보면 환자는 말 그대로 가상의 자신을 계속 희생시켜 어머니의 역할을 보완하고, 이로써 어머니의 생존을 담보한다.

아버지의 사례

40세 미혼 여성 B는 오래전부터 입원해 치료받던 환자인데, 수년간 나를 자신의 우유부단하고 결단력 없는 아버지인 것처럼 다루었다. 이 환자는 자신을 위해 나를 보다 강한 아버지로 만들 필요가 있었다. 아버지에게 보다 확실하게 경계를 정해주는 것이다. 이 환자는 줄곧 나의 인성적 문제점을 해결하는 데 도움을 주려고 애썼는데, 이 부분은 환자가 내게 감정전이를 하는 기반이었다. 이 환자는 극히 노골적인 성적 도발과 다양한 물리적 공격을 포함한 격렬하고 과격한 반발을 통해 내게 어느 정도 단호하고 결단력 있는 성품이 자리 잡도록 하는 데 성공했으며, 때로는 내가 권위적으로 경계를 제시할 수 있을 정도였다.

환자건 아니건 내가 사람에게 그토록 단호한 적은 한 번도 없었다. 이 환자와는 13년을 함께했는데, 한 번도 치료해본 적 없는 가장 상태가 심한 환자였다. 그리고 내가 바라던 것보다 훨씬 부족한 수준에서 환자에게 도움을 주는 데 그쳤다. 이를 통해 내가 확실히 안 건 이 환자의 병을 유발한 결정적 원인 중 하나가 환자가 한 노력이라는 점, 아버지가 완전한 남자로 거듭날 수 있도록 도와주기 위해 자신을 희생하며 쏟아 부은 노력이라는 점이다.

『역전이|Le Contre-Transfert』

연애사

　　우리는 인간의 정신 구조에 대한 연구를 발전시킬수록 연구의 이해를 돕고 진전을 도모함에 있어 '타자'의 중요성을 절감한다. 우리 안의 모든 것은 살아가면서 맺고 끊는 모든 관계와 연관이 있으며, 이런 관계는 은밀하게 뒤섞인다. 이 관계의 끈을 잡아당기고, 매듭을 풀어보고, 다시 어디에 엮여 있는지 깨달으면서 우리는 구속된 부분과 진전을 방해하는 부분을 조금씩 자유롭게 풀어줄 수 있었다.

　　그래서 정신분석이 흥미롭다. 늘 우리의 손에서 벗어나는 방대한 의식적·무의식적 자료가 펼쳐지는 인간관계가 얼마나 풍요롭고 복잡한지 주관적이고 시적인 방식으로, 때로는 환상적이고 초현실적인 방식으로 규명하는 게 정신분석이다. 그리고 각각의 연애 '담'을 어째서 일단 연애 '사'에 해당하는 것으로 봐야 하는지 어느 학문보다 훌륭한 설명을 제시한다.

'Thinking of Him', 로이 리히텐슈타인, 1963.

3
PART

사랑은 어떻게 모든 걸 복잡하게 만드는가?

... 남과 여, 당신이기 때문에, 나이기 때문에, 함께 같은 곳을 바라보고, 죽음이 우리를 갈라놓을 때까지 행복하게 살며 자식도 여럿 낳아 기르자…. 수많은 영화와 소설에서, 대중가요 가사에서 우리는 끝없이 행복을 반복한다. 행복이란 사랑과 성, 부부 관계라는 불붙기 쉬운 세 가지 요소가 폭발적이면서 안정적이고, 요동치면서도 평온하고, 순간적이면서도 영원한 형태로 결합된 것이다. 서양 사람들에게 사랑이란 '언제나' 삶의 원동력이며, 잿더미 속에 혹은 원자력발전소에 숨겨진 작은 불씨다. 행복해지기 위해서는 이 불가능하고 상반된 조합을 기적과도 같이 완벽하게 조화시킬 수 있는 솔메이트를 찾아야 한다. 아울러 가급적 50년 안에 그 영혼의 단짝을 찾으면 더 좋겠다. 삶이란 이를 위해 존재하니까.

하지만 삶이 이를 위해 존재한다고 누가 말했나? 그리고 '언제나'라니, 정확히 언제부터 그렇게 되었나?

10

불같은
사랑

프랑시는 들판에서 산책하고 있었다.

그러다가 심각한 발기부전 문제를 겪었다.

몇 주 동안 약으로 치료할 수 있는 온갖 시도를 해보았으나. 아무런 성과도 없었다.

그다음에는 무속 치료사의 주술에 기대를 걸어보기도 했다.

궁여지책으로 군대에 도움을 호소해보기도 했다.

결국 한 친구의 조언에 따라 차라리 새로운 여자를 만나기로 결심한다.

불같은 사랑

고대 그리스의 비극 배우들부터 중세 음유시인과 해학이 넘치는 몰리에르Molière를 포함하여 19세기 낭만파에 이르기까지, 연애 전문가들이 공통적으로 수긍하는 한 가지가 있다. 인간이 겪을 수 있는 최악의 상황이 불같은 사랑에 사로잡히는 일이라는 것이다. 불같은 사랑은 종전의 질서와 가족, 미래, 삶 등 지나가면서 모든 것을 파괴하는 불길이다. 우리를 사로잡고 뒤흔들며 당혹스럽게 만드는 이 불길에 집어삼켜진 인간의 삶은 힘들어지게 마련이다. 하여 이 치명적인 독에 대한 해법 가운데 유일하게 납득이 가는 지령은 '도망쳐라. 그리고 이 재앙을 면할 수 있도록 기도하라'는 것이었다.

그런데 불과 3세대 남짓한 시간 동안 세상이 달라졌다. 과거의 '재앙'은 이제 자기 존재에서 빗나가지 않기 위해 반드시 도달해야 할 이상이 되었다. 신문, 영화, 유행가 가사, 광고 등에서 모두 같은 이야기를 반복하며 끈질기게 우리를 설득한다. '충동의 끝까지 가라, 자신에게 격한 감정을 주어라, 하나로 결합하라, 뜨겁게 불타올라라', 즉 불같은 사랑의 격렬하고 매혹적인 불길 속으로 즐겁게 빠져들라는 것이다. 다만 '적당히' 해야 한다. 균형 잡히고 독립적인 성인으로 살되, 안정적이고 능력 있는 부모가 되어야 하며, 마음의 위안이 되는 성숙한 연인으로 살아야 한다. 그리고 대개 우리는 이런 과업을 달성해야 한다는 데 좌절한다.

연애, 동거, 성

느낌으로 구성되면서 성욕과도 무관하지 않고, 행복한 부부가 되며 나아가 한 가족을 이루기 위한 불변의 가치로 보이는 '사랑'이 언제나 오늘날과 같은 용도로 사용된 건 아니다. 사랑이 성공적인 결합의 필수적이고 주된 요소라고 생각한 건 최근의 일이며, 특히 서구 사회에서 그러한 경향이 강하다. '상호 주관적 세계', 즉 각자가 머릿속으로 생각하며 관계를 엮어가는 방식이 심리·정신의학계에서 말하는 '소아성욕 이론'으로 구성되긴 하나, 이는 그 배경이 되는 문화와 우리가 엮어가는 관계를 해당 사회가 규제하는 방식에 따라서도 달라진다. 부모 세대와 조부모 세대, 그 위 세대들이 사랑한 방식을 대략적으로 살펴보면 지금 우리가 서로 어떻게 사랑하는지 이해하는 데 많은 도움이 된다. '절대적' 사랑이라는 관념이 어디에서 어떻게 생겨났으며, 시대와 장소에 따라 어느 정도로 달라질 수 있는지 알아보는 것도 나쁘지 않다.

서구 사회에서 사랑 이야기는 중세 궁정 연애와 더불어 시작되었다고 볼 수 있다. 용맹한 기사들이 세계를 정복하러 떠나 적들과 맞서 싸우고, 굳건히 자신을 기다리는 우아한 여인 앞에서 자기의 용기

'생명의 신비 Le Mystère de la vie', 오우카 리이레Ouka Leele, 1990.

와 열정을 펼쳐 보이는 것이다. 궁정 연애는 개인적인 모험 이야기로, 여러 가지 시련과 업적을 통해 남자는 행동에서, 여자는 기다림에서 자신을 발견하도록 두 주인공을 이끌어간다(남녀의 업무 분담은 뒤에서 다시 다룰 것이다).

불같은 열정은 부부가 아니라 개인의 진로와 자아 성취를 위한 구실에 불과하다. 각자의 역할 속에서 찬양되었으며, '사랑'이라는 이름으로 자신의 깊은 내면까지 파고들었다. 하늘에서 떨어진 순수하고 신성한 사랑은 자신을 초월하고 자아를 발견하도록 해주었다. 궁정 연애에서 성이나 부부 관계는 생각할 수 없는 일이었다.

그렇다고 호수의 기사 랜슬롯과 그 연인 귀네비어 왕비, 그들과 동시대에 살던 사람들에게 이런 부분이 결혼하거나 사랑을 나누는 데 장애가 되지는 않았다. 사랑과 성, 부부 관계가 서로 연결되었으리라고는 전혀 생각지 못했을 뿐이다. 사랑은 정신적인 차원에 속하면서 자아를 고취하기 위한 것이고, 성이란 육체적인 차원에 속하면서 감각적인 부분을 만족시키기 위한 것이며, 부부 관계는 자식을 낳아 사회의 가치를 전수하기 위해 존재한다. 세 가지를 한데 섞는 건 미친 짓이다.

그 증거가 피에르 아벨라르Pierre Abélard와 엘로이즈의 비극적인 사랑이다. 두 사람은 서로 사랑하고 갈망하며, 은밀히 결혼하려는 발칙한 생각을 했다. 결국 엘로이즈는 거세된 남편에게서 떨어져 수녀원에 갇힌 채 생을 마감한다.

서구에서 중세는 교회가 권력을 잡은 시대로, 당시 교회는 사회에 물의를 빚을 수 있는 세 가지 기본 요소를 도덕적으로 엄격히 구분하여 질서를 잡았다. 17세기에는 결혼이 혼인성사婚姻聖事가 되었으며, 그 목적은 육체적 동요에서 방황하는 일 없이 임신하는 데 있었다. 따라서 사랑하지 않아도 결혼했고, 대개는 서로 알지도 못하는 상태에서 결혼했으며, 혼인성사는 남녀의 결합에 신성한 광채를 더해주었다. 사랑은 유일하고 신성한 것이며, 긍정적이고 초월적이며 순수하고 정신적이다.

　몸에 손을 대면서 이단적이고 방탕하며, 치정적이고 더러운 쾌락의 수렁으로 몰고 가는 성은 악마에게서 나올 수밖에 없다. 사람들은 고해실에서 지나치게 격렬하고 '성도착'에 가까운 육체적 사랑을 몰아세웠는데, 여기에는 결혼한 부부의 관계도 포함된다. 과도한 정열은 단속할 대상이었으며, 어떤 상황이라도 신보다 배우자를 사랑하는 것은 용납되지 않았다. 상황은 분명했고 타협의 여지가 없었다. 육체적 사랑은 강렬한 사랑의 씨앗이 되어 인간을 신에게서 멀어지게 한다. 가엾은 아벨라르는 쓰라린 경험을 통해 이를 깨닫는다. 최선의 경우 관계가 정리되고, 최악의 경우 뿌리가 제거되기 때문이다.

· · ·

　18세기까지 사랑은 이러했다. 사랑은 신께서 친절하게도 결혼이라는 톱니바퀴에 더해준 기름 같은 것이며, 정직하고 정숙하며 신뢰와 감성으로 구성된다. 사랑을 바탕으로 한 결혼은 묵묵히 그 역할을 수행하게 한다. 가족과 집안에 좋은 결과를 낳고, 부부간의 사랑도 결실을 이룬다. 이 굳건한 기반이 사회를 지탱한다. 욕구와 정열은 어떤 경우라도 사회적 흐름에 저해되어서는 안 되며, 사랑의 관계는 가능한 한 깔끔하게 정리되어야 한다. 개인이 설 자리는 아무 곳도 없다. 사람이 존재하는 것은 어느 사람의 아들이기 때문에, 어느 사람의 아내 혹은 남편이기 때문에, 어느 사람의 형제이기 때문이다. 사람이 존재하지 않는다면 사랑의 감정도 존재하지 않는다. 사랑의 감정은 사람이 만들어내는 것이기 때문이다.

사회적으로 용인되는 성 또한 명료하게 정리된다. 임신을 목적으로 남녀가 단시간에 공손히 성교하는 데 그치는 것이다. 그 외 경우는 모두 죄악이다. 정신과 육체는 엄연히 분리되고, 신은 악마와 확실히 구별되며, 선은 악과 뚜렷이 대비된다. 이는 비단 가톨릭에 한정된 이야기가 아니다. 수 세기 전부터 지금까지 예루살렘에서는 부부가 함께 사용한 이불을 창문에 널어 말리는 관행이 있는데, 이 이불에는 구멍이 하나 있어서 그곳을 통해 임신을 위한 성교를 한다. 이는 부부의 몸 가운데 아무 곳도 접촉하지 않았다는 뜻이다.

신, 인간, 사탄

18세기 과학혁명 시대의 철학자들은 오래전부터 신과 사탄, 구원과 파멸 사이에서 고뇌하는 이 가련한 인간에 대한 고민에 착수하기로 한다. 이들은 인간에게 '제3의 길'을 열어주었다. 어느 정도 차가 다닐 수 있도록 닦아놓은 이 길은 당시 혁명에 가까운 것이었다. 신의 길도, 사탄의 길도 아닌 인간의 길을 열어주었기 때문이다.

이는 곧 신이 만든 것이든 왕이 만든 것이든 개인이 제도와 규칙을 넘어선 시초가 되었으며, 이에 따라 프랑스혁명의 포문이 열리고, 100년 뒤 이 혁명은 다른 혁명의 포문을 열어주었다. 바로 정신분석 혁명이 일어난 것이다. 신에게서 벗어난다는 것은 자신의 개성과 인간성에 가까이 다가간다는 뜻이다. 그리고 신과 악마가 우리의 운명을 외부에서 결정짓는 존재가 아니라고 생각하는 건 운명이 우리의 내부에서 결정되며, 우리가 그 책임자라는 걸 고려한다는 뜻이다.

미래를 내다보는 눈이 밝은 해학적 인물 몰리에르는 이 심오한 변화 때문에 장차 우리가 반드시 빠져들고 말 혼란에 대해 17세기 초부터 이야기했다. 그는 희곡 작품을 통해 아주 멋있어서 사랑의 열정과 육체적인 욕정이 이는 젊은 남자와, 권리·의무·아버지에 대한 존경·법 사이에서 이러지도 저러지도 못하는 젊은 여인들의 이야기를 다룬다. 마치 세속적인 사랑이 어떤 식으로 정신과 육체를 연루시키는지 꿰뚫었던 것 같다. 아울러 마음이 끌려서 하는 결혼과 머리로 하는 결혼의 대립이 사회에 얼마나 위협이 될 수 있는지도 잘 알았던 듯하다.

과학혁명 시대의 철학자들은 종교적 문제를 뛰어넘어 개인의 문제를 수면 위로 떠올리면서 프랑스혁명을 가능하게 만들었을 뿐만 아니라, 인간의 사랑에도 새로운 문을 열어주었다. 사랑의 신성한 순수성이 육체와 쾌락에 대한 열의로 무턱대고 나쁘게 해석되지 않는 계기가 된 것이다. 하지만 우리의 힘을 초월한 사랑의 열정이 신이나 악마에게서 비롯되지 않았다면 대체 어디에서 나오는가? 이를 가지고 뭘 어떻게 해야 하는가? 이에 휩쓸려 불타올라야 하는가, 아니면 그 불길에서 자신을 보호해야 하는가?

· · ·

연애결혼이라는 획기적인 발상이 정식으로 통용된 건 2세기 뒤의 일이다. 사람들은 그때 비로소 안정성을 확보하고 사회 가치를 전수하기 위해 아버지가 정해준 사람과 결혼하는 것보다 자신이 사랑하는 사람과 결혼하는 편이 훨씬 도리에 맞는다는 결론을 내린다. 프랑스혁명이 천명한 '평등'이 남녀평등 면에서 구체화되는 데도 시간이 필요했다.

19세기와 20세기, 서방세계는 전체론 체제에서 개인주의 체제로

서서히 이행했다. 전체론 체제에서는 사회가 개인을 구속하고, 개인은 사회의 주요 규칙들을 내면화하며 이를 존중한 반면, 개인주의 체제에서는 자신의 선택과 행복과 운명에 책임을 져야 한다. 이는 인간관계를 뒤바꾸는 근본적인 변화다. 사랑의 변화도 이와 따로 떼어놓고 생각할 수 없다. 감정적으로 느끼는 부분도 달라졌고, 사랑이 개인에게 차지하는 비중도 점점 더 커졌다. 사랑이 신의 초월성 개념에서 개인적 소산의 개념으로 넘어간 것은 부부 관계의 구조적 변화 이상으로 세상을 뒤흔든 혁명이다.

애정, 열정, 이혼

신의 압박에서 점점 자유로워진 연애 감정은 차츰 인간의 본성 가운데 가장 중요한 요소가 되면서 비중이 더 커진다. 사랑이 인간의 삶과 결혼에 다른 의미를 부여할 수 있다는 생각도 조금씩 자리를 잡아간다. 제도적인 틀에서 탈피할 수 있게 해주기 때문이다. 사랑이 부부 사이에서 실현되고 그 추진력과 주된 동력이 될 수 있다는 생각에 따라, 해묵은 제도는 무너져갔다. 사랑에 (중심적인) 위치를 부여하면서 사람들은 불같은 사랑까지 끌어들이는 모험을 감행한다. 신이나 용맹한 기사뿐만 아니라 어느 사람이라도 육체적이고 동물적인 열정에 다가갈 수 있었다.

사랑이 인간의 삶과 결혼에서 많은 부분을 변화시키며 여기에 색다른 의미를 부여한다면 열정에 사로잡힌 불같은 사랑은 이를 불안정하게 만들며, 심한 경우 모든 것을 파괴할 수도 있다. 사랑은 중요한 가치지만 모순된 성격을 띠며, 개인과 부부의 행복에 필수적이지만 열정이 개입될 때는 위험할 수도 있다. 사랑은 결혼과 가족의 영속성을 보장할 수도 있지만, 모든 걸 산산조각 낼 수도 있다.

19세기 말에는 낭만주의가 등장함에 따라 가장 뜨겁게 타오르고 모든 걸 집어삼킬 만한 파괴력이 있는 사랑의 열정이 자유롭게 풀어진다. 강렬한 사랑에 대한 욕구와 조화로운 영속성에 대한 갈망 사이에서 부부와 연인은 이러지도 저러지도 못하고 방황하며, 오늘날 우리 또한 이 모순적 상황에서 벗어나지 못하고 있다. 하지만 위험하면서 달콤하고, 위협적이면서 위협 받는 감정을 둘러싸고 갈팡질팡하는 이 상황이 부부 관계의 안정성을 보장해주는 요소다.

이런 위험에 대한 최후의 방어책은 틀의 경직성이다. 파기할 수 없는 혼인 서약을 하는 것이다. 이 점에서 교회와 국가는 단호한 입장이다. 사회의 토대를 유지하기 위해서라도 이혼은 안 된다는 것이다. 이런 비책은 (꽤 오랫동안) 통용됐다. 부부라는 영속적인 테두리는 사랑의 열정을 극복하게 해주었다. 불같은 사랑은 한시적으로 유지될 뿐이기 때문이다. 때로는 이를 보다 '잔잔한' 사랑의 감정으로 변화시켜 부부가 서로 믿고 배려하며 존중하고, 애정과 인내로 살아갈 수 있도록 해주었다.

하지만 결혼이라는 틀 또한 결국 틈이 생겼다. 교회가 자신의 입장을 고수하기는 하지만 19세기 말 법적인 이혼이 최종적으로 합법화되었고, 20세기 말에는 기준이 상당히 완화되었다. 사람들은 계속 '영원'을 꿈꾸며 결혼하지만, 이제는 이혼도 흔한 일이 되어 이혼하는 사례가 점점 늘어나며, 한평생 여러 차례 이혼을 경험하는 일도 생겼다.

'앉아 있는 어린 큐피드Petit
Amour assis',
페테르 피셔 주니어Peter Vischer le
Jeune, 16세기.

질 속의 음경

오늘날의 심리학이 서서히 구축된 건 19~20세기의 일이다. 이로써 육체와 정신은 마침내 하나로 합쳐졌다. 수백 년간 '머릿속에서 벌어지는 일'은 종교인과 철학자의 소관이었고, '몸에서 일어나는 일'은 학자와 의사들이 챙길 일이었다. 이 둘을 연결하려는 모든 시도는 잘해야 불신을 사는 수준에 그쳤고, 최악의 경우 마녀재판을 받아 대개 혐의 당사자의 불행으로 갈무리됐다.

하지만 19세기 말, 부분적으로 전문가의 견해에 근거하여 '탈선 행위'에서 사회를 지켜야 했던 경찰과 법조계의 요청에 따라 의학계는 과감히 성 문제에 대한 고민을 시작하여 이를 의학 과목으로 만들었다. 하여 '도착증'이라는 용어를 정립하는 일에 뛰어들었는데, 이는 남자(때로는 여자)의 정신이상이 만들어낸 모든 '성적 도착 행위'를 가리킨다. 당시 상황은 현행 규범, 즉 종교적 차원이든 의료적 차원이든 이성 간에 임신이라는 목적으로 성교하는 행위 수준을 벗어난 성도착 행위들이 수많은 책에서 집계된 상태였다.

이런 환경에서 프로이트가 의학에 입문했다. 프로이트와 생각이 비슷한 사람들 가운데 몇몇은 프로이트보다 먼저 '정신병리학' 연구에 매진하며 정신 구조에 의문을 제기했다. 하지만 성의 문제를 정신 구조에서 분리하는 일에 구체적으로 몰두한 사람은 프로이트다. 이와 더불어 그는 사랑과 대인 관계의 주요 메커니즘에 대해 본격적으로 연구했다. 욕구, 결핍, 성, 애착 관계, 사랑, 증오, 구축과 파괴 등 인간과 환경의 관계를 맺어주는 본질적인 부분에도 관심을 기울였다.

수십 년에 걸쳐 서서히 연구 기반이 갖춰짐에 따라, 정신분석은 육체와 정신을 연결하며 인간이라는 존재의 정신적 기능을 해석하기 시작했다. 성에 대해 의학적 시각을, 생각에 대해 철학적 시각을 갖춘 것이다. 이는 현대사회를 살아가는 개인이 선대에게서 물려받아 계속 구축해가는 새로운 사회에서 제기되는 모든 문제에 맞서는 데 도움이 된다. 그때까지 연애 문제를 포함하여 자신이 선택하는 건 생각할 수 없던 조상들의 틀에서 벗어나, 자신들의 새로운 사회를 만들어가는 과정에서 문제를 해결하는 실마리를 제공한 것이다.

실물 크기 실리콘 인형, 뱅상 카프망Vincent Capman, 2008.

TEXTES

가에탕 드 클레랑보

정신의학자

비단 집착증

이름 마리 D, A의 미망인, 가정주부, 나이 49세(1905년 1월, 특수의무실 근무).

부친은 알코올의존자로 60세에 자살, 모친 자살, 극심한 정신이상자인 남자 형제는 정신병원에 수용됨.

시골에서 태어나 그곳에서 자람. 7~8세부터 혼자 혹은 상대와 함께 자위행위에 몰두. "다른 여자아이랑 의자 위에서 엄마 아빠 놀이를 했다." 초경은 12세. 26세에 결혼. 비단에 대한 열정이 일찍부터 드러남. "나는 검은색 아름다운 비단 드레스를 갖기 위해 결혼했다. 드레스는 정말 훌륭했다. 결혼한 뒤에도 나는 인형 옷을 입히고 놀았으며, 여전히 그런 놀이가 좋다. 비단은 스칠 때 사각사각 소리를 내며 나를 즐겁게 한다." (…)

여인은 백화점에서 여러 차례 물건을 훔쳤다. 여인의 범죄 기록에는 26건이 적혀 있었다. (…) 우리는 그 가운데 1904년에 벌인 세 건을 찾아냈다. 그중 하나는 160프랑 상당의 비단 드레스를 절도한 행위로, 여인은 훔친 드레스를 돌돌 말아 자신의 치마 속 다리 사이에 끼워둔 채 적발되었다. 법정에 출두한 여인은 여러 차례 답변을 거부했다. (…)

1905년 1월 30일, 가르니에 박사는 여인을 정신병원에 감금한다. 진단서에는 다음과 같이 적혀 있었다. "지적장애. 정신 능력이 심히 손상되었고, 충동적 도착증이 나타남(비단에 대한 맹목적 숭배 경향을 보임). 청소년기에 이런 강박증 출현. 과도한 알코올과 에테르 중독증. 신경 발작." (…)

우리의 네 번째 환자에게서는 비단에 대한 성욕 동반적 열정이 다른 성적 이상과 결부된다. 불감증, 성적 조숙, 마조히즘 등으로 이어지는 것이다. 다른 세 관찰 사례와 마찬가지로, 이 환자 또한 히스테리 증상으로 이어진다. 심하다 싶을 정도로 계속되는 우연의 일치에는 주목할 필요가 있다. 히스테리 증상은 특히 공감각 현상에 영향을 준다. (…)

"우리의 사례는 특정한 천과 접촉을 추구한다는 게 특징으로, 환자들은 오로지 피부의 접촉에 따른 오르가슴을 느끼며, 다른 무엇보다 이런 종류의 최음제를 선호한다. 하지만 절대적인 배타주의는 나타나지 않는다. 외형, 과거, 해당 천 조각이 떠올리는 가치와는 무관하며, 상상력의 역할이 매우 퇴색되었고, 사용 후 물건에 대한 애착은 없으며, 반대 성별에 대한 암시는 보통 빠져 있다. 비단을 선호하는 경향을 보이고, 도벽과 연계되며, 우리가 아는 한 이 모든 증상이 한꺼번에 나타나는 건 여성(과 히스테리 환자)뿐이다."

「여성에게서 나타나는 천에 대한 성욕 수반적 열정Passion érotique des étoffes chez la femme」, 『범죄인류학 · 법의학 · 규범심리학 · 정신병리학 고문서Archives d' anthropologie criminelle, de médecine légale et de psychologie normale et pathologique』

Jean G. Lemaire

장 G. 르메르

정신분석학자, 임상심리학 교수

사랑의 함정과 지배 관계

하지만 연인들의 복잡한 연애 관계는 단순히 관계의 개념으로 요약되지 않는다. 정신분석에서 '대상과 관계'라는 보다 고전적인 관계 또한 마찬가지다. 친구 관계든 연인 관계든 두 주체는 온갖 관계를 발전시키며, 이 관계는 쾌락·에로티시즘·소유·죽음 등의 측면에서 더 격렬해질 수도 있다. 지배와 관계된 부분은 사랑의 난관이 될 수 있으며, 적어도 불같은 사랑이라면 대부분 그러하다. 따라서 온전한 자신으로서 존재한다는 느낌은 자아를 상실하게 만드는 타인에게 느끼는 사랑으로 위축될 수 있다. 혹은 애정과 갈구의 뜻을 보이는 타인, 유혹의 행위를 하며 나를 사로잡으려는 타인이 내게 느끼는 사랑에도 흔들릴 수 있다.

때로 성인의 연애 관계에서는 유혹 같은 행위로 "다른 사람의 존재 앞에서 자신에 대해 생각하는 능력"이 문제가 될 수 있으며, 위니캇 또한 같은 맥락에서 논지를 전개한다. 자신의 생각을 잃지 않으면서 유혹하는 연인의 생각을 버텨내기 힘들 때가 간혹 있다는 것이다. 타인에게 흡수되지 않으면서 타인을 사랑하기란 힘들다는 뜻이다. 인질이나 납치 피해자, 그 외 다양한 방식으로 압도당한 피해자들의 정신적 외상에 대한 최근 연구 결과를 살펴봐도 이를 잘 알 수 있다. 하지만 지금 부부 치료 과정에서 해당하는 것은 연애 관계다. '사랑'이라는 말로 한정 짓기는 좀 어려운 면이 있지만 말이다.

『열정을 다스리는 법Comment faire avec la passion』

Élisabeth Badinter

엘리자베스 바댕테르

철학자

나는 누구인가?

그런데 여기에서 마음이 놓이길 바라는 과거를 떠올리는 것은 효력이 없다. 우리가 겪는 급격한 변화들은 아마 단순한 변화와 성격이 다를 것이다. 어쩌면 관습의 혁명 같은 것일지도 모른다. 모델의 변화는 비단 우리의 행동과 가치만 문제시하지 않으며 보다 내면적인 존재, 즉 정체성과 남자 혹은 여자의 본성을 건드린다. 걱정은 실로 존재적 불안의 형태를 띠며, '나는 누구인가?'라는 거대한 형이상학적 문제를 제기한다. 나의 정체성은 무엇이며, 남자 혹은 여자로서 나의 특징은 무엇인가? 우리는 서로 어떻게 구분되는가? 우리는 어떻게 타인과 함께 살아가는가?

데카르트가 옳았다. 존재의 문제는 현기증을 유발하며, 우리는 며칠 고민하는 것으로 마음을 놓을 만한 재능이 없다. 답은 책 속에 있다고 이야기하지만, 답은 발견되지 않는다. 이 혼란스러운 문제에 지나치게 사로잡힌 우리가 그 수준에 미치지 못하기 때문일 수도 있고, 이번에는 새로운 질문에 대한 답이 책 속에 있지 않기 때문일 수도 있다. 하지만 이 새로운 질문들은 어떻게 나타났을까?

그 머나먼 기원을 파악하기 위해서는 2세기 위로 거슬러 올라가 서구 민주주의의 태동기를 살펴봐야 한다. 서구 민주주의는 평등의 원칙을 제시하고, 인간 사이의 자연적 위계질서에 기반을 둔 권력 체계를 타파하기 위해 끊임없이 싸웠다. 진정한 평등이 이룩된 사회는 유토피아임을 인정하면서도, 내재된 이상적·도덕적 위력은

영화 '빅터/빅토리아Victor/Victoria',
감독 : 블레이크 에드워즈Blake Edwards, 출연 : 줄리 앤드루스Julie Andrews, 1982.

사람 사이의 관계를 실질적으로 변화시키는 데 부족함이 없었다.

그런데도 20세기에 이르러서야 남녀평등이 실질적으로 자리 잡는다. 수천 년간 남자의 실력 행사를 가능케 한 가부장제가 막을 내리는 데는 20년이면 충분했다. 그렇게 함으로써 남녀평등이 이루어질 수 있는 환경만 조성된 게 아니라 성별 상호 보완성의 해묵은 모델에 대한 문제도 제기했고, 성 정체성과 관련된 상황도 한데 뒤섞였다.

성 역할을 구분하는 것이 불평등의 주원인이라 확신하는 우리는 성별에 따른 업무 분담의 원칙을 남녀 혼합의 규칙으로 체계적이고 주도면밀하게 대체했다. 따라서 (가정과 직장, 신생아실과 사무실 등) 남자의 영역과 여자의 영역으로 나뉘던 세계가 사라짐과 동시에, 우리는 가장 개인적인 지표를 잃어버린 듯한 인상을 받는다. 불과 얼마 전만 해도 사람들의 믿음은 확고했다. 여자가 삶을 탄생시키는 존재라면, 남자는 이를 보호하는 존재였다. 여자는 아이와 가정을 돌보았고, 남자는 세상을 정복하러 떠났으며, 필요한 경우 전쟁을 벌이기도 했다. 이 같은 남녀의 업무 분담에 따라 서로 다른 특성을 발달시킬 수 있었고, 이는 정체성의 느낌을 확실히 만들어주는 데 기여했다.

『이 사람이 곧 저 사람이다L'un est l'autre』

Irène Théry

이렌느 테리

사회학자, 프랑스 고등사회과학연구원 연구부장

성별 구분의 성적 특성화

근대사회로 이행하면서 성에 따른 위계질서의 핵심은 남녀가 각각 무엇을 할 수 있는가 하는 문제가 아니었다. '성별'에 따른 권리의 불평등을 정당화하는 주장이 여럿 있었고, 많은 영향을 미쳤던 게 사실이다. 그러나 이는 원인이라기보다 결과로 봐야 한다. 이세는 종교적 결혼보다 호적상의 세속적 결혼에 기반을 둔 부부 중심의 가족이 구성됨으로써, 둘이 모여 하나가 된 부부가 일종의 최상위 개체로 부상한다. 신랑 신부의 상대적 역할 부여를 남녀의 실질적 특징과 혼동하는 이런 시각은 위계질서적인 상호 보완성을 내세우며, 성별에 근본적 지위를 부여한다. 남녀의 역할 구분이 인간의 본성에 따른 신체·정신적 특징, 즉 남성성과 여성성의 차이와 혼동되는 것이다. 여자는 종속된 위치에 놓이며, 이는 여자가 남자보다 성적인 존재로 간주되는 만큼 자명한 이치였다.

루소 또한 『에밀Émile』에 "남자는 특정한 순간에만 남자가 되지만, 여자는 평생을 여자로 살아간다"고 적었다. 하지만 여자는 이에 국한되지 않는다. 근대사회의 태동기부터 여자도 한 인간으로 여겨졌으며, '개인'의 가치가 있는 완벽한 인간으로 간주되었다. 이에 대해 루소는 "성이 배제된 모든 부분에서 여자는 사람이다"라고 말했다.

여기에서 평등과 위계질서의 원초적 갈등이 비롯된다. 이런 갈등을 부인하여 '개인'이라는 가치에서 위선적인 부분만 보려는 건 말이 안 된다. 우리 사회가 추구하는 궁극적 가치는 반대되는 것을 포용하며, '개인'이라는 가치는 그 반대 개념인 성적 전체론을 포괄했다. 성적 전체론은 부부가 그 상징이자 매개물이고, 부부는 모든 사회조직의 근간이다. 민주주의의 갈등을 유발한 원초적 갈등은 근대 초기부터 남녀평등의 길이 열려 있었다는 점을 알려주며, 이 길이 꽤 길게 나 있다는 사실도 일깨운다.

이와 관련한 역사적 과정은 매우 복잡했다. 일에 상당한 변화가 있었고, 산업화와 도시화, 3차 산업의 확대 등 생활 방식에도 큰 차이가 생겼으며, 지식과 기술도 발전했다. 그에 따라 산모와 영아 사망률이 낮아졌고, 피임약이 보급됐다. 종교의 영향이 사라졌으며, 사회적 차원에서 페미니즘 투쟁이 일어났고, 민주주의의 사상과 가치가 발전했다.

그러나 그 핵심 동력이 여자아이들의 교육권이라는 점에는 의심할 여지가 없다. 페미니즘 진영에서는 오래전부터 이 같은 권리를 중점적으로 요구해왔다. 가정과 사생활을 포함한 내부적 차원에서 여자는 남자의 대등한 상대로 인식되는 경향이 점점 커지고, 외부적으로도 교육 기회가 늘어나고 남자에게 한정적이던 직업 접근성이 커졌으며, 참정권도 확보했다. 민주주의라는 동력은 민법에서 인정한 '부부'의 모든 것을 마침내 내향적으로 폭발시키기에 이른다.

『성의 구분 : 평등에 대한 새로운 접근법La Distinction de sexe.
Une nouvelle approche de l'égalité』

피에르 아벨라르

신학자, 철학자

사랑의 불길

이 젊은 여인에 대한 사랑의 불길에 사로잡힌 나는 매일같이 육체관계를 맺을 수 있는 기회를 모색했다. 그러면 여인은 나와 친숙해질 테고, 나는 보다 수월하게 여인을 굴복시킬 수 있을 것이다. 나는 여자의 친구들을 통해 그 삼촌과 사이에 다리를 놓았다. 여자의 친구들은 삼촌을 끌어들여 나를 그 집에 받아들이도록 했다. 집은 내가 다니는 학교와 무척 가까웠고, 여자의 삼촌은 자신이 정하는 하숙비를 조건으로 걸었다. (…) 그는 엘로이즈를 전적으로 내 소관에 두었고, 여유가 날 때면 밤이든 낮이든 엘로이즈의 공부를 맡아달라고 제안했다. 엘로이즈가 실수하는 부분을 발견하면 서슴없이 벌을 주라고 했다.

나는 그의 순진함에 놀라움을 금치 못했다. 굶주린 늑대에게 어린 양을 선뜻 내어주다니, 이 얼마나 놀라운 일인가. 가르치는 일뿐만 아니라 엄하게 처벌까지 하라며 엘로이즈를 내 품에 던져준 것은 내 욕구를 허용한 것 아닌가. 이는 애무가 성에 차지 않으면 협박과 구타로 승리할 기회를 제공한 게 아닌가. 퓔베르가 내 파렴치한 행위를 전혀 의심하지 않은 데는 두 가지 이유가 있다. 나를 부모처럼 생각할 조카딸의 마음과 금욕적이기로 유명한 내 명성 때문이다.

더 말할 게 뭐가 있겠는가. 우리는 한 지붕으로 엮였고, 그다음에는 마음으로 엮였다. 공부를 핑계로 우리는 사랑을 만끽했다. 사랑이 요구한 놀라운 만남은 수업 시간이 그 기회를 마련해주었다. 책은 펼쳐놓았으나 철학 얘기보다 사랑의 밀어가 오갔고, 입으로 설명해주기보다 키스를 나누었으며, 내 손은 책보다 그녀의 가슴으로 향했다. 사랑을 담은 우리의 눈은 책 속의 글귀보다 상대의 모습을 바라보았다.

나는 의심을 사지 않기 위해 이따금 엘로이즈를 때리기도 했다. 그러나 이는 사랑에서 우러난 매지 분노의 매가 아니며, 애정에서 우러난 매지 증오의 매가 아니었다. 이 매질보다 감미롭게 마음의 위로가 되는 것은 없었다. 내가 무슨 말을 할 수 있겠는가. 뜨거운 감정 속에서 우리는 온갖 사랑의 말들을 꿰뚫었으며, 불같은 사랑으로 생각해낼 수 있는 기발하고 정교한 모든 것들을 이에 덧붙였다. 이런 즐거움이 새로울수록 우리는 이 순간을 열정적으로 늘여갔다. 지겨움 따위가 들어올 자리는 없었다.

쾌락의 열정이 나를 사로잡음에 따라 철학 공부는 점점 뒷전이었고, 수업에도 신경을 쓰지 못했다. 엘로이즈에게 공부를 가르치는 시간은 끔찍이 지겨웠고, 피곤한 일이기도 했다. 밤에는 사랑을 나누느라 정신이 없었고, 낮에는 일 때문에 정신이 없었다. 수업이 성의 없고 무관심해지는 건 당연했다. 나는 이제 시적 영감에 대해 이야기하지 않았고, 내 기억에만 의존하여 모든 걸 지어냈으며, 이전 수업의 반복 외에는 한 게 없었다. 자유롭게 몇 마디 구절을 만들어낼 수 있다면 이는 사랑의 시구지 철학적 문구가 아니었다. 알다시피 이 사랑의 시구들은 여러 나라에서 유명해져서 지금도 여전히 그런 삶의 행복을 맛보는 사람들이 즐겨 부르는 시어가 되었다.

내 정신이 온통 어디에 빠졌는지 알았을 때 내 학생들의 슬픔과 고통, 불만이 어땠을지는 거의 상상할 수 없을 것이다.

『나의 불행한 이야기|Histoire de mes malheurs』

몰리에르

극작가

그래요, 그 사람을 사랑해요!

아르놀프 | 바람둥이 놈팡이를 따라가는 건 야비한 행동이 아니고?

아 네 스 | 그 사람은 나를 아내로 삼고 싶다고 말했어요! 저는 나리
께서 알려주신 가르침을 따르는 거예요. 결혼을 해서 죄
를 씻어내야 한다면서요.

아르놀프 | 그야 그렇지. 하지만 나도 당신을 아내로 삼고 싶다고 말
했잖소! 꽤 알아듣기 쉽게 말한 것 같은데?

아 네 스 | 그야 그랬지요. 하지만 우리 둘 사이에 대해 솔직하게 말
씀드리자면, 나리보다 그 사람이 내 취향이에요. 나리 집
에서 결혼은 힘들고 고된 일이죠. 그리고 나리가 하신 말
씀도 이를 끔찍한 모습으로 만들었고요. 하지만 그 사람
은 결혼이라는 것을 기쁨으로 채워주었다고요! 그 사람
은 결혼하고 싶은 욕구를 갖게 해주었어요.

아르놀프 | 이 배신자, 당신은 그 녀석을 사랑하는구려!

아 녜 스 | 그래요, 그 사람을 사랑해요.

아르놀프 | 철면피 같은 부인께서는 어째서 나를 사랑하지 않지요?

아 녜 스 | 이보세요, 나리께서 비난해야 할 사람은 내가 아니라고요. 내가 나리를 사랑하도록 나리께서 그 사람처럼 해준 게 뭐가 있죠? 내가 굳이 나리를 밀어낸 적은 없다고 생각하는데요.

아르놀프 | 나는 최선을 다했소. 하지만 내가 들인 노력은 전부 사라지고 없지.

연극 '아내들의 학교L' École des femmes' 5막 4장

11

남자로
살아간다는 것과
여자로
살아간다는 것

프랑시는 들판에서 산책하고 있었다.

그러다가 프랑시는 이따금 여장을 하고 싶다는 억제할 수 없는 욕구를 느낀다.

프랑시의 아내는 충격을 받았지만, 곧 그런 프랑시의 모습에 적응한다.

이후 두 사람은 가끔씩 저녁때 놀러 나가 친구처럼 돌아다녔다.

한 해 한 해 시간이 흐를수록 성적 기호 전환이 점점 심해져서, 결국 프랑시는 수술을 생각한다.

안타깝게도 수술은 실패하고, 프랑시의 아내는 마취 중 사망했다.

남자로 살아간다는 것과 여자로 살아간다는 것

자기만의 정신세계, 개인사, 문화적 배경, 가족사가 있는 육체가 그 나름의 정신세계, 개인사, 문화적 배경, 가족사가 있는 또 다른 육체를 만난다. 아주 가느다랄지언정 타인과 인연의 끈을 다시 잇는다는 건 수십억 가지 요소를 움직여 또 다른 수십억 가지 요소와 상호작용 하는 것이다. 망상이 난무하며 변화무쌍한 이 밀림의 세계에서 심리학은 몇 가지 지표를 제시하여 탐험가들이 밀림에서 쓰러지지 않도록 도와주려고 한다.

사람들이 저마다 매우 흥미롭고 복잡한 방식으로 관계를 맺도록 해주면서 개인을 구성하는 모든 요소들 가운데 무척 특별하면서도 때로는 거의 전부를 차지하는 요소가 우리의 성 구분이다. 한 남자 혹은 한 여자는 모든 걸 변화시키는 힘이 있는 듯하다. 몸이 제 기능을 수행하는 방식뿐만 아니라 생각하고 지각하는 방식, 행동하고 반응하는 방식까지 전부 달라진다. 심지어 한쪽은 화성에서, 다른 한쪽은 금성에서 온 듯 보이기도 한다. 그렇게 생각하면 우리가 왜 그토록 다르고, 상대의 말에 귀 기울이며 서로 이해하는 것이 왜 그렇게 어려운 일인지 설명될 것이다.

이 같은 문제를 고민한 뒤로 철학자든, 의사든, 심리학자든, 이 분야에서 전문적으로 직업을 수행하는 사람이든, 선술집에서 '설'을 푸는 사람이든 "남자는 여자와 같지 않다"는 데 모두 공감한다. 일부 전문가들은 감정과 충동을 비롯해 우리의 머릿속에 든 모든 것들이 대부분 남자와 여자를 다르게 만들어주는 염색체에 따라 달라진다고 한다. 세부적인 차이지만, 이를 무시할 수는 없다. 이 미세한 차이가 남녀 간에 존재하는 것으로 보이는 엄청난 차이를 '본성'으로 설명해주기 때문이다.

그런데 해부학적인 관점에서 볼 때 남자와 여자는 그리 다르지 않다. 생후 초기에 모든 배아는 외형상 동일하며, 단일 성별에 암컷의 기질을 띤다. 여성호르몬인 에스트로겐과 황체호르몬, 혹은 남성호르몬인 테스토스테론이 분비되어야 배아의 조직과 분비선에 변화가 생긴다. 테스토스테론의 영향으로 음핵이 올라왔다 다시 오므라들어 음경이 되며, 난소는 고환이 되어 몸 밖으로 내려앉는다.

여러 가지 호르몬을 갖춘 여자아이들의 몸은 남자아이들의 몸과 동일한 방식으로 성장하지 않으며, 해부학적·생리적 차이를 만들어낸다. 호르몬은 뇌의 차이, 나아가 정신적인 차이도 유발하는가?

뇌의 성별

　　뇌 기능 상태를 정확하게 볼 수 있는 MRI가 발명되면서, 사람들은 뇌의 어떤 연결 관계가 남녀의 다양한 특징적 차이를 만들어내는지 알아보기 위해 열심히 연구했다. 이 부분에서 가장 말이 많았던 연구는 20년 전에 수행된 것으로, 일반적인 교양 상식이 될 정도였으며 사실로 인정되는 분위기였다. 이는 뇌의 두 반구를 연결해주는 섬유 다발에 관한 연구로, 좌뇌와 우뇌를 연결하는 이 신경 다발은 '뇌량'이라 불린다.

　　이 연구는 여자의 뇌량이 남자보다 두꺼움을 보여주고, 금성에서 온 여자들은 어째서 길을 물어볼 줄 아는지, 왜 소스를 만들기 위해 면이 다 익을 때까지 기다릴 필요가 없는지, 그렇게 이해받고 싶어 하는 이유는 무엇인지 등을 설명해준다. 반면 화성에서 온 남자들은 어째서 도움을 요청하느니 차라리 길을 잃고 말겠다고 생각하는지, 어떻게 손바닥 보듯이 훤하게 길을 꿰고 있는지, 결과에 대한 보상과 메달에 왜 그토록 집착하는지 설명해준다.

　　보다 최근에 수행된 연구에서는 이 연구의 결론을 완벽하게 반박한다. 하지만 이 연구에서도 면과 소스가 각기 제 냄비에서 끓는 동안 남녀 모두 한눈에 모든 길을 꿰뚫어보기 위한 해법은 찾아내지 못했다. 수천 명의 환자를 대상으로 연구한 결과, 뇌의 크기나 뇌량의 정도로는 남자의 뇌인지 여자의 뇌인지 알 수 없다는 결론이 내려졌다. 더욱이 남자의 뇌는 여자보다 크게 마련인데, 두개골 자체가 대개 여자보다 크기 때문이다.

뇌량의 발견과 거의 비슷한 시기에 좌뇌와 우뇌가 구분되며 그 기능이 상이하다는 점을 발견했다. 즉 좌뇌는 언어와 감정, 직관 등을 담당하며 우뇌는 행동과 반사, 성과 쪽으로 특화되었는데, 여자는 좌뇌가 발달하고 남자는 우뇌가 발달했다는 것이다. 하지만 MRI

'파키타Paquita', 안무 : 마리우스 프티파Marius Petipa, 무대 · 의상 : 마이크 곤잘레스Mike Gonzales · 트로카데로 극단, 출연 : 로베르 카르테르Robert Carter, 샤틀레 극장, 2009.

촬영 결과, 좌뇌와 우뇌가 이분법적으로 나뉘는 건 아니라는 사실을 알았다. 특정 기능이 어느 한쪽 뇌에 편중되지도 않았다. 좌뇌와 우뇌가 구분된 것은 사실이지만, 지난 20년간 사람들이 얘기해온 것처럼 확연히 나뉘지 않았다. 뇌 기능 역시 왼쪽과 오른쪽에 분산되었으며, 생각한 것만큼 뇌 반구의 특성이 굳어진 것도 아니었다.

· · ·

신경과학 분야가 발전함에 따라 덕을 본 건 그뿐만 아니다. 후천성인가, 선천성인가 하는 문제에서도 많은 진척을 보일 수 있는 근본적인 요소가 규명되었는데, 태어나는 순간 아기의 뇌는 10퍼센트만 '꼬인 상태'라는 것이다. 이는 과학적으로 인정되는 확고한 사실이다. 따라서 조금씩 새로운 연결 관계를 만들어내고 여러 가지 정보와 역량을 채워 뇌를 구축함으로써 아기가 소년 혹은 소녀로 성장하는 건 학습에 따른 것으로, 특히 생후 20개월 동안 학습이 중요한 역할을 한다. 하여 천성적으로 남자의 뇌 혹은 여자의 뇌라는 것은 존재하지 않으며, 남녀가 구분되는 특징을 주로 포함하는 뇌는 없다는 말이다.

이는 염색체와 호르몬, 해부학적 특징을 제외하고 개인을 '성별화'하는 넷째 구성 요소가 가장 흥미롭고 복합적이며 한정 짓기 어려움을 뜻한다. 넷째 요소가 바로 '환경'이다. 달리 말해 우리는 태어난 직후 남자아이 혹은 여자아이로 살아가는 법을 '배운다'.

각자의 역할

앞서 우리는 인간의 정신 구조 형성 과정에서 아이와 환경 사이의 상호작용이 얼마나 중요한지 알아보았다. 100년 전부터 정신의학계에서는 신생아와 주변 세계의 상호작용이 일어나는 방식을 점점 더 복잡한 방식으로 관찰해왔다. 이들 관찰 결과에서는 남자아이가 울부짖을 때와 여자아이가 울부짖을 때 각각 부모의 반응이 다르다는 데 모두 동의한다.

부모가 제아무리 현대적 사고방식을 갖춘 사람이고, 남자아이와 여자아이를 똑같은 방식으로 다루려고 하는 평등주의자라 할지라도 부모의 반응은 자기 의지보다 강력한 무엇에 이끌려 나온다. 대개는 완전히 무의식적으로 그런 반응이 나오는데, 이는 부모들 자신도 남성성과 여성성을 구분하는 환경에서 정신세계가 구축되었기 때문이다. 부모들의 정신 구조는 자신의 성장 기반이 된 수천 가지 정보들로 구성되어 남자 혹은 여자를 대할 때, 남자아이나 여자아이를 대할 때 반응이 달라지게 마련이며, 신생아라 해도 남자아이를 대할 때와 여자아이를 대할 때의 반응이 결코 같지 않다.

갓 태어난 아기들은 돌봐주는 주위 어른들이 자신의 정서에 따라 해석하고 투사하는 세상에서 성장한다. 아이들은 사람들이 자신에게 투사하고 부여하는 감정에 따라 세상과 현실을 파악한다. 부모는 늘 자신의 놀라움에 대해 지각하기에는 어린 아이에게 그 원인을 돌린다.

예를 들어 생후 3개월 된 아이가 고개를 들어 미소 지으면, 엄마는 깜짝 놀라며 "얘 좀 봐! 지금 자기 힘이 세다고 자랑하고 있어!"라고 소리친다. 엄마가 표현하는 건 엄마의 감정이다. 엄마는 아들의 힘이 센 게 자랑스러우며, 그 때문에 기쁨으로 충만하다. 아이는 자기 힘이 세다는 사실이 엄마를 기쁘게 한다는 걸 기록하고, 이를 잘 활용한다. 하지만 아들이 아니라 생후 3개월 된 딸이 그렇게 힘이 세다는 걸 기뻐할 엄마가 몇이나 될까? 프랑스어에서는 언어마저 성의 구분이 있지 않은가. '힘센 여자아이fille forte'와 '힘센 남자아이garçon fort'는 결코 같은 의미가 아니다.

우리가 남자아이와 여자아이에게 동일한 감정을 부여하지 않는다는 점은 수백 가지 연구에서 밝혀졌다. 같은 이야기라도 결코 같은 어조로 이야기하는 법이 없으며, 엄마와 아빠는 아들과 딸에게 같은 방식으로 말하지 않는다. 엄마가 수유할 때도 딸에게는 규칙적인 수유를 강요하는 경향이 있는 반면, 아들에게는 아이가 원할 때마다 젖을 물린다.

이는 납득할 수 있는 부분이다. 어머니에게 딸은 '자신과 같은' 여성으로 보다 친숙한 존재고, 어머니는 그런 딸을 자신과 동일시할 수 있으며, 보다 잘 이해할 수 있다는 인상을 받는다. 어머니는 딸에게 말할 때 미소를 지어 보이고, 금세 공감대를 형성하며 딸의 감정을 공유한다. 아들인 경우에는 더 당황하게 마련이고, 자신과 근본적으로 다르다고 생각하는 '이질적' 존재를 깨닫는 데 놀란다. 아들과는 감정을 공유하기보다 자신이 아들에게서 받는 감정을 마치 거울처럼 아들에게 반사한다. 아들에게는 말을 걸기보다 직접 부딪히는 경향이 있다.

따라서 어머니들은 슬픈 이야기를 딸에게 더 자발적으로 하고, 아들에게는 분노나 폭력을 유지한다. 딸에게는 '친절하라'고 이야기하고, 아들에게는 '너 자신을 보호하라'고 이야기하는 셈이다. 아버지들은 직접 부딪히기보다 이야기를 많이 하는 경향이 있으나, 딸을 대할 때는 더 부드럽고 다정한 모습을 보이는 반면, 아들을 대할 때는 보다 과격한 편이다. 딸에게는 '우리 공주님' '우리 아가'라고 칭하지만, 아들에게는 '이 녀석' '이놈의 자식'이라는 표현을 쓰는 것이 저들 사이에 수컷들의 경쟁 관계라도 시작된 느낌이다.

장밋빛 삶과 하늘빛 삶

이처럼 남성성과 여성성이 대개 무의식적으로 구분되는데, 남자아이들의 감정과 여자아이들의 감정은 남녀의 구분이 뚜렷한 세계에서 구축되며 점점 달라진다. 여자아이들은 다정하고 섬세한 성향이 발달하는 반면, 남자아이들은 과격하고 격렬한 성향이 발달한다. 따라서 남녀가 언어를 습득하자마자 어휘를 선택하고 이용하는 방식이 다른 것도 놀랄 일은 아니다. 태어난 순간부터 사람들이 아이들에게 그처럼 말해왔기 때문이다. 여자아이들은 자신을 슬프게 하거나 즐겁게 만든 것들, 자신을 기쁘게 하거나 불쾌하게 만든 것들에 대해 서로 이야기를 나누지만, 남자아이들은 행동으로 움직이며 역할을 배분하고 시나리오를 구상한다.

아이들은 만 3세부터 여자의 느낌과 남자의 느낌을 구별한다. 남자아이들끼리 혹은 여자아이들끼리 놀면서, 아이들은 집에 있을 때보다 성별에 좌우된다. 여자아이들은 유치원에서 친구를 사귀고 이

TV 애니메이션 '우주전함 야마토',
1974~1975.

관계를 유지하려고 노력하며, 때로 굉장한 노력을 해야 하는 경우라도 기꺼이 감수한다. 마찬가지 논리에서 여자아이들은 자신의 결점을 선뜻 드러내고 친구의 장점을 부각하는 데 주저하지 않으며, 두려움이나 죄의식, 창피함 등 '부정적인' 감정을 보다 쉽게 표현한다. 남자아이들은 경쟁이나 자기선전이 부각되는 놀이를 선호한다.

아이들의 성차별주의는 만 2~6세 때 절정을 이룬다. 이 시기에 아이들은 남성성과 여성성의 온갖 전형을 경험하며, 자신의 성별이 구분될 수 있도록 하는 데 강한 집착을 보인다. 여자아이들의 감정과 남자아이들의 감정, 여자가 하는 일과 남자가 하는 일 등 모든 성 정체성은 만 3세부터 형성된다. 다만 자기 성별은 생후 18개월경부터 불완전하게나마 인식하기 시작한다. 자신의 소속을 명확하게 느끼지 못하는 사람은 힘들어할 수밖에 없다. 앞으로도 모든 게 그와 같은 맥락에서 진행되며, 사회적 규범에 따라 성별 구분 작업이 계속되기 때문이다.

여자아이들은 자신을 감성적이고 사회적이라고 생각하는 경향이 짙어지며, 남자아이들은 자신이 보다 과감하고 개인주의적이라고 생각한다. 여자아이들은 다른 사람들에 대해 더 많이 알고 더 많이 소통하며 이들을 더 많이 도와주고 보살피며 돌봐주고 싶어하고, 남자아이들은 자기 힘으로 무엇을 만들고 실현하며 새로운 것을 추구하길 좋아한다. 여자아이들은 화기애애한 삶을 목표로 하는 반면, 남자아이들은 사회적으로 인정받고 싶어한다.

청소년기에 이르면 호르몬의 작용으로 남자아이들의 공격성과 여자아이들의 불안은 더욱 강화된다. 남자아이들의 몸에서 분비되는 테스토스테론이 작용함에 따라 남자아이들은 집중력이 떨어지고 활동량이 많아지며, 거짓말을 하고 공격성이 짙어진다. 주먹다짐이 오가고 반항기가 발동하며, 파괴적 성향도 강해진다. 반면 에스트로겐과 황체호르몬의 영향을 받는 여자아이들은 감수성이 예민해지고 근심이 많아지며, 슬픔을 잘 느끼고 우울증에 빠지기 쉽다.

어른이 되면 긍정적이든 부정적이든 과도한 감정 표현은 여자들의 전유물이 되며, 타인을 호의적으로 판단하는 것도 여자들이다. 남자들은 폭력과 분노의 표현을 독차지한다. 여자들은 두려움과 불안, 슬픔, 죄의식, 수치심 등 자책하고 자기 성찰적인 감정에 많이 사로잡히며, 남자들은 자신이 흥분한 원인을 타인에게 전가하는 투사적 능력을 보인다.

이런 정서적 차이는 남자들이 천성적으로 권력을 행사하는 데 탁월하다는 논거에 힘을 실어준다. 힘, 용기, 집념, 두려움을 모르는 기질 등은 남자들의 특징이다. 남자들에게 이론의 여지가 없는 '천부적인' 권위 의식이 부여되는 것도 이 때문이다.

음경과 질

　　하지만 남녀 간에 나타나는 이 모든 차이점의 기원은 어디에도 없다. 물론 처음에는 극히 미미한 염색체의 차이가 약간의 호르몬 변동을 유발하며 어느 정도 해부학적 차이를 만들어내고, 시간이 흐름에 따라 각각의 삶에 점점 더 많은 영향을 미친다. 남녀의 해부학적 차이도 명백하다. 남자는 목소리가 굵고 대개 체모도 발달하며, 음경이 있다. 여자는 보다 풍만한 몸매와 가슴이 눈에 띄며,

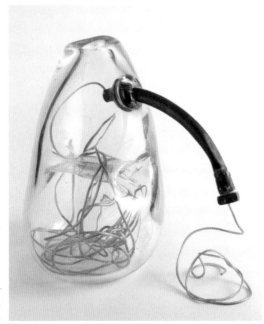

'쉬Pipi',
에릭 디트만Erik Dietman.

남자에게 없는 질이 있다. 음경이 침투적 성향이 있다면, 질은 수용적 성향이 있다. 우주의 만물은 이 이중적 성향에서 구축되는 듯하다.

프로이트는 1905년, 『성 이론에 대한 세 가지 에세이』에서 이에 대해 언급했다. "그 실체가 다소 불분명한 '남성성' 혹은 '여성성'의 개념은 학문 영역에서 가장 혼동이 심한 개념이다." 프로이트는 무의식의 토대를 다지는 이 모든 요소들이 적극적 성격과 소극적 성격의 배합, 여기에서 생겨나는 결과물을 중심으로 연결된다는 점을 간파한다. 그는 무의식에 관한 연구에서 논의를 발전시키며 "남성성은 적극적으로 증발하고, 여성성은 수동적으로 증발한다"고 강조하며 다음과 같이 덧붙인다. "이런 경우는 매우 드물다…."

수동성이 여성적이지 않은 것 이상으로 적극성 또한 남성적인 게 아니기 때문이다. 이는 결코 남녀의 본래적 특성이 아니다. 생식기관을 중심으로 의미론적 결합이 이루어지며, 이에 따라 무의식적으로 의미가 부여되고, 나아가 성 역할에 부여되는 사회적 논리가 강화된다. 프랑스어에서 한 남자가 다른 남자에게 할 수 있는 최고의 모욕이 남성 간의 성행위인 비역에서 수동적 역할을 하는 톳쟁이(섭)를 가리키는 'enculé'라면, 이는 남성성이 적극적이어야 함을 뜻하고, 수동성은 적극성보다 열등한 개념이라는 뜻이다(더불어 남성을 수동적으로 받아들인다는 이유에서 여성이 남성보다 열등하다는 뜻도 있다). 어느 시대, 어느 문화권이든 남성의 여성화나 수동성에 끌리는 경향

등은 모욕의 대상이다. 동성애도 적극적인 편에 있을 때, 즉 '침투' 하는 성향일 때는 굴욕적이지 않을 수 있다.

정신 구조가 아직 성적으로 미분화된 갓난아기들은 내적인 동요에 사로잡히기도 하고, 적극적일 때도 있고 수동적일 때도 있으며, 거부 성향이나 수용적 성향을 모두 보인다. 이에 따라 융합의 즐거움과 분리의 위력 사이에서 주저하며, 억류의 긴장과 배출의 쾌감 사이에서 망설인다. 아이들은 환경의 영향 속에서 천천히, 그러나 확실히 성별 차이와 문화적 속성을 선택한다.

우리는 자신의 일부를 잃고 분리의 고통 속에 살아간다. 각자 갈 길을 가고, 성적으로 구분되는 건 동일한 움직임 속에서 이루어진다. 성별화 과정은 일단 구분의 과정이다. 남자아이와 여자아이는 몸이 서로 다르며, 그러한 차이를 기반으로 생각이 구축된다. 우리는 '여자가 남자의 음경을 부러워한다'며 남자의 사회적 우위를 옹호하는 우월주의적 발언으로 빠지지 않으면서 각자에게 있는 불안감의 존재를 인정해야 하고, 남녀는 해부학적 차이에 따라 이런 불안감을 다른 방식으로 풀어간다.

모든 남자아이와 여자아이에게 부모 중 한 사람이 강재적이고 간섭이 심하며 자식의 몸을 제 것인 양 함부로 다루더라도, 아이들은 갓 시작된 자신의 삶에서 본질적으로 중요한 요소 한 가지를 빠르게 간파한다. 즉 자신을 주로 돌봐주는 엄마가 음경이 없는 나머지 반쪽의 인류에 속한다는 사실이다.

어린 여자아이는 자신에게 없는 이 생식기관을 이상화할 수 있으나, 경쟁심 속에서 다른 길을 모색하여 이런 분리 상황을 이해한다. 어린 남자아이 또한 엄마의 영향력에서 벗어나기 위한 방법으로 자신의 음경에 집착하는 경향을 보일 수 있다. 엄마와 다른 점을 크게 부각하고 두려움을 잠재우기 위해 아이는 막대기, 연필, 권총, 검 등 자신의 성적인 특성을 나타내는 도구를 사용하여 자신을 능동적 입장에 세우면서 자신이 열망하는 권력을 희화적일 정도로 내보일 수 있다.

'인간'은 보편적인 특징이 있는 존재다. 하지만 어린 남자아이가 자신의 여성적 부분을 포기하고 어린 여자아이가 자신의 남성적 부분을 포기해야 할 때, 이들은 서로 동등하지 않다. 무엇을 잃어버린 여자아이는 다른 방식으로 이를 되찾거나 만회하려고 마음먹을 수 있다. 여자아이는 곧 음경을 권력의 상징인 발기한 남근과 구별하며, 권력을 행사하는 데 이 생식기관이 반드시 필요한 게 아니라고 의식한다.

남자아이는 자신이 극복해야 할 위험을 매우 구체적으로 의식하면서 여성적인 부분을 포기해야 한다. 남자아이에게는 바로 이 시기에 여성성이 '절대적인' 위협으로 자리 잡는다. 즉 자신이 거세되거나 본질적 수동성으로 돌아갈 수 있다는 위협을 느낀다. 남자는 삽입하는 입장이고, 여자는 빠져나가지 못한 채 삽입당하는 입장이므로, 자신이 수동적으로 삽입당할 수 있다는 위협은 남자아이에게 생길 수 있는 가장 끔찍한 일인 셈이다. 가장 끔찍한 일이면서 가장 좋은 기억이기도 하다. 아이는 생후 초기, 수동적으로 옮겨지고 돌봐지며 감싸 안아지고 씻기던 기억, 몇 달 동안 엄마의 사랑이 스며들던 즐거운 기억을 간직하기 때문이다.

만 3세경 '고추' '잠지'가 있는 어린아이는 문득 이게 엄마와 아빠, 자신을 세상에 태어나게 만든 그 무엇과 관련이 있음을 깨닫는다. 이 놀라운 사실을 알면서 아이는 세상을 '여자아이/엄마'의 한 그룹과 '남자아이/아빠'의 한 그룹으로 나눈다. 그리고 주위에서는 아이에게 다른 사람보다 우월하다는 인식을 심어주지 않는가.

분리의 과정이 진행되는 이 시기는 모든 사람들에게 무척 혼란스럽고 두려운 순간이다. 내가 나면서 동시에 타인일 수 없고, 엄마면서 동시에 아빠일 수 없으며, 여자면서 동시에 남자일 수 없다는 생각을 받아들여야 하기 때문이다. 나머지 한쪽을 떼어내고 수많은 것들을 포기해야 하는 이 힘겨운 과정에서 아이들에게는 엄청난 불안감의 기반이 자리 잡힌다.

남자아이는 뱃속에 아기를 품으려는 계획을 포기해야 하고, 엄마의 몸과 아기의 몸이 닿아 하나가 되는 달콤한 경험도 포기해야 한다. 남자아이들은 자신이 엄마와 근본적으로 갈라서리라는 것을 깨닫는다. 남자아이는 다른 사람에게 '고추'가 없다는 건 이를 잃어버릴 수도 있다는 뜻이며, 이를 들어내거나 잘라낼 수 있다는 사실을 깨닫는다. 어린 여자아이는 자신의 잠지가 결코 커질 수 없다는 사실을 받아들여야 하고, 자신이 그토록 갈구하는 마법의 지팡이가 없는 채로 살아가야 한다는 사실도 인정해야 한다. 여자아이들은 숱한 관찰에 따라 이 마법의 지팡이가 권력을 만들어내며, 세상의 중심이 되게 해준다는 사실을 깨닫기 때문이다.

· · ·

여자아이들의 생각이 완전히 틀린 것은 아니다. 남녀의 차이는 확실히 생식기관에서 나타난다. 수천 년 이래 남자들은 이 해부학적

공연 중인 케이티 페리Katy Perry, 뉴욕, 2009.

차이를 기반으로 사회를 관장해왔다. 스스로 발기하여 침투해 들어갈 수 있는 음경은 '단지' 열어주고 받아들이는 질보다 우위에 있다. 음경이 있느냐 질이 있느냐에 따라 성교에서 입장이 달라지며, 임신과 출산도 달라진다. 에스트로겐에 좌우되느냐 테스토스테론에 좌우되느냐에 따라 각기 다른 세계에서 환상의 세계를 키워가고, 생각의 구조와 존재의 방식을 만들어간다.

하지만 '발기' 형태로 변모한 음경은 매우 강력한 상징적 무기가 되어 거의 모든 사회에서 남자의 우위를 만드는 데 이용된다. 그에 따라 각자의 역할을 배분하며, 공유하는 역할은 없다. 남자는 행동하고 힘을 발휘하며 세상을 정복하는 역할을 맡고, 여자는 집에서 기다리며 수동적으로 받아들이는 역할을 맡는다. 특히 아이에 관한 문제는 여자가 담당하는데, 이는 그와 같은 구조의 핵심이다. 여자의 배를 차지하고 여자의 몸속에 남근을 삽입하는 건 자신이 유일하다고 확신한들, 남자가 어떻게 자기 핏줄을 돌보겠는가?

생식기관이라고 하는 상당히 부차적인 해부학적 차이는 이렇듯 남녀의 정신 구조 구축과 설계에 있어 그 기반이 되는 문화의 주축이 된다. 그리고 태곳적 이래로 우리는 삽입하는 게 삽입되는 것보다 훨씬 강하다며, 남자가 여자보다 강한 존재라고 아무런 문제의식 없이 아이들에게 가르쳐왔다.

남성적인 여성성과 여성적인 남성성

지금 우리는 이런 부분들이 서서히 변하는 시점에 살고 있으며, 이는 외려 반길 일이다. 서구 사회의 가정에서 남자의 세계와 여자의 세계는 상호 침투 수준이 점점 높아지고 있다. 남자 물건과 여자 물건의 개념이 점점 사라지고, 남자가 할 일과 여자가 할 일의 경계도 희미해지며, 남자의 직업과 여자의 직업 구분도 없어진다. 남자라면 응당 세워야 할 목표나 여자라면 당연히 추구해야 할 이상도 사라진다. 남녀의 영역이 혼합되는 공동의 길이 열리는 것이다. 때로 여기에 경쟁이 수반되기도 하지만, 그리 중요한 문제는 아니라고 본다.

하지만 세상이 달라져도 남자와 여자는 성 역할에 대한 상반된 표현을 두고 계속 대립하며, '남자-적극-침투 주체' 대 '여자-소극-피침 객체'라는 대비도 우리 내부에서 고집스럽게 지속된다. 이 싸움은 우리가 서로 만들고 싶어하는 관계의 조화를 방해하는 불안과 번뇌를 일깨우고 유발한다. 일상생활에서는 남녀 역할의 구시대적 대비가 점점 사라지는 실정이지만, 이런 성 역할의 대비가 우리의 정신 구조와 기억, 환상, 두려움, 욕구 등에 배어 있음은 부정할 수 없다. 이는 무의식에 자리한 수많은 환상의 일부로, 사랑할 때 남녀 관계와 같이 예기치 못한 순간이나 장소에서 불쑥 튀어나온다.

TEXTES

Daniel Tammet

대니얼 태멋

작가, 언어학자, 교육자

뇌의 짧은 역사

한 아이의 탄생은 경이롭다. 이는 작지만 극도로 복잡한 뇌 속 우주가 나타나는 일종의 빅뱅 같은 사건이다. 아이의 뇌는 임신 초기부터 매우 빠르게 구축되며, 이와 함께 놀라운 속도로 뉴런이 생성된다. 1분마다 25만 개에 이르는 뉴런이 만들어지기 때문이다. 태아의 뇌는 살아가는 동안 필요한 뉴런의 두 배 가까이 만들어낸다. 건강한 뇌를 가지고 세상에 태어날 기회가 더 많도록 자연이 아기에게 제공하는 선물이다. 임신 중반기에 이르면 초과된 뉴런은 탈락된다.

태아의 뉴런은 미성숙하며, 대개 연결되지 않은 상태다. 그러다 아이가 세상에 태어나면 거의 즉시 뇌가 조 단위의 엄청난 연결 작업을 시작하여 이에 따라 아이는 보고 듣고 느끼고 생각하고 배울 수 있다. 아이가 음성, 영상, 외부 세계의 감각 등을 빨아들일 때 그러한 경험에서 유발되는 뇌의 전기 활동은 뉴런 사이의 연결을 만들어내는데, 이게 바로 '시냅스'다.

만 2세가 되면 뇌 속 시냅스의 수는 두 배로 늘어난다. 이 시기 아이의 신체 기관은 어른 때보다 두 배 많은 에너지를 태워야 한다. 연주에 앞서 기타를 조율하는 것과 마찬가지로, 아이의 어린 뇌는 이런 연결 상태를 점검한다. 그 과정에서 일부는 잘려나가고, 일부는 강화된다. 개인의 신경이 구축되는 과정은 생애 초기 몇 년 동안 실질적으로 완료된다고 봐야 한다.

청소년기에도 뇌 활동에서 의미 있는 변화가 매우 빠르게 일어난다. 이 같은 작용에 따라 청소년기는 인생에서 유독 험난하고 힘겨우며, 세상에 태어난 이후 인생 최대의 격변기가 된다. 학자들은 사춘기 직전(여자아이들은 만 11세, 남자아이들은 만 12세 무렵)에 감정, 충동, 판단 등을 관장하는 전두엽의 신경조직이 급격히 늘어남에 따라 아이가 청소년기 동안 가지치기 과정을 겪는다는 점을 발견했다. 전두엽 형성 과정은 만 20세 무렵까지 이어지며, 청소년기 아이들이 충동을 제대로 조절하지 못하고 감정 기복이 심한 이유도 이로써 설명된다.

또 다른 연구에서는 청소년의 뇌가 어느 정도로 쉴 새 없이 재정비 작업을 거치는지 보여준다. 어른 집단과 청소년 집단에게 몇 가지 사진 속 얼굴 표정이 나타내는 감정을 말해보라고 하면, 어른은 대개 올바른 답을 이야기하지만 청소년은 그렇지 않다. 테스트 과정에서 피험자의 뇌를 스캐닝해본 결과, 실험자들은 피험자의 나이가 어릴수록 어른과 다른 뇌 구역을 이용한다는 사실을 알았다. 청소년은 본능적인 감정과 무의식적 반응의 원천인 편도를 이용한다. 부모로서는 반가운 소식이다. 어른이 되어갈수록 청소년의 이 같은 대뇌 과잉 활동이 편도에서 전두엽으로 점점 이동하기 때문이다.

『뇌의 선물 Embracing the Wide Sky』

Catherine Vidal / Dorothée Benoit-Browaeys

카트린 비달 / 도로테 브누아–브로와이즈

신경생물학자 / 과학 전문 기자

함께 살아가기 위한 프로그래밍

자료에서는 인간의 뇌 가소성이 확인되며, 수천억 개 뉴런의 연결 상태가 90퍼센트 정도는 생후에 자리 잡는다는 사실도 입증된다. 뉴런과 뉴런은 대부분 각자의 경험에 따라, 주변 환경 속 현실과 그 안의 사람들과 맺는 수많은 상호작용을 통해 연결되는 것이다. 따라서 우리는 25년 전 위대한 생물학자 프랑수아 자코브가 내린 결론에 다다른다. 모든 연구를 통해 발견된 사실은 "인간이 유전적으로 프로그래밍 되었으나, 이는 학습을 위해 프로그래밍 된 것"이라는 점이다. 다시 말해 인간은 생각하고 행동하는 새로운 방식, 요컨대 개인과 집단으로 살아가는 새로운 방식을 창안해내는 것이다.

『뇌, 성 그리고 권력Cerveau, sexe et pouvoir』

Jean-Claude Kaufmann

장클로드 카우프만

사회학자

대립적 관계인가, 상호 보완적 관계인가?

오늘날 부부는 백지 상태에서 시작한다. 모든 게 가능할 것 같은 분위기다. 결혼하고 나서 처음 며칠은 집 안에서 벌어지는 상황이 소꿉놀이하는 분위기로 이어지며, 이보다 진부할 수 없는 가정 촌극의 오래된 매력으로 포장된다. 식사도 완전히 소꿉장난 같고, 빗자루를 들었어도 청소는커녕 농담하고 노느라 정신이 없으며, 웃음소리가 넘쳐난다. 하지만 불과 며칠만 지나도 부부는 서로 조율하지 않으면 안 되는 최소한의 것들을 의식하게 마련이다. 무엇을 어떻게 해야 한단 말인가?

오늘날에는 남편 혹은 아내에게 전통적으로 부과되던 집안 내 역할이 존재하지 않는다. 반드시 어떻게 해야 한다는 법도 없다. 모호하나마 널리 이용되는 유일한 잣대라면 남녀가 가사를 분담해야 한다는 것이다. 다른 여러 분야에서도 마찬가지지만, 확실한 답을 얻으려면 직접 체험해보는 길밖에 없다. 시행착오를 거듭하며 이런저런 것들을 조금씩 알아감으로써 문제에 종지부를 찍을 수 있다.

각자 아무리 애쓰고 노력해도 서로 일상생활 속 문화가 같지 않다는 사실을 금세 알아차린다. 한쪽에서는 뒤죽박죽이라며 성가시게 생각하는 것이라도 다른 한쪽에서는 심한 경우가 아닐 수 있으며, 집 상태가 돼지우리같이 엉망만 아니라면 그렇게 '정신이 어지러운' 상태가 아닐 수 있다. 정신이 어지러운 상태라는 건 구조적으로 짜증을 유발하는 상황으로, 물건들이 내적인 질서에 부합하지 않을 때나 하부 의식에서 자율성의 범주를 벗어날 때에 해당한다. 정신이 어지럽거나 그렇지 않은 것에 대해 짜증이 나는 정도의 차이를 느끼면서, 두 사람은 한 공간에서 마주한 둘의 문화 간 거리가 얼마나 먼지 깨닫는다. 예를 들어 여자는 남자가 보지 못하는 걸 보면서 그에 상응하는 행동을 보여주는 식이다. (…)

내적인 질서는 단편적인 것들이 모여 생긴 것으로, 이들 가운데 일부는 세대에서 세대로 이어지며 오랜 역사가 있다. 하지만 정작 그 속에서 자란 당사자는 모르고 지나치는 사실이다. 그러다 두 사람이 모여 생활하는 새로운 환경에 놓이면서, 잠자던 요소들이 다시 활성화되는 것이다.

『짜증 : 부부간의 작은 전쟁 Agacements. Les petites guerres du couple』

Alain Braconnier

알랭 브라코니에

정신의학자, 정신분석학자

젠더 장애

어머니는 대체로 어린 딸에게 감정을 더 자주, 풍부하게 표현하는 경향이 있다. 따라서 여자아이들이 남자아이들보다 폭넓은 감정 표현을 빠르게 습득한다는 사실은 쉽게 이해가 간다. 여자아이들이 생후 7개월부터 표현하는 감정은 그 빈도나 종류가 남자아이들보다 발달되어 있다.

여기에서는 동일화 현상이 그 힘을 십분 발휘한다. 남자와 여자는 무의식적으로 모델이 되길 원한다. 때로는 자신이 의식적으로 물리치려고 애쓰는 상황이라도 무심코 이를 재현하는 위험까지 무릅쓴다. 예를 들어 적대감이나 분노에 대해 곧잘 이야기하는 어머니는 딸과 아들에게 이를 각기 다른 방식으로 표현한다. 딸에게 이야기할 때는 관계를 복원하는 방향으로 이끌어가며, 아이든 어른이든 화가 난 상대방의 느낌을 먼저 언급하고 마지막에는 "착하게 살아야 한다"고 조언한다.

여자들이 대체로 남자들보다 '이성적'이라는 건 전혀 놀랄 일이 아니다. 그런데 어머니가 아들에게 이야기할 때는 상황이 완전히 달라진다. 어머니는 과거 의견의 일치를 보던 때를 어떻게든 회복시키려는 노력은 하지 않으며, 심지어 아이가 복수에 대한 욕구를 키울 정도까지 나간다. 이때 어머니는 아들에게 "너 자신을 지켜야 한다"고 이야기한다.

남녀의 유전적 특질 못지않게 개인별 기질 또한 존재한다. 그러나

1950년경
어머니의 날.

일부 학자들은 감정의 차이가 상호작용의 요인보다 생물학적 요인에 좌우된다고 착각하는 경향이 있다. 이는 어떻게 보더라도 그 반대의 경우가 더 일리가 있다. 사회화는 가장 중요한 영향을 미치는 요인으로 보이기 때문이다.

남자아이든 여자아이든 아기들을 살펴보면, 처음에는 비슷비슷한 정서 생활을 보이다 차츰 달라지는 발전 양상을 띤다. 부모가 은연중에 남성적 정서와 여성적 정서를 아이들에게 투사하는 것은 생각보다 큰 영향을 미친다. 이를 입증하는 실험 가운데 하나는 ('남자와 여자 중 누가 더 시끄러운가, 누가 더 협조적이며 누가 더 다정한가?' 등) 상대 성별에게서 나타나는 대표적 성격의 특징에 대해 물었을 때, 남자와 여자 모두 갓 태어난 남아와 여아의 특징은 전혀 구별하지 못한다는 것이다.

반면 이들에게 놀이, 발성, 접촉 등 아기와 상호작용을 요구하면 이들의 행동에서 성별 특성이 나타난다. 우리는 의식적으로 남자아이와 여자아이에게 똑같이 행동한다고 생각하지만, 무의식적으로는 아이의 성별에 따라 달리 행동한다. 동일한 행동을 보이는 아이라도 남자와 여자는 이를 아이가 속한 성별에 따라 전혀 다르게 인식한다. 심지어 아이의 정서적 표현에 대한 어른의 반응은 훗날 아이가 자신의 감정을 느끼는 방식에 상당한 영향을 미칠 수 있다.

『감정의 성별 Le Sexe des émotions』

Didier Dumas

디디에 뒤마

정신분석학자, 작가

어머니와 관계

남자의 성욕을 움직이는 무의식적 욕구는 어머니와 관계에서 영향을 많이 받는다. 남자들이 자기 자신과 자신의 성욕에 대해 일상적으로 이야기하는 것을 들어보면 지배적인 부분이 어머니와 맺는 관계다. 남자에게 어머니의 존재감은 여자보다 크다. 여자 또한 남자들의 대화에서 주요한 부분을 차지하는 것은 사실이나, 문제가 되는 건 여자가 아니라 어머니의 경우다.

남자다움의 필수적 요소인 자기 안의 여성스러움은 남성성에 지장을 줄 이유가 전혀 없다. 외려 여성성은 남성성을 확대하는 역할을 한다. 남자는 여성성에 관대한 성향이 있다. 하지만 모성에 관한 이미지는 훨씬 더 문제가 된다. 남자가 이야기하는 게 어머니든 미래의 어머니상이든, 여자가 자신의 어머니와 비슷하든 아니든, 남자가 어느 여자에게 끌리거나 반감을 품는 건 의식적으로든 무의식적으로든 그의 어머니가 기준이다.

프로이트 이후 우리는 남자의 성욕을 움직이는 무의식적 욕구가 어머니와 관계에 그 뿌리를 두고 있다는 점을 알았다. 남자의 머릿속에 있는 여성상과 어머니상의 모순된 이중성에 대해서는 질문하는 경향이 적다. 남자에게 여자는 어머니나 성적 쾌락의 대상이지, 두 가지 다인 경우는 드물다. 남자의 성적 환상에서 어머니와 여자는 결코 중첩되지 않는다. 여성스러움에 대한 이미지는 성욕을 자극하며, 어머니에 대한 이미지는 반대로 이를 억제한다.

여자도 마찬가지다. 성적·성욕적 균형에서 모성과 여성성은 모순적 가치로 대비된다. 남편과 아이들 사이에서 이러지도 저러지도 못하는 건 여자들의 주요 화두 가운데 하나다. 아이가 생기면서 남편과 성적인 관계가 소원해지고, 이런 부분이 여자의 삶에 영향을 미친다는 사실을 확인하는 여자들이 무척 많다. 일부는 여자로서 인생에 아예 작별을 고한 채, 자식만 위하는 어머니로 살아간다. 그런 여자들은 신경증에 사로잡히며, 이 같은 상황은 다시 아이의 성적 의식구조에 장애로 작용한다.

『남자의 성욕La Sexualité masculine』

Sudhir Kakar

수디르 카카르

정신분석학자

탄트라 민담

당시 내 나이는 열여섯이었고, 나는 스바디스타나 차크라의 비밀을 밝히는 데 매진하고 있었다. 어느 날 스승님이 내게 물었다.

"네가 어떤 상황에서 발기되는지 말해줄 수 있겠느냐?"

"저도 잘 모르겠습니다, 스승님. 하지만 발기의 순간은 종종 일어납니다."

"발기가 되면 이는 네게 어떤 영향을 미치느냐?"

"쾌감에 젖습니다. 하지만 그러면서도 기분이 썩 좋은 것만은 아닙니다."

"그런 일이 생기면 너는 어떻게 하느냐?"

"화장실에 가기도 하고, 정액이 나올 때까지 손을 이용하기도 합니다. 그러면 좀 나아집니다."

"알겠다, 그게 하나의 방법이로구나. 그런 상황이 계속 이어지면

안 될 것 같다만, 언제까지고 네 손을 이용하려는 생각을 하는 게 냐?"

"그렇지는 않습니다. 저는 여자를 찾고 싶었습니다. 발기되었을 때 온 힘을 다해 이를 밀어넣을 여자가 하나 있었으면 했습니다."

"여자도 그런 생각을 할 수 있다고 보느냐?"

"무슨 말씀인지 이해가 되지 않습니다."

"여자라고 해서 죽은 존재는 아니라고 알고 있다만⋯."

"그건 아니지요."

"그렇다면 어떤 방식으로든 여자가 이 관계에 참여해야 하지 않 겠느냐. 여자도 성적인 흥분을 느꼈을 때 자신을 위한 무엇을 찾아 야 하는 것 아니냐? 그게 아니라면 여자는 그런 상황에서 어떻게 하겠느냐 말이다. 네가 여자에게 주는 것은 무엇이냐?"

"스승님, '준다'는 건 무슨 뜻이옵니까? 저는 제 성기를 집어넣 을 구멍을 하나 찾고 싶을 뿐인데요."

"그렇다면 여자가 왜 그걸 좋아하느냐? 여자가 받아들이는 건 무 엇이냐? 여자에게는 무슨 일이 생기느냐 말이다. 네가 내게 제대로 답을 해준다면, 너에게 여자를 하나 찾아주겠다."

이어 스승님은 내게 만트라(기도 주문) 하나를 주어 내가 이 문제 에 대해 깊이 생각하도록 도왔다. (⋯)

"스승님, 제 생각에는 여자가 빈 공간을 채우고 싶어하는 것 같 습니다만."

"그렇다, 그게 정답 가운데 하나가 될 수 있다고 생각되는구나. 여자는 공간이 비어 있음으로 인해 괴로워하며, 남자가 자신의 성기로 그 공간을 채워주는 것이다. 너는 여자의 빈 공간을 채워주는 것이다. 마찬가지로 네 성기 또한 이를 받아줄 질이 없다면 불완전한 존재다. 너와 여자 두 사람은 결합이라는 행위를 통해 완전한 존재가 된다. 여자를 원하느냐?"

"지금 당장은 아닙니다."

『무속인, 주술사 그리고 의사 : 인도의 치료 전통에 관한 심리학적 연구Chamans, mystiques et médecins. Enquête psychologique sur les traditions thérapeutiques de l'Inde』

Paul-Laurent Assoun

폴-로랑 아숭

심리분석학자

수수께끼 같은 사실

이런 맥락에서 프로이트는 두 가지를 짚고 넘어간다. 하나는 기본적으로 남녀의 대비가 어느 정도 분명하다는 것이고, 다른 하나는 이런 차이가 '완전한 생각의 차이'로 이어진다는 점이다. 남녀의 외견상 차이는 분명하다. 어느 사람을 봤을 때, 우리는 먼저 그 사람이 남자인지 여자인지 분간한다. 그런데 남자다움과 여자다움의 문제는 그 성격이 제대로 알려지지 않아 이보다 불분명한 게 없고, 심지어 추상적이다.

남녀의 분명한 차이를 논외로 하고 남성성과 여성성의 문제를 살펴보면, 이는 '생각의 차이'로 나타난다. 남자와 여자의 명사 차원에서 논의하던 것이 남자다움과 여자다움의 형용사 차원으로 넘어가면 문제는 완전히 달라진다. 모든 남자다움이 남자에게 한정된 것도 아니고, 모든 여자다움이 여자에게 국한된 수식어도 아니기 때문이다. 이는 성별화의 논리를 요구한다.

이에 따라 제기된 문제는 '그렇다면 무의식의 세계에서 파악해 본 남성성과 여성성은 어떠할까?' 라는 것이었고, 이는 정신의학계에서 매우 중요한 쟁점으로 대두된다. 신경증, 정신병, 도착증 같은 형태의 정신분석적 임상 진단만 보더라도 확실한 구분이 흔들린다는 것을 알 수 있으며, 동성애나 이성복장도착증, 성전환증 등 '성적인 이중성'을 보이는 경우는 말할 것도 없다. 이 경우 4차원적 인간이라면 때때로 자신의 정체성에 대해 주저할 수 있다.

『남성성과 여성성에 관한 정신분석 강의Leçons psychanalytiques sur masculin et féminin』

남성 동성애 커플, 일본, 19세기.

Jean Cournut

장 코르뉘

소아과 전문의, 아동정신의학자, 정신분석학자

신 창세기

아담은 절정의 행복을 누리고 있었다. 잠잘 곳도 있고, 먹을거리에 대한 걱정도 없으며, 의복도 필요 없었다. 그는 자신의 낙원에서 모든 걸 완벽하게 자급자족했다. 육체적 쾌락 또한 스스로 만족시킬 수 있었으며, 혼잣말을 함으로써 정신적 즐거움을 도모할 수 있었다. 아직 초자아가 없었기 때문에 그는 자신의 모습대로 신을 만들었고, 이 같은 신으로 하여금 최고의 세계를 영속시키도록 했다. 에덴동산은 그야말로 부족한 게 하나도 없었다. 이를 데 없는 최고의 경지였다. 그런데 정말 아무런 문제가 없었을까? 그렇다. 아담은 그런 상태에서 지루함을 느꼈다.

아담은 신에게 얘기했다. "내게 내가 아닌 존재를 만들어달라." 신은 아담의 일부를 떼어 그와 다른 존재를 만들어주어야겠다고 생각했다. 아담이 거울 속 자신을 보듯 똑같은 사람을 잔뜩 만들어줄 수도 있었지만, 신은 그렇게 하지 않았다. 잘 알다시피 신은 아담과 완전히 다른 사람을 만들었다.

그리하여 아담 앞에 하와라는 존재가 나타났다. 이들은 놀라움 속에서 상대를 바라보았다. 만들어진 과정의 차이에 비해 둘은 꽤 비슷했다. 하지만 그게 아니었다. 아담은 도통 이해할 수가 없었다. 하와에게는 그 부위가 없었다. 아담은 그게 영 불편했다. 자신에게 있는 그것을 하와는 다르게 만들고 싶어하는 것 같았기에 더더욱 불편했다. 이 사소한 차이를 받아들이고 참는 게 상책이었다.

아담은 하와에게 집안일을 돌보라고 얘기했다. 그 시간 동안 자신은 생각을 하거나 하와를 보호해줄 요량이었다. 그런데 아담은 좀처럼 안심이 되지 않았다. 하여 아담은 조심하고 또 조심했다.

『남자는 왜 여자를 두려워하는가Pourquoi les hommes ont peur des femmes』

12

,너, 나
그리고
우 리

프랑시는 들판에서 한가롭게
이러저리 뛰어놀고 있었다.

그러다가 뜻하지 않게 결혼하여
아이를 갖기로 결심했지만,
아내가 불임이었다.

아이를 몹시 원하던 프랑시는
사비나를 대리모로 써보자고
제안했다.

하지만 안타깝게도 임신 중반쯤
사비나가 뱃속의 아이는
자기 아이라고 선포하는 바람에
문제가 생겼다.

어찌할 줄 모르던 프랑시는
아내를 떠나 사비나와 함께 살기로
마음먹었다.

그러나 사비나는 출산 도중에
목숨을 잃었고, 프랑시는 아이를
데리고 아내에게 돌아가
모든 일이 잘 해결되었다.

너,
나
그리고
우리

　　정신분석의 역사는 100년 전으로 거슬러 올라간다. 그보다 100년 앞선 과학혁명과 프랑스혁명이 기반을 닦아놓은 새로운 세상이 시작됐을 무렵이다. 이 새로운 세계에서 인간이라는 존재의 위치는 근본적으로 달라졌다. 개인이 자유롭고 평등하며 박애적인 존재가 된 것이다.

　종전의 세계에서 개인은 내면에 무엇을 담고 있느냐가 아니라, 사회와 가족이 개인을 결정하는 방식에 따라 정의되었다. 이런저런 사회집단에서 개인은 어느 사람의 아들, 어느 사람의 아내, 어느 사람의 후손, 어느 사람의 후예로 살아갔다. 그런 상황에서 부모와 가족을 사랑하며 주변 사람과 배우자를 사랑하는 것은 부차적인 요소에 불과했으며, 삶을 좀더 즐겁게 혹은 좀더 힘들게 만드는 요인에 지나지 않았다. 정신적 정체성이 사회적 정체성의 일부분이 되면,

정신적 정체성은 삶에 큰 영향을 미치지 못한다.

반대로 지금 이 시대에 사는 사람들은 삶을 스스로 개척하지 않으면 안 된다. 행복은 사랑하고 사랑 받는 데서 비롯된다는 점을 유념하면서, 자신의 운명이라는 곡을 완성하기 위해 직접 노랫말과 멜로디를 만들어야 한다. 과거 부차적인 입지에 머무르던 사랑은 불과 3세대를 거치는 동안 인간의 삶과 존재를 규명하는 유일한 요소로 거듭났다.

이 새로운 세계에서 개인은 결국 자신의 정신세계로 귀착된다. 마치 사회의 기준이나 규범, 규칙, 규정 등과는 아무런 관계도 없는 듯 말이다. 자기 존재를 책임지는 완전한 개체로서 우리는 조금씩 연마하며 세상에서 가장 아름답고 성공적인 보석으로 만들어가는 귀중한 원석이다. 그리고 이 원석은 감정적인 느낌만이 자신을 바꿀 수 있다는 확신과 함께 빚어진다.

자유롭고 독립적인 자신으로 살아가며 사랑을 찾으라는 건 결국 역설적인 명령이다. '가업을 이어 대장장이가 되라' 거나 '남편에게 순종하는 아내가 되라' 거나 '아버지가 골라준 상대와 결혼하라' 는 명령보다 구속적이다. 이런 명령은 자유를 줄일망정 '스스로 운명의 특성을 찾으라' 는 것보다 두려움이 훨씬 덜하다.

이 중대한 전환점에서 프로이트는 우리의 머리와 삶에서 벌어지는 일들을 이해하기 위한 도구들을 만들었다. 그는 삶에서 필요한 것들과 개인의 자아실현, 사회와 가정 내 규칙의 갈등 속에서 우리의 정신 기관이 어떻게 형성되는지 보여주었다. 사랑이 이 모든 것을 얼마나 복잡하게 만드는지도 입증했다.

사랑과 관계

　'사랑'이란 정확히 무엇일까? 우리의 행복을 위해 없어서는 안 될 공통 요소일까? 그건 아니라는 얘기부터 시작해야 할 듯싶다. 관계가 인간에게 엔진 같은 역할을 한다면, 사랑은 이를 움직이는 연료 가운데 하나다. 우리는 이를 미처 깨닫지 못한 채 둘을 섞어버리는 경향이 있다.

　살아 있음을 느끼고 자신의 감정을 포용하려면 세상에 태어나는 순간부터 우리의 실체를 만들어가는 '관계'의 문제에 파고들 필요가 있다. 이는 마치 각자가 짜여 있는 그물망에 통합되는 것과 같다. 의미와 방향, 역사, 계보로 구성된 단단하고 촘촘한 그물망이 모여 사회를 이루는데, 우리는 살아가는 내내 이런 인연의 그물망을 키워가며 여기에 감정적이고 정서적인 색을 입힌다. 때로는 여기에 집착하기도 하고, 때로는 여기에서 멀어지기도 한다. 우리는 이를 새로 만드는 게 아니라 받아들이고 바꿔갈 뿐이다.

　역사와 문화, 공통의 규범은 항상 우리를 거점으로 달라진다. 우리가 전달 지점이 되는 것이다. 우리는 조상, 종교, 토템, 우리에게 모든 걸 물려준 부모 혹은 익명의 생식세포 기증자, 성씨 등에 연결된 존재다. 우리는 아는 것과 모르는 것을 모두 전수하며, 가족 내의 웅어리진 비밀, 헤아릴 수 없고 극복할 수 없는 극도의 슬픔과 정신적 충격 등도 전달한다. 우리는 대화가 오가는 세상, 한 사람한 사람이 주체가 되는 '관계'의 세계에 태어났다.

오늘날 우리는 모두 인연의 끈을 '만들어내는 것'이라고 생각하며, 그게 사랑이라고 확신한다. 우리가 느끼는 것을 바탕으로 다른 사람과 인연의 끈을 엮고, 느껴지는 게 없을 때는 그 끈을 풀어버린다고 생각한다. 연인들은 그렇게 만났다가 헤어진다. 사람과 사람의 관계가 더는 결혼이라는 제도로 성립되지 않기에, 사랑을 느끼는지 아닌지에 따라 관계의 끈을 맺을지 풀어버릴지 결정한다. 따라서 지금의 인연은 신비롭게 생기는 만큼 신비롭게 사라진다.

이는 비단 두 사람의 문제가 아니다. 여론조사 결과를 살펴보면 요즘 사람들이 가장 두려워하는 일은 애정이 식는 것이며, 보다 구체적으로 부모에 대한 자식의 사랑이 식어버리는 것이다. 저마다 사람과 사람의 관계를 직접 이었다 끊었다 할 수 있으므로, 자식들 또한 부모에 대한 사랑의 마음을 버린 뒤 부모와 자신의 관계를 완전히 끊을 수 있다. 마치 사랑이 없으면 부모와 자식의 관계가 성립하지 않기라도 하는 것 같다.

우리는 모든 걸 뒤섞고, 정신과 의사들은 상담하는 내내 이 엄청난 혼동으로 야기되는 굉장한 불안감과 마주친다. 사랑은 확실히 가족이나 부부 관계, 대인 관계의 원동력이 된다. 그러나 사람과 사람의 관계는 단순한 사랑 이상의 차원에서 이루어진다. 우리 자신은 개인화된 사회에서 각자 살아가는 개별 주체지만, 우리가 사는 사회와 그 사회의 문화, 그 안에서 반복되고 전수되는 모든 것들이 개별 주체 간의 연결 방식을 규정한다. 그에 따라 모든 이들에게 공통적인 기대감이 형성되며, 남자가 여자에게, 여자가 남자에게 혹은 동성 간에 어떻게 연결되어야 하는지 정해진다. 부모와 자식 사이, 형제와 자매 사이, 사장과 직원 사이, 손님과 주인 사이, 동료와 동료 사이 모두 개인의 영역을 벗어나 집단적 차원에서 사회·문화적으로 반복·전수되는 모든 것들로 이어진다.

우리는 불과 수십 년 사이에 사랑을 모든 인간관계의 원인이자, 이를 정당화하는 이유로 여겨왔다. 선생님을 좋아하지 않는다면 나는 선생님에게서 아무것도 배울 수 없으며, 내가 사장을 좋아하지 않거나 사장이 나를 좋아하지 않는다면 어떤 업무도 가능하지 않다. 사랑은 모든 것의 근간이 되었으며, 인간 사이에 널리 퍼진 신의 사랑을 대체하는 새로운 초월적 힘으로 대두된 듯하다. (신의) 사랑이 외부에서 우리에게 주어지지 않자, 우리는 이를 직접 만들기에 이르렀다.

아이는 부모를 사랑해야 한다. 이건 전과 마찬가지다. 새롭게 달라진 점은 아이가 부모를 좋아하지 않을 수도 있다는 것이다. 그러면 부모는 이 아이의 부모가 되지 못한다. 당연히 부모는 이런 부분 때문에 두려움에 떤다. 남자와 여자의 관계에서도 같은 상황이 벌어진다. 남자와 여자는 늘 결혼이라는 제도로 한데 엮이는 관계였다. 둘이 사랑하는 사이라면 상황이 조금 더 나아질 뿐이었다. 그런데 이제는 부부의 관계가 성립되는 근거가 오직 감정적 관계다. 사랑이 없으면 부부도 존재하지 않는다.

. . .

우리는 이런 정서적 경험을 하지 않고 사람으로 성장할 수 없다. 천둥벌거숭이 남자아이라도 또래의 멋모르는 여자아이와 정서적 관계를 경험한다. 그렇지 않으면 아이는 살아갈 수가 없다. 하지만 또래 여자아이와 관계를 맺었다는 사실은 아이가 '어른인 어머니'와 관계를 맺었을 때와 달라지게 만든다. 어른인 어머니라고 해서 또래의 여자아이보다 늘 나은 건 아니지만 말이다.

이런 관계, 사람들 간에 맺어지는 이 풍부한 정서적 관계가 심리학의 핵심이다. 이 관계들은 세상에 태어난 아이가 자신을 둘러싼 관계의 네트워크를 통해 자기 정체성을 만들어가는 방식이자, 사랑이라는 복합적인 감정에 의해 이 관계를 파고드는 방식이다. 흔히 말하는 동화 속 이야기보다 훨씬 더 복합적인 느낌인 사랑은 격렬하면서도 취약한 양면적 감정으로, 증오와 분노, 거부, 경쟁심 등으로 얼룩진다. 불안정한 감정이자 최고의 느낌으로 불쑥 솟아오르는 만큼 사랑은 더 당혹스럽다.

모두 내가 여동생을 좋아해야 한다고 이야기하지만 그런 여동생을 죽여버리고 싶은 느낌이 들 때, 내 안에서는 무슨 일이 일어나는 것일까? 한 달 뒤면 극도로 무신경해질 사람에게 그토록 열렬히 사랑에 빠질 수 있는 건 대체 무슨 조화일까? 사랑이란 무엇인가? 사랑이란 도대체 어떤 원리로 움직이는 것인가?

애증

우리는 대개 그 답이 지극히 당연한 것이라고 생각하는 경향이 있다. 사랑이라는 부드럽고 긍정적이며 기분 좋은 느낌이 우리의 삶을 아름답고 달콤하고 행복하게 만들어주는 반면, 그 대척점에 있는 비열하고 부정적이고 기분 나쁜 느낌인 증오는 우리의 삶을 추하고 드세고 불행하게 만든다. 하지만 2000년 전부터 사랑과 증오에 대해 다뤄온 고전만 읽어봐도 상황은 곧 달라진다. 사랑한다는 건 기분 좋고 마음이 놓이며, 이해되고 위로 받고 보듬어지는 느낌뿐만 아니다. 미워하고 두려워하며 불편한 상황이나 느낌이 반복되는 것을 뜻하기도 하고, 사랑이란 나와 나 이외의 것들을 파괴하는 것이기도 하다. 사랑이란 양면적인 정서다. 그리고 아무도 여기에서 예외가 될 수 없다.

유년기의 이야기로 돌아가도 이를 알 수 있다. 사랑은 융합과 분리

'증오는 사람을 흥분하게 하고, 우리는 결국 이성을 잃는다',
로베르토 마타Roberto Matta, 1950년경

가 안정적으로 이루어지는 상황에서, 우리의 곁에서 상당히 멀리
떨어질 수 있는 어느 사람에게 인정받고 호명되며 추구되고 선택됐
다는 확신 속에서 구축된다. 부모 또한 내면에 이런 양면적 정서를
담아두고 있으며, 사랑하는 건 나를 위해 타인을 소유하는 게 아니
라 그 사람의 자율성을 존중하고 그 사람이 싫어하는 걸 인정하며
그 사람과 다른 점을 받아들이고자 노력하는 것임을 알고 있다.

• • •

정겨웠던 어린 시절 이후 우리는 좋았던 것과 유쾌했던 것, 기쁘게 했던 것은 간직하고, 좋지 않았던 것과 불쾌했던 것은 거부하거나 다른 곳으로 돌리며 현실을 둘로 나누고자 노력한다. 그리고 내가 상대를 싫어한 게 아니라 그 사람이 나를 싫어한 것이며, 내가 그를 파괴하고자 한 것이 아니라 그가 나를 나쁜 사람으로 만들었고, 나는 좋은 사람이며 그가 나쁜 사람이라고, 나는 선이며 그가 악이라고 생각한다.

　조금씩 커가면서 우리는 자기 안에 이 두 가지를 공존시키는 법을 터득하고, 선과 악의 분명한 경계는 서서히 흐려지며, 좋은 것과 나쁜 것, 선과 악을 동시에 포용할 수 있다. 자신의 '제대로 된' 모습에 다가가며, 사랑과 증오를 견뎌낼 수 있고, 자신이 파괴되거나 타인을 파괴하고 싶은 마음 없이 사랑의 증오적 측면을 받아들일 수 있다. 어느 사람들은 이런 발전 단계에 이르지 못하기도 한다. 자기 내부에서 선과 악이 여전히 분리된 상태로 살아가는 것이다. 따라서 이들은 자신의 증오를 투사할 희생양을 찾는다.

　사랑은 좋았던 경험에서 만들어지기도 하지만, 나빴던 경험에서 생겨나기도 한다. 우리에게는 선택의 여지가 없다. 좋은 것만 취하고 나쁜 것은 버릴 수 없다는 뜻이다. 인간은 복합적인 관계로 이어지며, 이런 관계는 인간에게 없어서는 안 될 요건이다. 그래야 죽지 않고 살아갈 수 있다.

　증오는 사랑의 일부다. 파괴력은 불가피하나 반드시 나쁜 것은 아니다. 우리는 파괴력을 통합하고 여기에서 일종의 동력을 찾으려 하기보다 이를 그 자체로 거부하면서 자기 존재를 파괴해간다. 증오도 사랑과 마찬가지로 움직이는 속성이 있으며, 존재를 활동하게 만들고 진화시키는 힘이 있다. 관계의 끈이 전혀 없는 상태는 종말과 죽음에 대비된다. 따라서 사랑의 반대는 증오가 아니라 무관심이다.

환상과 몸의 기억

이 모든 것에 '성'이 작용할까? 엄마와 자고 싶다고 꿈꾸는 남자들의 집착이 이를 증명한다. 어른의 성욕은 유아기의 성욕과 직접적인 연장선 위에 있다. 어른의 성욕 또한 굉장히 복합적이고 왕성한 속성이 있으며, 쾌락에 대한 욕구가 무척 강할 뿐만 아니라 수준 높은 나르시시즘과 불안도 발견된다. 일상적으로는 도처에 깔린 포르노가 이를 입증한다. 성욕의 근원은 우리의 몸이 기억하는 것에서 찾아볼 수 있으며, 성욕은 처음으로 자리 잡은 심리적 표상의 기본 얼개들이 그 뿌리가 된다.

우리가 갓난아기였을 때 기록해둔 느낌과 생후 초기 몸과 몸이 맞닿았던 기억, 엄마와 하나로 융합되던 때의 달콤한 기억과 엄마와 떨어지던 때의 고통스러운 기억, 엄마와 아빠의 다른 점을 발견한 순간과 알게 모르게 이어지는 당시의 기억들을 바탕으로 우리의 모든 성생활에서 그 기본 구조를 이룰 환상들이 구축된다. 이런 육체적·신체적·생물학적 현실을 바탕으로 사회·문화적 이미지와 해석이 각인된다.

· · ·

환상은 꿈과 마찬가지로 모두 우리가 연출한 상상의 장면들이다. 그 결과 우리가 동시에 분리와 성별화에 적응될 수 있으니, 이는 우리에게 유용하면서도 필요한 요소다. 그 가운데 일부 환상에서는 굴욕감이 등장하기도 하는데, 이는 우리가 모든 면에서 의존적이던 시기에 환상이 만들어지기 때문이다. 굴욕 당하면서도 모욕을 주고, 수동적이면서도 적극적이 되는 등 혼자서 모든 역할을 맡는 장면들을 상상하는 건 자신의 운명에 적응하고 의존에서 벗어나기 위한 방식이다. 늘 당하는 게 아니라 자신이 주체가 됨으로써 두려움과 악의 요소를 쫓아내는 방식인 셈이다.

환상은 상처를 감싸기 위한 영상이나 마찬가지며, 불변의 시나리오이자 '정신적인 연료'에 해당한다. 환상에서는 태어난 이후 줄곧 아이를 괴롭혀온 모든 문제들이 발견된다. 욕심 많고 놀기 좋아하는 어머니에게서 도망치고자 하면서도 절대 떨어지지 않기를 바라는 마음, 완전히 제 것으로 만들어야 하는 성기, 숨통을 조일 정도로 집착하는 관계, 우리 안으로 스며들면서 우리가 내보내고자 애쓰는 권위, 우리가 어떤 사람인지 알기 위해 동일시하는 어른, 특히 그에게서 비롯되는 엄청난 두려움과 폭력 등이 그것이다.

이런 환상은 실현되는 것이 목적이 아니라 상상과 욕구를 유지하기

스페인 무용수 아나 쿠라Ana Curra의 초상, 오우카 리이레, 1986.

위해 만들어진다. 이를 행동으로 옮기는 행위는 광기나 야만적 행동으로 나갈 수 있는 도착증이다. 내면적이고 개인적인 환상은 우리의 성욕을 보조하기 위해 존재하고, 타인에게서 반향을 찾기 위해 존재하며, 타인의 환상 또한 성욕의 보조적 역할을 맡는다. 이를 굳이 말이나 행동으로 옮겨야 반향이 생기는 건 아니다. 평소에는 이런 환상이 조용히 잠자고 있을지라도, 내재적으로는 이런 환상이 존재하는 덕분에 양쪽이 각각 어느 정도는 수동적이고 어느 정도는 능동적인 태도를 채택하는 자유가 합의된 성적 · 감각적 교류가 이루어질 수 있다.

성이라는 건 '상호 환영화'의 원칙에 따라 움직이는 교류와 소통의 장이다. 둘 사이의 유사성과 차이점을 기반으로 세계가 함께 만나고 대꾸하며 유지되고 성장하면서 뒤섞인다. 이는 심오하고 은밀한 조율 과정에 해당하기도 한다. 둘이 하나가 되는 퇴행적 행위의 위험하면서도 달콤한 위험을 함께 감수하는 것이다. 각자의 무의식과 몸의 기억에 비축된 수천 가지 감각과 표상, 감정 등이 울리고 떨리도록 만들기도 한다.

이런 이유로 성은 여전히 환상과 기이함과 창의력의 끝없는 원천이다. 다리를 벌리고 이를 악문 채, 자기 내부에서 30초 만에 오르가슴에 도달하는 남자를 받아들이는 여자의 모습같이 원초적인 성욕이 나타나는 원형적 표상과, 인도의 성 지침서 『카마수트라』에 나오는 여러 가지 제안들 사이에는 남자와 여자가 남성성과 여성성에 익숙해지면서 받아들이고 발산하고 놓아주고 수축하고 주고 바치는 무한한 가능성이 존재한다. 이런 만남이 가능해지는 것도, 심지어 무한정 그렇게 될 수 있는 것도 환상의 세계가 활기차고 강건한 덕분이다.

$1+1=3$

우리는 사회적 관계와 정서적 관계, 사랑, 성 등 모든 의식적·무의식적 자료를 통해 연인을 만들고 싶다는 소박한 생각, 가능한 한 '영원히' 함께할 사람을 찾고 싶다는 생각을 한다. 결혼에 사랑과 자신의 선택이 개입된 후 결혼해야겠다는 결심, 결혼할 상대를 찾아야 한다는 생각은 일생일대의 중대사가 될 수도 있다. 우리는 일종의 무의식적인 의지에 따라 선택해야 할 듯하다. 무의식적 의지로 말미암아 우리가 정신적으로 필요로 하는 것과 정확히 일치하는 상대를 찾는 것이다. 하지만 이상적인 상대를 어디에서 찾는단 말인가. 그런 사람을 어떻게 선택하며, 어떻게 그 사람과 결합에 성공할 수 있는가. 더구나 이러한 결합도 예측 불가능한 일이 아닌가.

자신의 어떤 점을 타협하고 어떤 점을 문제시해야 관계가 유지될 수 있는 사이가 된 순간부터 모든 관계가 치유력을 은닉한다. 좋은 상대를 고른다는 것은 상대에게 '내가 늘 맡아온 역할을 유지하도록 도와달라'는 식의 분명한 요구와 더불어 '내가 변하도록 도와달라'는 식의 암묵적 요구에 대한 답변을 해달라는 것이다. 저마다 반복적인 것과, 그 반복적인 것에서 벗어날 가능성을 동시에 인지하기라도 하는 듯하다.

알리스가 마르탱을 만날 때, 사랑의 정열로 타오르는 불길은 두 사람을 동일한 강도로 휘어잡는다. 열두 살에 어머니를 여읜 알리스는 어린 두 동생과 우울증에 걸린 알코올의존자 아버지를 돌봤다. 완벽한 어머니처럼 헌신적이고 끈기 있게 가족을 돌본 것이다. 알리스는 청소년기를 희생하여 '애어른' 같은 운명에 동화됨으로써 자신을 잃어버린 채 가족의 인정과 즐거움을 통해 존재감을 맛보았다. 완벽을 추구하던 알리스는 학업 성적도 훌륭했고, 대기업에 들어가 요직을 차지하면서 다 자란 동생들과 다시 일자리를 찾은 아버지의 뒷바라지를 했다.

마르탱의 어머니는 욕심이 많은 타입으로, 일찍이 이혼했다. 자신의 아이는 남보다 우수한 학생이어야 했고, 아무리 사소한 것이라도 순간순간 자신의 욕구를 채워야 직성이 풀렸다. 마르탱은 변덕스럽지만 매력적인 남자로 자랐고, 구애하는 여자들이 넘쳐났지만 그 가운데 마르탱을 만족시킨 여자는 없었다.

두 사람이 첫눈에 반한 것은 이들의 연애사에서 하나의 예고에 불과했다. 사랑스럽고 가정적이며 다정한 알리스 옆에서 마르탱은 언제까지나 어린아이로 남을 수 있었다. 그러면서도 마르탱은 알리스가 힘에 부친 엄마가 되지 않도록 도와주었다. 꿈속에 나올 법한 매력적인 왕자님으로 성품이 꼼꼼한 마르탱이었기에, 알리스가 봤을 때는 그에게서 사랑스러운 남동생들의 서투른 모습도 느껴졌다. 이보다 안정적이고 외견상 마음이 놓이는 커플이 어디 있을까. 성장 과정에서 이들을 지금의 모습으로 만들어준 부분들을 자연스레 연장하는 형태가 아닌가. 우리에게 변화와 영속성을 동시에 추구하도록 부추기는 뿌리 깊은 양면성이 없다면 그렇게 볼 수도 있을 듯하다.

회사가 도산하여 해고된 알리스는 인생에서 처음으로 실패를 맛보고, 마르탱에게서 자신이 기댈 수 있는 듬직한 어깨를 찾으려 든다. 모든 결정권을 알리스가 쥔 상황에 불만이 생기기 시작한 마르탱은 어머니에게도 하지 않던 청소년기의 반항을 보여주며 알리스의 협조 요구를 일방적인 강요로 잘못 받아들인다. 알리스도 마찬가지지만, 마르탱 또한 자신이 알리스를 선택한 이유 때문에 알리스를 나무라는 상황에 이른다. 처음 만났을 때부터 존재했으나 의식하지 못한 암묵적인 계약을 두 사람 모두 깨닫는다. 한쪽은 사람들이 믿을 수 있는 남자가 되도록 도와달라고 했고, 다른 한쪽은 과거 자신이 될 수 없었던 어린 소녀의 포기와 믿음을 경험할 수 있도록 도와달라고 했다.

· · · ·

우리는 상대를 어떻게 선택하는 걸까? 심리·정신의학계에서는 부부가 일종의 '치료 계약'을 기반으로 만들어진다는 생각을 발전시켰으며, 필자 또한 그에 뒤지지 않는 연구를 진행했다. 우리는 자기도 모르게 상보적 관계의 신경증이 있는 사람을 선택하며, 그런 사람을 만나 서로 도와주고 보살피며 원래의 가족에게서 벗어나 더 발전된 모습으로 나아가길 희망한다. 그리고 자신이 물려받은 특정한 상황에서 자유로워지길 바란다. 우리는 바로 그런 사람과 암묵적인 부부 계약을 맺어 지금의 부부 사이를 이룬다.

부부 관계는 공통의 문제를 둘러싸고 강한 상호적 끌림을 기반으로 형성되며, 이 문제를 둘러싸고 상이한 역할이 배분된다. 두 사람 가운데 한 사람은 자신이 문제의 희생자라고 느끼는 반면, 다른 사람은 배우자에게 훨씬 더 적극적인 치료사의 태도를 견지한다. 따라서 알리스와 마르탱은 무의식적으로 결혼 전 가족의 압박적인 요구에 대해 같은 느낌을 공유하나, 알리스가 마르탱의 문제를 떠안았으며, 두 사람 사이에 위기가 올 때까지 그 상황이 이어진다.

이처럼 역설적인 최초의 계약은 서로 방패막이를 내세우며 모진 풍파에 맞선 순간부터 모든 부부들이 겪는 위기 상황에서 변질된다. 따라서 부부는 함께 살아가기 위한 다른 방식을 모색하는데, 열정은 줄어들지만 이는 꽤 건설적인 방식이다. 다만 오늘날은 대다수 부부들이 파도가 높게 일자마자 곧장 손수건을 집어던지는 형국이다.

타인과 자신이 다른 점을 조정하기보다 내적인 갈등에 맞서는 게 훨씬 복잡한 일이다. 따라서 부부간의 애정은 내적 갈등을 극복하고 보다 성숙해진 모습으로 거듭나기 위한 조건이다. 우리는 자신을 치료하기 위해, 상호 간에 함께 치료해나가기 위해 배우자를 선택한다. 요즘 시대에 부부간의 계약이란 이와 비슷한 양상이다. 저마다 자신의 어떤 부분을 해결해줄 수 있는 상대를 추구한다. 따라서 부부는 개개인의 치료사다. 부부 사이는 각자 성장하는 장이면서, 두 사람을 정신적으로 간호하는 공간이다. 이는 둘의 연애와 결혼에서 당사자 못지않게 중요한 셋째 요소다. 그에 따라 '너와 나 그리고 우리' 라는 삼중주가 울려 퍼진다.

'불가능한 사랑Impossible Love', 우푹 우야닉Ufuk Uyanik.

그렇다. 나와 타인의 관계에서 흥미롭지만 복잡하게 오가는 모든 것들은 두 사람의 관계가 지속될 때 가능하다. 관계가 지속되면 함께 노력하는 관계의 진전도 가능하다. 둘의 관계가 유지되어야 발전할 수 있다. 관계의 유지는 서로 간의 계약이 아니라 함께 있을 거라는 확신, 그에 따라 서로 간의 계약이 보다 발전할 거라는 믿음이다. 부부가 안정적인 관계가 되지 못하는 지금 상황에서는 그런 노력에 시간을 들이지 않는다. 개인주의 시대에 사는 요즘 사람들은 맨 처음 위기가 닥친 순간부터 아무 생각 없이 이리저리 채널만 돌려대며 자신이 불행해진 부분을 수리해줄 사람을 찾아 헤맨다.

행복한 우연

우리의 상처를 치료해줄 운명의 상대가 나타날 거란 생각이 신화에 불과하다면? 우리가 자기 상대를 우연에 따라 고른 것이라면? 우리가 어느 사람과 함께 살든 둘이서 하나의 사회 개체를 만든다는 사실은 다른 사람에게 없는 것을 둘러싼 정신적 작용을 유발한다. 한 사람이 다른 사람의 빈 공간을 메우고 공백을 채우는 것이다. 그리고 각자는 이 부족함을 극복하는 방법을 배워 보다 진실하게 상대를 사랑하며, 그 사람이 우리에게 해줄 수 있는 부분 때문이 아니라 있는 그대로 그를 사랑한다. 우리의 동반자가 되는 그 사람, 아내 혹은 남편을 사랑하는 것이다. 위기의 순간을 무사히 넘기면 자신을 사랑하는 것 못지않게 타인을 사랑할 수 있다.

대다수 사람들은 부부라는 인연으로 맺어지기 전에 자신이 어떤 사람이 되어야 하는지에 대한 생각이 매우 분명하다. 인터넷의 만남 주선 사이트가 단적인 예다. 자신의 프로필을 작성하고 세부적인 질문지를 채워가면서, 그런 사람이 존재하는지도 모르는 채 이상형을 '미리' 선정해둔다. 그리고 일종의 치료사 역할을 부여한 상대에게는 제한적인 입지만 남겨둔 채, 작성된 시나리오에 따라 일을

애니메이션 '인생의 의미, $9.99', 감독 : 타티아 로젠탈Tatia Rosenthal, 2008.

진행시킨다. 보다 나은 삶을 위해, 보다 멀리 가기 위해 그 사람에게 기댈 수 있기를 바라는 것이다. 문자 그대로 해석되어 일종의 전략처럼 발전되며 잘못 이해될 경우, 이 같은 치료적 연애·결혼관은 함정이 될 수 있다.

사랑의 열정이 절정에 달하는 건 대개 1~3년 사이다. 이후에는 투사 심리를 줄여가기 시작해야 하며, 상대와 관련된 모든 것을 있는 그대로 보는 법을 터득해야 한다. 현실을 있는 그대로 봐야 한다는 말이다. 현실은 실망스럽게 마련이다. 따라서 그때부터는 우리가 계속 함께 살아가길 바라는 사람이 상대인지 결정해야 한다. 계속 맞춰가며 살 수 있는 존재인지도 생각해봐야 하고, 나 자신이 미리 정해둔 시나리오와 환상을 버리고 두 사람의 모험을 시작할 수 있는지도 살펴봐야 한다.

Antimanuel

de

Psychologie

TEXTES

아를레티

배우, 가수

여자, 남자를 위해 만들어지다

천국, 사과로 뒤덮인 사과나무 아래에서

아담이 여인을 보았을 때, 아담은 무척 놀랐다.

몹시 놀란 아담은 "이 깜찍한 장난감, 이건 왜 만들어진 거지?"
라고 내뱉었다.

교활한 뱀은 이글거리는 눈으로 아담에게 말했다.

"여자는 남자를 위해 만들어졌습니다."

사과를 위해 사과나무가 만들어지듯이

갈대를 위해 새가 만들어지듯이

새를 위해 둥지가 만들어지듯이 그렇게

남자를 위해 여자가 만들어진 것이다.

자그마한 꽃을 위해 물이 존재하며

새끼 자고새를 위해 어미 자고새가 존재하고

새끼 양을 위해 양털이 존재한다.

나무토막이 아닌 아버지 아담,

이 법칙을 알고 있었다.

사실 이는 맞는 말이었다. 언젠가 천국에는 생길 일이었다.

뱀이 말했다.

"여자는 남자를 위해 만들어졌습니다."

사과를 위해 사과나무가 만들어지듯이

화창한 날을 위해 태양이 만들어지듯이

사랑을 위해 심장이 만들어지듯이 그렇게!

여자가 없다면

남자는 끔찍이 지루했을지도 모른다.

그 얼마나 험난한 고문이던가, 그 얼마나 혹독한 시련이던가!

하지만 남자가 없다면 어떻게 될까? 솔직히 말해보라, 여성들이여.

그대들도 웃음을 잃어버렸을 것이다.

사실 이건 분명하지 않은가.

여자는 남자를 위해 만들어졌다. (…)

영화 '어느 분별없는 생각Une idée folle' (1932) 삽입곡,

작사 : 르네 퓌졸René Pujol · 샤를-루이 포티에Charles-Louis Pothier,

작곡 : 카시미르 오베르펠트Casimir Oberfeld

Sigmund Freud

지그문트 프로이트

정신분석학자

리비도

리비도는 정동 이론에서 차용한 용어다. 리비도라는 말은 사랑이라는 단어에 함축되는 관련 성향들의 (양적인 크기로 간주되나 그 규모가 가늠되지 않는) 에너지를 가리킨다. 우리가 사랑이라고 부르는 것의 핵심은 통상 사랑이라고 일컬어지는 것과 시인들의 노래에서 드러나는 부분, 즉 성적인 결합에 의해 만들어지는 '성적인 사랑'으로 형성된다. 하지만 자기애, 부모와 자식 간의 사랑, 우정, 일반적인 사랑, 구체적 사물과 추상적 사고에 대한 애착 등 모든 사랑이 리비도의 개념과 무관하지 않다.

이처럼 '사랑'이라는 말을 폭넓은 의미로 사용하는 이유는 정신분석 연구에서 밝혀진 결과들 때문이다. 이에 따르면 모든 사랑은 무의식적인 충동의 일부 혹은 전체가 표현된 것인데, 때로 이는 성적인 결합으로 유도되기도 하지만, 그 같은 목적에서 벗어나거나 그 실현을 저해하면서도 본성적 특징은 충분히 유지하여 (자기희생, 내면적 접촉 추구 등) 그 정체성을 분명히 살리는 경우도 있다.

사랑이라는 말에 수많은 의미를 곁들이면서 우리는 언어가 확실히 정당한 통합 작업을 수행했다고 생각하며, 이보다 과학적인 사고와 설명을 기반으로 할 수는 없다고 생각한다. 정신분석은 이런 식으로 접근하면서 거센 반발을 불러일으켰다. 마치 정신분석이 불경한 죄라도 지은 듯했다.

하지만 사랑의 개념을 '확장'하면서 정신분석이 새로 만들어낸 건 없다. 그 기원과 표현으로 보나, 성적인 사랑과 상관성으로 보나 플라톤의 에로스는 정신분석에서 말하는 사랑의 기운인 리비도와 완벽한 유사성을 보인다. 신약성경 「고린도전 · 후서」에서 사도 바울은 사랑을 찬양하며 이를 다른 모든 것보다 우위에 두었다. 사도 바울은 사랑을 '폭넓은' 의미에서 봤을 가능성이 크다. 따라서 그는 사람들이 위대한 사상가들을 존경하는 척하면서도 실제로는 이들을 중요시하지 않는다는 걸 알았다.

『정신분석 소론집』

Julia Kristeva

줄리아 크리스테바

철학자, 정신분석학자

부부의 현실

변덕스럽고 불안정하며 미친 듯이 새로운 것을 추구하는 게 사랑의 본래적 특성이라면, 사랑은 어째서 영원한 부부를 꿈꾸는가? 왜 상대에게 충실한 사랑을 꿈꾸고, 영원히 서로 뜻이 맞기를 바라며, 연애결혼을 원하는가? 일부 사회에서 그렇듯 필요에 따라 결혼하는 게 아니라 개인의 욕구와 리비도적 필요성에 따라 연애결혼을 하는 이유는 무엇인가?

사춘기 남녀는 상대 하나만 바라보는 지고지순한 사랑과 안정적인 연인 관계를 꿈꾼다. 반면 성적인 쾌락에 눈을 뜨면 불안정성이 가미되지만, 그와 함께 (모성적인) 안정성을 추구하기도 하며, 엄마와 자식으로 살아가던 태초의 잃어버린 천국을 재현하려는 향수에 빠져들기도 한다. 시간이 흘러 성적 쾌감을 맛보는 놀이에 익숙해진 남자는 부부 관계만 고집하던 것에서 벗어나, 혼외정사로 꽤 많은 여자들을 섭렵한다. 관계는 일시적이고 다양하게 맺어지기 때문에 그만큼 안심이 된다. 반면 여자가 '돈후안'이 되는 경우는 드물다. 여자가 그런 상황에 이르더라도 이는 남성적 동일시에 따른 것이며, 남자보다 큰 파문을 감수할 용기가 필요하고, 정신적으로 크게 상처 받을 위험도 높아진다. 이는 예나 지금이나 변함없다.

페미니즘의 영향으로 우리네 관습에 근본적인 변화가 생긴 것은 사실이지만, 이 변화가 애정사의 양상까지 뒤집어놓지는 못했다. 즉 여자는 결혼을 원한다. 이는 자녀를 양육할 보금자리를 위한 안정성을 추구하려는 모태 본능이라는 게 인성학자들의 주장이다. 보다 정신적인 차원에서 보면 이는 자식을 키우는 어머니의 자리, 이성애 욕구의 일반적 대상으로서 아버지에게 접근함에 따라 여자가 영원히 잃어버리는 그 자리를 남편을 통해 확보해야 한다는 욕구에 해당한다. 따라서 결혼을 통해 이번에는 아버지의 어린 딸이 가정이라는 화목하고 안락한 환경에서 어머니가 되는 것이고, 동시에 어머니를 소유하며, 정신적인 양식과 즐거움의 원천을 찾는다.

하지만 실제로 남자 역할을 맡는 건 여자 쪽이며, 남자는 안정적인 가정을 꾸리고 가족을 먹여 살리는 어머니의 남편 노릇을 할 뿐이다. 사람에 따라서는 여자가 길들여진 남성성이라는 가면을 쓴다고 생각할 수도 있다. 은밀하고 산만하며 관대하나 확실한 지배력이 있는 존재, 아버지 같은 아내는 어머니 같은 남편을 다스린다.

『사랑의 역사Histoires d'amour』

Francesco Alberoni

프란체스코 알베로니

사회학자

다른 사람을 위해 다른 것을 하다

　　우리는 일상생활에서 다른 사람을 위해 다른 것을 해야 한다는 영원한 굴레에 사로잡혀 살며, 우리의 삶은 여기에 국한된다. 우리는 결코 자신이 완전히 이해됐다는 느낌을 받을 수 없으며, 제대로 된 만족감을 맛볼 수 없고, 우리의 욕구와 타인의 욕구는 결코 상호 보완적으로 일치될 수 없다. 이 같은 상태는 늘 완성될 듯 말 듯한 느낌으로 남아 있으며, 그렇게 어이없고 쓸쓸한 방식으로 계속할 수는 없을 듯한 느낌이 든다. 이는 몇 달 혹은 몇 년 동안 지속되기도 하며, 무엇을 기다리는지도 모른 채 계속된 좌절감 속에서 어두운 나날을 보내기도 한다. 그때 우리는 허송세월하며 진정한 행복도 누리지 못한 채 질질 끌려다니는 양상이다.

　　새로이 싹트는 사랑에서 저마다 깊은 끌림을 느끼는 이유는 이 사랑이 암흑과도 같은 우리의 상태에 두 눈이 멀게 하는 한 줄기 빛을 비춰주기 때문이며, 이 사랑은 우리를 총체적 위험 상태로 이끌고 간다. 싹트는 사랑은 우리의 욕구를 완전히 해방시키며, 이와 관련된 부분을 모든 것의 중심으로 만든다. 우리가 무엇을 절대적으로 원하고 바라는 건 자신을 위해서다. 사랑 받기 위해 어떤 행동을 하는 것은 다른 사람을 위해 다른 것을 행하는 게 아니다. 자신을 위해, 자신의 행복을 위해 그 일을 할 뿐이다. 우리의 삶은 행복이라는 가치를 얻기 위한 방향으로 나아간다. 우리의 욕구와 사랑 받고

영화 '울 100%', 감독 : 도미나가 마이, 2007.

싶다는 욕구는 일치한다. 새로 시작된 사랑은 모든 걸 얻을 수 있으면서도 모든 걸 잃을 수 있는 삶으로 우리를 데려간다.

일상생활에서는 늘 다른 것을 해야 하고, 다른 사람의 흥미를 불러일으킬 만한 것을 선택해야 하며, 보다 씁쓸한 좌절이나 경미한 좌절 가운데 하나를 골라야 한다. 새로운 사랑이 시작되면 우리는 모든 게 다 있는 곳과 아무것도 없는 곳에서 갈팡질팡한다. 왕국이나 권력, 행복, 영광 등 일상생활에서는 생각할 수 없던 것들을 얻기라도 하는 듯하다. 하지만 이 왕국은 단 한 번 싸움으로 무너질 수 있으며, 우리는 매일같이 최후의 전투를 벌여야 한다. 일상을 이루는 두 축은 평온과 좌절이다. 새롭게 싹트는 사랑을 이루는 두 축은 황홀과 혼돈이다. 일상생활은 영원한 연옥이다. 사랑하는 삶은 천국 혹은 지옥이다. 구원되거나 영벌에 처하거나 둘 중 하나다.

『장미꽃 향기가 나는 남자』

Roland Barthes

롤랑 바르트

작가, 수필가, 교수

사랑스러움

　　인생에서 나는 수백만 개의 몸을 만났다. 그 몸 가운데 내가 원하는 것은 수백 개, 하지만 그중 내가 사랑한 건 단 하나다. 내가 사랑한 사람은 내 욕구가 특별하다고 이야기한다.

　　하나밖에 용납하지 않는 이 엄격한 선택은 분석적 전이와 애정적 전이의 차이를 만들어낸다. 전자는 일반적이며 후자는 특수적이다. 수많은 우연과 놀라운 일치가 생기고 엄청난 연구가 동원됨으로써, 나는 수천 개의 모습 가운데 내 욕구에 부합되는 모습 하나를 찾아낸다. 이는 도대체 어떻게 풀어야 할지 모르는 엄청난 수수께끼다.

　　나는 왜 그러한 모습을 원하는가? 나는 왜 지속적이면서도 하염없이 이를 원하는가? 내가 원하는 건 전체인가? 실루엣과 형상, 공기 등 나는 모든 걸 원하는가, 아니면 이 몸의 이 부분이 좋은가? 이 경우 사랑 받는 이 몸에서는 무엇이 내게 맹목적 숭배를 이끌어내는가? 믿을 수 없을 만큼 미세한 어떤 부분이, 어떤 사고가 영향을 미치는가? 손톱이 잘라진 모양, 비스듬히 깨진 이, 특이한 머리 모양, 말하면서 혹은 담배를 피우면서 손가락을 벌리는 방식… 어떤 부분이 작용했을까?

　나는 이 미묘한 신체적 특징들이 다 '사랑스럽다'고 말하고 싶다. 사랑스럽다는 건 유일한 것으로, 이런 부분이 바로 내가 원하는 것이라는 뜻이다. "바로 그것, (내가 좋아하는 건) 정확히 바로 그것"이라는 느낌이 드는 걸 말한다. 그런데 내 욕구가 특별함을 느낄수록 여기에 이름을é붙이는 건 더더욱 자신이 없어진다. 이름의 '상징성'은 의도의 정확함에 해당한다. 욕구의 속성은 발화되는 내용의 부적절성밖에 만들어내지 못한다. 이런 언어적 패배에서는 한 가지 흔적, 바로 '사랑스럽다'는 단어가 남을 뿐이다(사랑스럽다는 형용사에 대한 올바른 번역은 라틴어의 'ipse'가 아닐까 한다. 그건 자기 자신, 바로 그 자신이라는 뜻이다).

『사랑의 단상 Fragments d'un discours amoureux』

Jean Cournut

장 코르뉘

정신분석학자

엄마의 여성성

모든 남자들에게 생애 최초의 여자는 어머니다. 자기 뱃속으로 아들을 낳은 이 여성이라는 존재는 남자의 생애에 얼마나 기이한 인물인가. 놀라울 정도로, 근본적으로, 결정적으로 친숙한 존재이자 신기한 존재다.

해부학적 구조나 자연과학적 지식에 대해서는 잠시 잊고, 우리가 느끼는 바에 대해 진지하게 생각하며 글을 읽어보자. 우리가 어머니라는 존재에 대해 제대로 이해하는 바가 아무것도 없음을 인정하자는 것이다. 우리의 몸이 만들어지는 건 확실히 엄마 뱃속인 듯하다. 아이는 고통 속에서 세상에 태어난다고들 말한다. 아이는 엄마와 한 몸이 되어 같은 피와 같은 가슴, 같은 성을 공유한다. 아이가 엄마와 분리되기 시작한 순간부터 엄마는 아이의 모든 걸 주관하기 시작한다. 아이에게 엄마는 이 세상의 전부다. 엄마는 모든 걸 가졌다. 하지만 아이는 곧 그게 자기 덕분이라는 것을 안다. 아이가 어머니의 존재를 완성하며 어머니의 존재를 채워준다. 아이는 자신에게 뭐가 부족한지 모르는 존재였다.

반대로 어머니는 아이에게 모든 것을 내어주고, 모든 것을 가르치며, 모든 것을 지시한다. 그렇듯 어머니는 아이에게 웃음을 지어보이고, 말을 건네며, 엉덩이에 힘을 주라는 등의 지시를 한다. 운명의 세 여신, 성모마리아, 복수의 세 여신, 핀업걸, 피에타 등 어머니의 이미지는 아들에게 삶의 경계를 상징하는 데 이용된다.

수정과 임신, 출생 등의 과정 이후 이어지는 믿기 힘든 일련의 사건을 지칭하기 위해 사람들은 보통 '모성의 광기'라는 말을 사용한다. 성적인 여성성의 오르가슴적 광기만큼 원초적 감정인 모성적 여성성의 본능적 광기가 나타나는 것이다. 이런 모성적 광기를 경험하기 위해 어머니는 "창녀와 동일한 행위를 해야 했기 때문에" 둘의 비교는 꽤 타당해 보인다. 사실 어머니라는 존재는 제3의 인물인 아이 아버지와 함께 처음부터 단번에 그 아들을 배신했다. 아이는 이 경쟁 상대를 하나의 구원자로 만들고자 노력했다. 아이는 어머니가 불어넣은 여성성을 그에게 제공하고, 어머니가 허용하는 한 그와 자신을 동일시한다. 게다가 어머니의 존재가 어디에서든 나타나는 것도 아니다. 어머니는 내 곁에 존재하기도 했다가 내 곁에서 사라지기도 하며, 넘침과 부족함으로 흥분을 유발한다.

『남자는 왜 여자를 두려워하는가』

Joyce McDougall

조이스 맥두걸

심리학자, 정신분석학자

정신세계의 장면들

끔찍했던 직업상 실패에 대해 짧게 떠올린 후, B씨는 상상 속 장면에 대해 이야기해주었다. "여자아이가 하나 있어요. 아이는 비옷을 입고 있네요. 주위에는 아이를 바라보는 사람들이 엄청나게 많아요. 엄마로 보이는 여자가 아이를 무릎에 앉히고 비옷을 걷어 올려요. 여자는 몽둥이로 아이의 맨 엉덩이를 때려요." 그는 갑자기 말을 멈추었다. "더는 못하겠어요. 사정할 것 같아요."

이야기는 여전히 미완성된 상태다. 인물들은 모호하고, 행동의 의미는 은폐되었으며, 30여 년 전부터 친숙해진 장면의 당사자에게 미치는 영향은 이 장면이 여덟 살쯤 돼 보이는 소년에게 '발각된' 때와 늘 동일하다. 즉 부끄러움과 몰이해다.

성도착적 대상과 페티시즘적 대상은 어떤 면이 서로 비슷하며, 어떤 면에서 달라질까? 우선 두 가지 대상이 당사자에게 부과하는 폭력성에 대해 짚어볼 필요가 있다. 이 대상들은 늘 하나의 시나리오, 한 편의 연출, 한 가지 액션을 가리키며, 그 이면에는 심오한 의미가 숨어 있다.

도착증과 페티시즘에서 이 비극적 작품을 고안해낸 사람은 행동의 주체라기보다 객체인 경우가 많다. 유년기의 소름 끼치는 마력에서 영감을 받은 엄선된 자전적 작품들은 욕구의 영속성을 확보하기 위해 선정된 것들이며, 그러면서도 가족의 발언에 따라 해석된

'조각상의 미래L'Avenir des statues',
르네 마그리트René Magritte, 1932.

거세 위협은 회피한다. 삶에서 석화되어 굳어진 텍스트는 어떤 문제 제기도 용납하지 않는다. 시나리오에 의미를 부여할 수 있는 비가시적 인물들은 오래전에 말없이 축약됐다. 각각의 주제에서 '나'는 보이지 않는 청중과 익명의 관객을 위해 이 집약적이고 변함없는 장면들을 수년간 끊임없이 펼쳐놓는다.

심지어 반복적으로 나타나기도 하며 주체를 힘들게 하는 이 강박적 상황은 역설적이지만 '나'의 근본적인 역할을 보여준다. 이런 강박은 가혹함을 통해 고유의 정체성 구조를 유지하고 말겠다는 정신적 요구를 나타내기 때문이다. 따라서 각각의 정신적 연극 레퍼토리를 구성하는 기본 시나리오들이 유일하게 가시화되는 이 환상 구축 작업에는 제아무리 고통이 수반된다 해도 엄청난 노력이 투자된다. 하여 이를 만들어낸 당사자들은 작품이 지속될 수 있도록 안간힘을 쓰며, 그러면서도 이에 따른 영향을 말소하고 자신의 내면세계에서 그 흔적을 없애달라며 정신분석을 요청한다.

『나의 연극 Théâtres du je』

13

사랑에
미친 자들

프랑시는 들딴에서 산책하고 있었다.

그러다가 여자 친구 런다를 만나 열렬히 사랑한다.

그는 아름다운 런다가 좋았다. 그런데 프랑시는 성적 불능이라 성관계를 할 수 없었다.

친구들에게 조언을 구하자, 프랑시에게 심리적 두절이라느니 리비도 부족이라느니 말을 해주었다.

프랑시는 몇 주 동안 리비도를 늘려고자 노력했다.

하지만 그는 심리적 두절을 극복할 수가 없었다.

사랑에
미친
자들

이혼하는 사람들이 늘어갈수록 정신과 상담 문의도 많아진다. 사랑의 맥락에서 자유롭게 선택되는 부부 관계는 장기적으로 점점 더 버티기 힘들어지는 듯하다. 사람들은 '사랑학자'에게 연애와 결혼의 꼬인 실타래를 풀어달라고 부탁하며, 이런 구조 요청을 하는 시기는 두 사람의 연애와 결혼 역사에서 점점 더 빨라지고 있다. 이제는 신혼부부도 찾아와 보다 진지하게 관계가 시작되기 전에 한 차원 더 명확한 이해를 도모하려는 추세다.

가정을 지켜달라며 찾아오는 정신과 상담실에서 부부 사이가 결국 막을 내리는 경우도 늘고 있다. 심지어 설명하기 복잡한 어휘들도 '심리학화' 되었다. 부부 사이에 난관이 발생하는 이유를 저마다 정신 구조에서 찾아봐야 하는 분위기다. 그리고 자신을 돌봐줌으로써 그 같은 어려움을 피할 수 있다고 생각하는 것 같다.

한 배에 탄 오이디푸스와 나르키소스, 프로이트

그리스 비극에 오이디푸스가 등장하고 2000년이 흐른 뒤, 프로이트는 그를 새롭게 성장시킨다. 사실 오이디푸스는 절반밖에 성장하지 못했다. 오이디푸스는 이오카스테와 사랑에 빠지고 그가 어머니라는 사실을 모른 채 결혼했을 뿐만 아니라, 라이오스가 아버지라는 사실 역시 모른 채 거의 '무의식적으로' 그를 죽였다. 모든 사실이 밝혀지자 이오카스테는 자살하고, 그의 남편이자 아들 오이디푸스는 자기 눈을 빼고 방랑했다.

TV 시리즈 '퀴어 애즈 포크Queer as Folk', 2004.

오이디푸스 이야기는 유년기, 청소년기에서 성년기로 넘어가는 성장 과정이 얼마나 고통스러운지 이야기해준다. 아울러 우리는 인생의 어느 순간이 되면 어머니 혹은 아버지가 바람직한 배우자상일 것이라는 의식적인 생각을 버려야 한다는 점 또한 알려준다. 어머니 혹은 아버지는 유일하고 영원한 사랑의 대상이 아니며, 우리에게서 분리되어 완전한 개인이 될 수 있는 존재다. 부모와 자식의 애정 관계를 바꿀 수 있는 어른이자, 배우자라는 다른 사람에게 이를 이전할 수도 있는 어른이다. 이는 부모와 자식 관계의 붕괴를 의미하는 게 아니라, 관계의 분리를 뜻한다. 이로써 다른 데 애착을 두는 게 가능해지기 때문이다. 이상적인 경우 우리가 선택하는 배우자가 관계의 분리에 도움이 되며, 우리 또한 상대가 원래 있던 가정에서 분리되는 데 기여한다.

하지만 어린아이들을 어머니와 결혼하기 위해 아버지를 제거하려고 애쓰는 모습으로 묘사하는 '오이디푸스콤플렉스'의 개념을 발전시키기 위해, 오이디푸스의 비극적 운명에서 출발한 프로이트는 보편적인 고통의 역사를 설명한다. (어머니라는 존재가 나타내는 개념인) 욕구와 (아버지라는 존재로 나타나는 개념인) 금지 사이에서 우리가 옴짝달싹 못하는 모습을 설명하는 것이다.

물론 현대사회에서는 어머니와 아버지 모두 어머니의 역할과 아버지의 역할을 공유하며, 심지어 아버지나 어머니가 두 명인 경우도 있다. 하지만 대다수 사회는 부성과 모성이 좌우하는 가운데 조직되고, 특히 우리 사회는 그런 면이 강하다. 각자의 욕구와 전체의 법규 사이에서 필사적으로 균형을 잡아야 하기 때문이다.

. . .

원초적 오이디푸스콤플렉스와 나르시시즘은 인간의 심리 구조를 설명하기 위해 프로이트가 생각해낸 여러 범주 가운데 속하는 두 가지 개념이다. 하지만 오이디푸스와 나르키소스 시대 이후, 심지어 프로이트 시대 이후로도 세상은 아주 많이 달라졌다. 현대사회에 사는 개인은 원초적 나르시시즘에서 벗어나는 일이 점점 힘들어지고 있다. 남자건 여자건 자신의 성숙과 즐거움을 위해, 제약의 거부라는 명목으로 '엄마 품'에서 허우적거린다. 우리는 아버지가 만들어내는 권위와 규범보다 어머니가 구현하는 감정과 감각, 온화함을 좋아한다. 이때 부성 혹은 모성의 역할을 실제로 담당하는 성별은 중요하지 않다.

수 세기에 걸쳐 축적되며 우리를 짓누르는 제약에서 벗어나 몸이 느끼는 감각과 지각에 연결되면서, 조상들처럼 자신의 운명에 이끌려 살기보다 이를 선택할 수 있다는 점은 경이로운 부분이다. 하지만 부부가 되거나 연애를 하면 상황은 복잡해진다. 새로이 주어진 상황을 조절하고 가꾸지 않으면 물속에 비친 자신의 모습에 매료된 나머지 거기에서 벗어나지 못한 나르키소스가 될지도 모른다. 그리고 오이디푸스와 나르키소스 사이에서 앞을 제대로 보고 헤쳐나갈 동반자를 만드는 방법을 찾아야 한다. 프로이트같이 침착한 시선을 견지해야 함은 물론이다.

약간의 성장

배우자를 머리로 선택하던 시기 혹은 정서적 차원보다 사회적 측면에 치중하던 시기, 청소년기에서 성년기로 넘어가는 건 그리 어려운 일이 아니었다. 당시에는 "너를 보니 네 어미가 생각나는구나" "너는 꼭 네 아비처럼 행동하는구나" 같은 말이 모욕이라기보다 칭찬에 가까웠다. 결혼이란 정확히 이를 위해 이용되는 수단이었다. 부모들이 위 세대를 그대로 따라 한 것처럼 이제는 자신이 부모를 그대로 따라 하는 것이다. 게다가 배우자는 각각 어린 시절부터 아버지의 엄격함과 어머니의 다정함을 확실히 구별했다. 각자 역할이 분명히 정해졌으며, 이를 준수해야 했기 때문이다.

하지만 이제는 모든 게 달라졌다. 부모는 아버지로서 역할을 감당하는 게 점점 힘들어지고 있다. 확실하게 결정을 내려주고, 권위 있게 규칙을 선포하며, 자식들을 제약하기 어려워졌다. 지금은 어머니와 마찬가지로 아버지 또한 아이들을 구속하지 않으며, 아이들이 제대로 성숙하고 각자 행복을 누릴 수 있도록 격려하는 편이다. 따라서 아무도 어머니의 역할과 아버지의 역할을 명확하게 구분하지 않는다.

　이런 상황에서 부모와 별 연관성이 없는 사람을 배우자로 택하기
도 쉬운 일은 아니다. 어머니와 아버지의 대표적인 역할이 무너지
고 심지어 서로 역할이 뒤바뀌는 경우도 있으나, 본의 아니게 대표
자 역할을 맡는 사람은 여전히 존재한다. 우리는 이 사람에게 융합
역할을 하는 어머니의 기능과 분리 역할을 하는 아버지의 기능을
동시에 기대한다. 이런 상황에서 '어른들처럼' 서로 사랑하기란 어
려운 일이다.

광적인 집착

　50년 전, 에디트 피아프는 '내 안의 당신Je t'ai dans la peau'을
노래했다. 오늘날 우리는 완전히 흠뻑 빠진 상태, 나아가 '중독' 수
준까지 쉽게 나간다. 비록 좋은 의미는 아니지만, 즐거움과 고통이
혼합된 표현이 이것만은 아니다. 우리는 개인주의가 심화될수록
'의존증'에 시달리며, 약물에 중독되는가 하면 운동 중독과 웹 중
독도 나타나고, 헛헛증이나 거식증도 생겨난다. 게임에 중독되기도
하고, 사랑의 열정에 흠뻑 빠지기도 한다.

　이에 따라 우리는 다시금 태초의 일체감에 빠지며, 무언가 부족
하다는 느낌과 필요하다는 느낌이 쉽게 욕구의 자리를 차지한다.

감정 관계에서 타인의 부재는 견디기 힘들 만큼 고통스럽다. 타인이라는 존재는 그 자리에 실질적 · 물리적 · 성적으로 존재해줘야 하며, 그래야 우리가 계속해서 존재감을 맛볼 수 있다. 마치 갓난아기가 엄마에게 찰싹 달라붙은 모습 같다.

기술도 이 같은 변화 양상을 쫓아갔다. 지금 우리가 하루에도 열 번씩 전화할 수 있고, 문자 폭탄도 날릴 수 있으며, 밤낮으로 상대와 소통이 가능하다. 기술적 진보가 우리에게 자립성을 확보해줄수록 이런 모순에 극심하게 부딪힌다. 독립적이 될수록 의존성에 시달리는 것이다.

오노레|Honoré.

그런데 연인 사이에 관계의 균형을 도모하고 각자의 특성이 한껏 발휘되도록 하려면 유연성이 필요하다. 사랑한다는 것은 자립성과 의존성을 동시에 포기하는 모순을 받아들이는 것이다. 들어가고 나가기 편하며 헤어졌다가 재회할 수도 있는 부부의 공간, 그러면서도 두 사람 각자나 둘의 관계 무엇 하나도 위험에 빠뜨리지 않는 부부의 공간을 만들어내는 것이다.

강박증

개인주의 사회에서 핵심은 행복과 기쁨을 추구하는 것이기 때문에, 우리가 발달시킨 과소비 체제가 사람들을 이어주는 관계의 영역으로 침투해 들어오는 건 당연한 일이다. 삶의 즐거움을 느낀다는 건 소비한다는 것이며, 여기에는 자신의 몸과 타인의 몸도 포함된다. 성적인 측면에서 상황 변화는 놀라울 정도다. 우리는 100년도 안 되는 사이에 '사정과 함께 질 속에 음경을 삽입'하라던 매우 엄격한 기준에서 정반대 방향으로 넘어

'작은 애벌레',
동물 모양 진동기.

갔다. 하지만 반대 방향이라고 해도 가차 없기는 마찬가지다. 그 모든 기준을 '파괴'하면서까지 쾌락을 추구하는 것이다.

이제는 즐거움을 더할 수 있는 모든 가능성을 찾아보며, 여기에는 이 가능성을 가로막던 모든 제약에서 벗어나는 것도 포함된다. 새로운 기준이란 종전의 기준에서 벗어나는 것이며, 결국 대다수 사람들이 벗어나기 힘든 지독한 구속이다. 애정 관계를 방해하는 진정한 강박증은 성적인 집착이라기보다 자신과 욕구에 대한 강박적 집착이다. '나'와 '타인', '나'와 '우리' 사이의 균형을 끊임없이 추구하도록 만드는 것이다. 이유는 간단하다. '너 자신으로 존재하고 즐거움을 추구하라'는 명령과 부부나 연인의 삶은 호환되기 힘들기 때문이다.

병증의 기준

편집증, 히스테리, 신경쇠약, 욕구불만, 성도착, 정신병, 정신분열증, 과대망상증 등 정신 질환 병명은 오늘날 일상생활 속 모욕을 대체했다. 정면에서 이 같은 말을 들은 사람에게는 느닷없이 뺨을 얻어맞듯 무척 당황스럽고 정신이 어질어질한 표현이다. 우리에게 여러 가지 정보를 전해준 언론 덕분에 이런 병명이 의미하는 것을 모두 잘 알기 때문이다. 몇 년 전부터 여러 잡지에서 수 없이 다룬 심리 테스트와 해설 내용에는 공통된 특징이 나타나는데, 각각의 대표적 유형에 늘 자신이나 배우자, 연인, 측근들과 비슷한 면모가 포함된다는 것이다.

이 단어는 우리의 다소 광적이고 정신착란적이며 초현실적이고 환상적인 심리적 핵을 깨어나게 만든다. 프로이트는 엄청난 소아성욕 이론과 두려움, 극도의 공포, 고통, 불안 등으로 구성된 이 심리적 핵에 대해 기술하고, 이는 광기를 보다 기이하면서도 친숙해지게 만들었다. '정상적'이라는 건 무엇을 뜻하는가? 우리는 어느 순간부터 '미쳤다'고 할 수 있는가? 이런 심리적 기반을 바탕으로 관계에 얽히고설킨 실타래를 풀어가는 게 올바른 일인가? 우리는 점점 새로운 기준을 정신심리학적 측면에서 찾으려 하며, 신이나 제도는 우리에게 답을 내주지 못한다. 어떻게 하면 부부 관계를 성공적으로 풀어갈 수 있으며, 자녀를 훌륭하게 교육할 수 있는가? 어떻게 해야 직업적인 성공을 거둘 수 있으며, 가정 내의 평온을 구축할 수 있는가? 나는 과연 정상적인 사람인가?

실패하는 것 혹은 성공하는 데 어려움을 느끼는 것은 '심각한 질병'의 증상이 아니다. 외려 이는 지극히 '인간적'이라는 걸 나타내는 표시가 아닐까.

Antimanuel

de

Psychologie

TEXTES

에디트 피아프

가수

내 안의 당신

당신…

언제나 당신…

오로지 당신…

어디든 당신…

당신… 당신… 당신…

당신…

내 안의 당신,

어쩔 수가 없네.

고집스럽게 거기 있는 당신.

아무리 떨쳐내려 해도 소용이 없고,

늘 내 곁에 있는 당신.

내 안의 당신,

어쩔 수가 없네.

내 몸 어디에든 있는 당신

춥기도 춥고, 따뜻하기도 따뜻하지

내 몸에서 열기가 느껴지네.

사람들의 생각이 날 미치게 해

소리를 지르지 않을 수 없어

나의 모든 것인 당신, 나는 완전히 중독되었지

사랑해, 터질 듯이 사랑해

내 안의 당신,

어쩔 수가 없네.

고집스럽게 거기 있는 당신.

아무리 떨쳐내려 해도 소용이 없고,

늘 내 곁에 있는 당신.

내 안의 당신,

어쩔 수가 없네.

내 몸 어디에든 있는 당신

춥기도 춥고, 따뜻하기도 따뜻하지

내 몸이 무척 가볍게 느껴지네.

어쩔 수가 없네, 내 안의 당신…

영화 '파리의 소동 Boum sur Paris' 삽입곡,

작사 : 자크 필 Jacques Pills, 작곡 : 질베르 베코 Gilbert Bécaud

Christophe Fauré

크리스토프 포레

정신의학자

의존 시나리오

다음과 같은 시나리오를 상정해보자. 자기평가가 심각하게 부족한 여자가 한 남자를 만난다. 여자는 남자에게 애착을 느끼기 시작한다. 자신이 필요로 하는 안정감을 남자가 채워준다고 생각하기 때문이다. 감정적인 '블랙홀'과도 같은 여자는 남자에게 끊임없는 애정 표현을 부탁한다. 남자가 여자를 안심시키기 위해 숱한 노력을 기울여도 소용이 없었다. 늘 만족하지 못한 채 자신이 사랑 받지 못하고 남자를 잃어버릴 거란 생각에 겁이 난 여자는 남자에게 자기 곁에 있어달라고 끊임없이 졸라댔고, 남자가 혼자 시간을 보내고 싶어하면 자신이 버려졌다는 느낌을 받았다. 여자는 이에 대해 점점 더 노골적으로 비난하고 나섰다. 여자는 매번 자신의 요구가 사랑의 증거라고 설명하며 자신을 합리화했고, 남자에게 빈틈없이 헌신하는 것이라고 주장했다. 필요한 것을 얻지 못해 상처

받은 여자는 점점 공격적인 호소망상 환자가 되어갔다. 여자는 자신이 버려졌다고 여기고, 남자가 자신을 전혀 이해해주지 않는다고 생각했으며, 외로움과 고독감에 시달렸다.

　남자도 외롭기는 마찬가지였다. 다만 여자와 차원이 다른 외로움이었다. 남자는 두 사람의 관계에서 자기가 자신을 위해 존재하지 않는다는 것을 어렴풋이 느꼈다. 남자는 '소모된다'는 느낌을 받았

'웨딩 케이크', 알도 스페르베르Aldo Sperber, 2005.

고, 무엇보다 자신의 불안을 잠재우려고 애쓰는 여자 때문에 '도구화'된 느낌을 받았다. 자기 자신으로 살아간다는 느낌을 받지 못한 남자는 차츰 여자와 거리를 두었다. 제대로 사랑하는 사이로 느껴지지 않았기 때문이다. 두 사람은 함께 있었지만 너무나 외로웠다.

이후 두 사람에게는 무슨 일이 생길까? 여자의 감정적인 압박이 버거운 남자는 숨이 막히기 시작한다. 넘치는 '사랑'이 남자를 갑갑하게 만든 것이다. 결국 한계에 다다른 남자는 두 사람의 관계에 종지부를 찍기로 결심한다. 분노와 좌절을 맛본 여자는 자신의 원래 믿음을 확신한다. '남자란 다 몹쓸 놈들'이라는 것이다. '나는 늘 나를 제대로 이해해주지 못하는 사람들과 사랑을 했다. 남자들은 내가 몸과 마음을 다해 무조건적으로 준 사랑을 돌려줄 줄 모른다'고 생각했다. 의존적인 사람은 내적인 공허함 앞에서 혼자 남게 마련이다. 자신의 힘으로 살아갈 수 없다고 확신한 여자는 공황 상태에 빠진다. 여자에게 남은 대안은 새로운 구원자를 찾아나서는 것밖에 없다.

이 같은 사례에서 우리가 분명히 알 수 있는 사실은 '사랑하다'라는 단어가 '부족함을 채우려고 애쓰다'라는 표현으로 대체되어야 한다는 것이다. 이렇듯 외로움을 채우려고 애쓰다 보면 은연중에 통제 욕구가 작용한다. 나에게 필요한 것을 얻어내기 위해 두 사람의 관계를 통제하고, 두 사람의 관계 외에는 아무것도 존재하지 않도록 상대를 통제하는 것이다(예를 들어 상대를 그의 가족이나 친구들에게서 떼어놓으려고 노력하는 식이다). 따라서 의존도가 높은 사람은 상대를 위해 모든 걸 '사랑'의 마음에서 하는 것이라고 확신하지만, 실질적으로 상대에게 설 자리를 주지 않는 셈이다.

이런 사람은 자신의 내적인 공백에 지나치게 초점을 맞추고, 이 공백을 채울 수 있는 방법에 과도하게 집중한다. 감정적으로 상대를 위한 자리는 크게 만들어놓지 않는 것이다. 상대 남자가 실질적으로 잘 지내도록 돌봐주기에는 여자가 제대로 지내지 못하는 상황이다. 따라서 겉보기에 여자는 남자를 위해 헌신하는 것 같지만, 이는 그를 잃을까 봐 겁이 나서 혹은 자신의 '양식'을 빼앗길까 봐 그러는 것이다.

『함께하나 외로운 삶 : 관계 속에서 고독감 다스리기Ensemble mais seuls.
Apprivoiser le sentiment de solitude dans le couple』

Juan David Nasio

주앙 다비드 나지오

정신의학자, 정신분석학자

오이디푸스콤플렉스
기상천외한 발상

"소년은 어머니와 사랑에 빠졌으며, 아버지를 멀리 떼어놓으려 한다. 소녀는 아버지와 사랑에 빠졌으며, 어머니를 멀리 떼어놓으려 한다." 정신분석과 관련한 가장 진부한 시각을 몇 마디로 정리하면 이와 같지 않을까. 비극적 연애담의 낡고 상투적인 이미지, 바로 오이디푸스콤플렉스다. 하지만 프로이트의 이론에 대해 이보다 잘못된 고정관념도 없다. 왜 그럴까?

오이디푸스콤플렉스는 부모와 자식의 사랑과 증오에 관한 이야기가 아니기 때문이다. 이는 단지 '성'의 이야기다. 쓰다듬고 입맞춤하고 깨물고 노출되고 서로 바라보는 등의 행위에서 즐거움을 느끼는 몸에 관한 이야기, 즉 아프게 만들기보다 서로 만지는 데서 즐거움을 얻는 몸에 대한 이야기라는 뜻이다.

오이디푸스콤플렉스는 감정이나 애정의 차원이 아니라 몸, 욕구,

환상, 쾌락 등과 관련이 있다. 물론 부모와 자식은 애정을 기반으로 좋아하는 관계며, 서로 미워할 수도 있다. 그러나 가족 간 사랑과 증오의 핵심에는 성적 욕구가 들끓는다.

오이디푸스콤플렉스는 기상천외한 발상이다. 어른 특유의 성욕이 네 살짜리 아이의 몸과 머릿속에서 느껴지는데다, 그 대상이 부모라니 말이다. 오이디푸스콤플렉스에 걸린 아이는 지극히 순수한 의도로 자기 부모에게 성적 의미를 부여하고, 이들을 성적 대상처럼 환상 속에 끌어들이며, 도덕적 고민이나 거리낌 없이 어른들의 성적 행동을 따라 하면서 즐거움을 느낀다.

아이가 자기 몸에서 어른의 몸을 향해 성적인 움직임을 보이는 건 생애 최초로 벌어진 일이다. 이제는 엄마 젖을 향해 입술을 내미는 아이가 아니라, 엄마의 몸을 껴안고 싶어하는 완전한 존재다. 아이가 무언가 바라고 여기에서 쾌락을 얻는 게 행복한 일이라면, 아이에게 욕구와 쾌락은 두려움의 원천이라는 말도 된다. 아이는 이를 하나의 위험과도 같이 느끼며 불안해하기 때문이다.

어떤 위험일까? 격렬한 충동 속에서 자기 몸이 어찌할 줄 모른다는 위험, 아울러 욕구를 정신적으로 다스리지 못해 머리가 터질지도 모른다는 위험, 부모를 성적 파트너로 생각한 것에 대한 금기와 근친상간의 법에 벌 받을 위험 등이다. 욕구에 따라 흥분 상태에 이르고, 환상과 더불어 행복하면서도 불안한 아이는 어쩔 줄 모르고 무척 당황한다. 오이디푸스콤플렉스의 발작은 성적인 쾌락과 두려움 사이에서, 갈구에 따른 흥분과 욕구의 불길이 치솟는 가운데 사라질지도 모른다는 두려움 사이에서 견디기 힘들 정도로 고뇌하는 것이다.

『오이디푸스콤플렉스 L'Œdipe』

위대한 사랑, 어른의 사랑

　　성장한다는 건 융합의 관계에서 분리의 관계로 나갈 수 있다는 뜻이다. 과거에 어린아이였던 우리는 엄마가 주는 젖을 먹고 자라면서 한없이 따뜻한 감정과 훌륭한 보살핌, 넘치는 사랑을 받아가며 주변과 합쳐진 관계에 있었으나, 성장 과정을 거친 우리는 자신의 내면세계를 구축할 수 있으며, 이를 우리가 집어삼키고 있는 외적 요소가 아닌 그 자신의 것으로 인식할 수 있는 분리의 관계로 나아간다.

　이 같은 성장의 단계에서는 타인과 함께 의존성과 자립성이 동시에 관여하는 관계, 사랑의 관계를 만들어내면서 우리를 세상에 이어주는 인연의 고리를 재정비하는 게 가능하다. 그러나 우리가 달콤한 융합의 관계에서 분리되지 못한다면, 우리를 어머니에게서 떼어놓는 아버지나 구속력 있는 제도와 사회도 소용이 없다면 우리는 감정을 변형·분화시키지 못한 채 허비한다. 그리고 갓난아기와 같이 자신의 공백을 채워줄 무언가에 늘 연결되어야 한다.

약 1세기 전부터 심리학은 갈피를 잡지 못하는 우리가, 감정과 공포의 소용돌이에서 헤맬까 걱정하는 우리가 사랑이라는 인간 최대의 모험에 뛰어들 수 있도록 방향을 제시하고 갈피를 잡아주려고 노력한다. 그리고 함께 살아가는 방법을 모색하려고 노력한다. 구름 한 점 없는 하늘 아래가 아니라, 아무에게도 의존하지 않고 아무런 상처도 없이 살아가는 게 아니라 합당한 갈등 속에서 함께 살아가도록 하는 것이다.

어쩌면 이는 보다 덜 '섹시'한 길인지도 모르겠다. 하지만 훨씬 더 현실적이다.

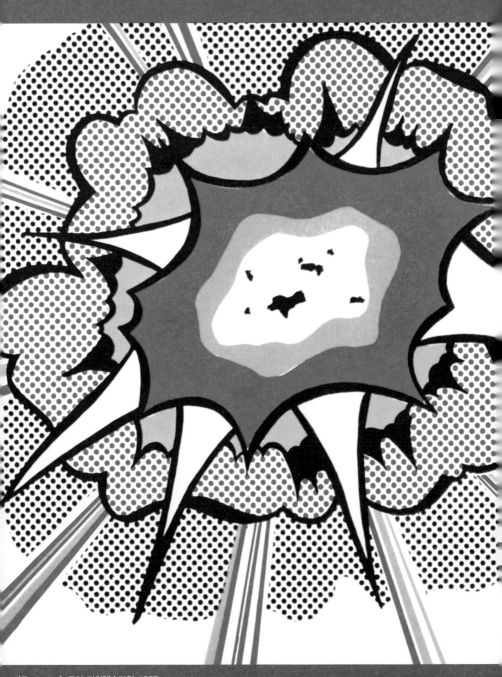

'Explosion', 로이 리히텐슈타인, 1967.

PART

사랑, 가족, 민족

• • • "우리는 부모를 선택하지 않는다." 어느 노래의 가사다.
프랑수아즈 돌토는 특유의 반어적 표현으로 이렇게 비꼰다. "우리는 가족
또한 선택한다." 돌토는 아이가 부모를 자신의 힘으로 변형하기도 한다는
점을 강조한 것이다. 자신의 핏줄이나 유산에 영향력을 미치지 못하는 우
리는 자신이 어떤 부모가 될지, 어떤 가정을 만들고 싶은지 선택해야 한다.
그렇다. '나' 자신으로 존재하고 '우리'가 되기 위해 '너'와 이어질 수 있어
야 하며, 우리는 요령 있게 '가족', 그것도 '훌륭한' 가족을 만들어야 한다.
어느 사람의 자식이 되어야 할 뿐만 아니라, 부모도 되어야 하고, 사위나 며
느리도 되어야 하며, 피를 나눈 부모 혹은 정을 나눈 부모, 시부모나 장인·
장모, 의붓형제, 의붓자매, '생'모, 의형제도 된다. 결과적으로 우리는 가족
관계를 끊을 수가 없다. 가족 관계가 뒤엉키면 심리학도 얽혀드는 건 당연
한 수순이다.

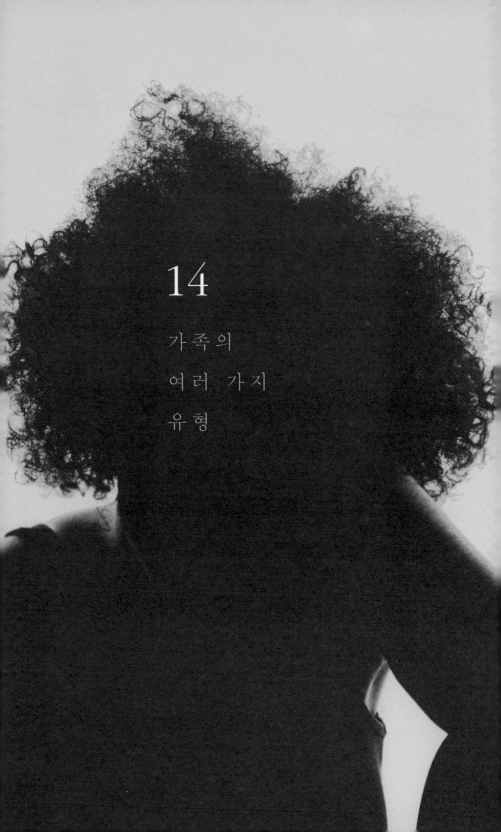

14

가족의
여러 가지
유형

프랑시는 들판에서 산책하고 있었다.

그러다가 이혼을 하고,
자녀 양육 문제로 아내와 법정 공방을
벌인다.

안타깝게도 재판에서 진 프랑시는
말썽쟁이 세 아이들과 함께
살아야 했다.

프랑시는 용기를 내어 말 안 듣는
아이들을 훌륭한 나라에 걸맞은
훌륭한 시민으로 만들고자 노력한다.

30년 뒤 그 가운데 하나는 국민을
강제수용소에 처넣는 피도 눈물도 없는
폭군이 되었고, 다른 하나는 거리를
방황하는 연쇄살인범이 되었으며,
마지막 하나는 이 둘을 석방하는
유명 변호사가 되었다.

이 아이들의 어머니인 전처는 격주로
주말에 아이들을 봐달라는 프랑시의
청을 여전히 거절하는 상태다.

가족의
여러 가지
유형

할머니·할아버지, 외할머니·외할아버지, 어머니·아버지, 자식 등 '단순'하고 '전통'적일 때도 가족은 굉장히 많은 구성원들이 개입된 인간 집단이다. 이 안에서도 꽤 복합적인 상호작용이 일어난다. 하지만 두 가정, 세 가정, 네 가정이 뒤섞여 제5의 가정을 만드는 상황이 되면 구성원 모두 제각각인 독특한 가정이 형성되어 무척 새로운 측면이 발견된다. 가족이라는 느낌이 있든 없든, 자유롭고 방임적이든 엄격하고 구속적이든, 화목하든 삭막하든, 서로 관심이 있든 없든 '가족'은 우리의 삶과 성장에 중요한 요소며, 최근에는 점점 더 복잡한 문제가 되고 있다.

피라미드형 가족 구성

다른 여러 문화권과 마찬가지로 서양에서도 가족은 태곳적부터 피라미드 구조로 조직되었다. 맨 위에는 '신권'에서 비롯된 부계 지위가 위치하는데, 그 사이를 중개해온 것이 왕이다. 신이 자신의 힘을 왕에게 전달하면, 왕은 다시 자신이 통치하는 왕국의 모든 아버지들에게 이 힘을 전달한다. 세대 간의 차이와 성별 간의 차이를 조직하는 '상징적' 질서는 간단하고 명확했으며, 위계질서가 분명했다. 신의 법칙을 위탁받은 아버지가 아들에게 이를 전수하고, 그 아들이 다시 자신의 아들에게 전달하는 유대인과 비슷하다.

프랑스혁명이 몇 주, 몇 달, 몇 년 만에 이 같은 법칙을 바꿔보려 했으나 소용없는 일이었다. 사람들의 머릿속은 아주 복잡한 구조로 구축되기 때문에 매우 더디게 변한다. 하여 세상이 변하는 데도 시간이 필요하다. 깊게 뿌리박힌 일부 요소들은 오래도록 유지되며, 심지어 가부장적 질서가 만물의 본성이라고 믿게 만든다. 어린 시절부터 주어진 환경에서 살아가며, 식물이 버팀목에 지지하여 자라나듯 우리가 이를 기반으로 성장하기 때문이다. 이런 역사에 반박할 수 없을 정도로 당연하여 아직까지 한 번도 바뀐 적이 없는 현실이 여자만 아이를 낳는다는 점이다.

하늘의 결정

이 상징적 질서에서 태어난 게 '수직적 가정'이라고 부르는 형태다. 이 또한 하늘의 결정에 따른 개념으로, 무릇 가족이란 이러해야 한다며 표본을 제시한다. 지금까지 가족은 가부장적인 피라미드의 질서 정연한 형태로 지속되었다. 아버지라는 전능한 남자가 지배하는 가족 내에서 아무도 권위에 도전할 생각은 하지 않았다. 가족을 보호하고 가치를 전수하며 분리하는 능력까지 있는 위치였기 때문이다.

비록 중간에 많은 변화가 있었으나, 유사 이래 가족의 개념은 대체로 그런 것이었다. 법에서 '부권'이 '공동의 친권'이라는 개념으로 대체되기는 했어도 이는 1970년 이후의 일이다(사회의 근간이 변하는 데 상당한 시간이 걸린다고 하지 않던가).

굳건하게 명맥을 유지하며 오래전부터 답습해온 수직적 가족 개념은 불가피한 것이었다. 가족이란 혈통과 역사, 문화와 공통적 규범이 전수되는 곳이기 때문이다. 가족은 우리를 선대 조상에게 이어주고, 종교 혹은 토템과 연결점도 만들어주며, 우리를 버린 부모님이나 생식세포를 건네준 익명의 기증자 등과 연결시키고, 같은 성씨를 쓰게 만들어준다. 가족은 우리가 아는 것이나 모르는 것, 꽁꽁 감춰둔 비밀, 수없이 많거나 극복할 수 없는 트라우마와 애도 등을 전수한다. 가족은 제약에도 의미를 부여한다. 가족은 우리를 주체로 세워주는 관계의 장이며, 우리가 주변 세계의 자연 질서에 따르도록 만든다.

수평적 난장판

수직적 가족에 대비되는 개념이 '수평적 가족'이다. 수직적 가족에 비해 질서는 훨씬 취약하며 훨씬 구체적이다. 서로 다른 세대에 속하는 개인들이 꽤 장기간 함께 지내고자 가정을 이룬 형태로, 가장 고전적인 경우는 아버지와 어머니, 이들의 자식들로 구성되며, 시간이 지남에 따라 (아이들과 관계된) 구성원이 한두 명 더 추가되고, 조부모도 한두 명 더해진다. 하지만 모든 사회학자들이 공통적으로 인정하는 사실은 수평적 형태의 가정이 점점 '진화'한다는 점이다. 단란한 '난장판' 같은 형태라고 말하지 않더라도 그와 비슷한 양상이다.

이처럼 진화된 형태에는 편부모(대개는 모자) 가정도 있을 수 있고, 양부모나 시부모, 장인·장모, 전 배우자, 새로운 동반자, 의붓형제·자매, 처형·처제·형부·매제 등으로 구성된 가정도 있을 수 있으며, 동성의 아버지 혹은 어머니가 두 명인 경우도 나올 수 있고, 여러 조부모와 함께 살거나 대부·대모, 여러 친척 어르신 등과 함께 지낼 수도 있다. 물론 이는 시간에 따라 달라질 수 있고,

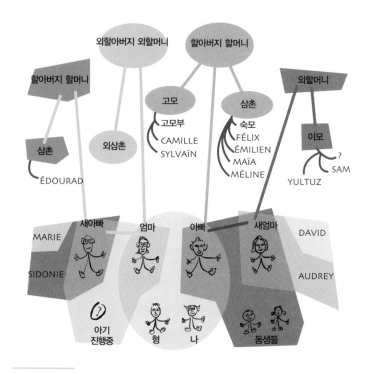

'우리 가족Ma grande famille', 란느 바레L'Âne barré, 2009.

구성원 한 사람 한 사람의 상황에 따라 변화가 가능하다.

　수평적 가정에서는 어머니도 자기 자식을 수습하기 힘들지만, 아버지는 거의 머리를 쥐어뜯고 싶은 상황이다. 누가 누구에게 권위를 행사하며, 누가 무엇을 결정할까? 함께 살지 않는 자식들에게 어떤 역할을 해주어야 하며, 현재 함께 사는 아내의 자식들에게 어떤 역할을 해주어야 하는가? 아버지의 역할은 '고전적인' 가족 형

태에서도 어려운 상황이었으며, 심지어 부부 사이를 파경으로 몰고
가는 원인이 될 정도다. 하지만 요즘처럼 가족이 재구성되는 상황
에서 이를 어떻게 대처해야 하는가?

곤경에서 벗어나는 요령

구성원의 수가 많고 여러 명이 추가되었든 아니면 단순히
서로 사랑하여 함께 살고 싶은 두 사람으로 이루어졌든 수평적 형태
의 가정은 이에 적절한 운영 방식을 생각해내기 위한 훌륭한 수단이
있다. 바로 '자가 조직'이라는 개념인데, 계통심리학계에서는 폭넓
게 발달된 개념이다. 이 개념의 핵심은 부부같이 아무리 작은 집단
이라도 모든 집단에서 개인은 전체의 생존에 필요한 기능을 맡고 있
다는 것이다. 이는 개인에게 한정된 형식적 역할뿐만 아니라 개인의
능력과 인성, 집단의 필요에 따른 역할도 포함한다.

가장 대표적인 예는 무인도의 조난자들이다. 집단 내 구성원들은
곧 임무를 맡고 각자의 역할과 자리를 찾아 전체의 생존이 가능해
진다. 두 사람은 사냥하러 가고, 한 사람이 과일을 따러 가며, 다른
두 사람이 나무를 구해서 불을 지피는 식이다. 이는 각자의 자질에
따라 나뉘지만, 어느 사람이 전에 무엇을 했는지 반드시 고려하지
는 않는다. 구체적인 개별 역할에 더해지는 게 정신적 역할 분담이

다. 어느 사람은 전체적인 분위기를 이완시키고, 어느 사람은 감정을 적극적으로 표현하며, 어느 사람은 집단의 역사를 책임지고, 어느 사람은 분란을 만든다. 또 어느 사람은 조금씩 희생양으로 변모하여 모든 갈등이 그 사람을 중심으로 일어난다. 이 대목에서 무언가 떠오르지 않는가?

바로 가족 내에서 청소년이 '지명 환자'가 될 수 있는 이유다. 가족 내 다른 구성원의 모든 불안이 그에게 집중되는 것이다. 어린아이가 (힘이 없거나 아프거나 부재한) 아버지의 자리를 대신하고, '부모'가 아닌 '부부'를 중심으로 가족의 균형을 재정비할 수도 있다. 자연이 정해준 아버지와 어머니 관계 대신 자녀와 어머니 관계가 자리 잡는 것이다. 하여 아버지는 아이의 지위로 내려가고, 형제자매는 새로운 상황에 따라 자기 포지션을 정하며, 아버지의 자리를 빼앗아 지배 위치에 오른 형제자매를 지지하거나 반대로 공격한다.

시부모나 처가 쪽 부모가 부부 사이에 개입하여 배우자 위치를 점하면서 원래의 배우자는 형제 같은 포지션으로 밀어낼 수도 있다. 재혼 가정에서 남편이 아내의 전남편 아이들에게 권위적인 모습을 보일 수도 있고, 자기 아이들에게는 '과자'를 던져줄 수도 있다. 여자아이가 주중에는 책임감 있는 장녀 노릇을 하다가 주말이면 응석받이 막내처럼 굴 수도 있다. 재혼하기 전에 변변치 못한 아버지 모습이던 남자가 재혼한 뒤에는 가족 곁에 잘 있어주며 침착한 아버지 노릇을 할 수도 있다. 책임질 아이가 없는 독신 남성이 홀로 아이를 키우는 누이의 아이나 레즈비언 여자 친구의 아이를 매우 적극적으로 맡아 보살피는 대부 노릇을 할 수도 있다.

이 경우 집단 자체가 규칙을 만들어내며, 게임의 법칙은 수평적 권력에 따라 좌우된다. 이제 권력은 외부에서 정해놓은 수직의 제도적 명령에 따라 배분되지 않는다. 신의 명령이 갖는 초월성에 따라 정해지는 것도 아니며, 오로지 내부에서 만들어진 자가 조직에 따라 배분된다. 보다 고전적인 양상부터 더욱 예기치 못한 양상까지 모든 게 가능하다. 이 과정이 순조롭고 각자 그 안에서 자기 자리를 찾을 수만 있다면 다행스러운 일이 아닌가.

탄착점

하지만 이 과정이 순조롭지 않을 때도 많다. 설령 순조롭더라도 언제까지 그 상태를 유지할 수 있는 건 아니다. 종전 질서로 돌아가고자 하는 사람들의 주장처럼 이 새로운 형국을 통제할 수 없기 때문이 아니라, 재구성 가족이 대부분 부모 각 한 명과 자녀로 구성된 '전통적인 가정'에서 비롯됐기 때문이다. 과거 이들은 원만한 가정을 이루며 살기 바랐고 그러기 위해 노력도 해보았지만, 그럴 수 없었기에 파국에 이른 것이다. 이들도 이혼하기 전에 평범한 가정의 부모였다. 종전의 가정이 무너지면서 각자 새로운 인생을 꿈꾸지만,

그렇다고 전통 사회를 뒤집으려는 게 아니라 자신이 있기 편한 새로운 장소를 모색하려는 것이다.

재구성 가정이든 보통의 가정이든 수평적 가정이 어려움을 겪는 건 종전 질서에서 멀어지길 원한 순간이 아니라, 쓰라린 충격 속에서 수직적 가정과 만날 때다. 의식적인 전수 과정, 특히 무의식적인 전수 과정과 더불어 그동안 축적된 문화적 표현 양상이 서로 다르기 때문이다. 이는 부부 또한 마찬가지다. 각자에게는 나름대로 꿈꿔온 가정의 모습이 있고, 직접 선택하고 준비하고 수립한 구상안이 있다. 예를 들면 아버지와 어머니가 서로 존중하는 분위기에서 조화롭게 역할을 분담하는 평온하고 균형 잡힌 가정을 구상하는 것이다. 각자 자신의 행복을 추구하고, 개인 공간이 확보된 현대적이고 온화한 가정을 그려볼 수도 있다. 그 안에서 각자 사랑과 친화력에 이끌려 새로운 관계를 만들어간다는 환상에 젖기도 한다.

태어나기도 전에 특별한 자리를 마련해주면서 주위 문화가 허용한 역할을 지정해주는 수직적 가정의 형태도 있다. 우리는 이런 가정 형태에서 정서적 관계를 직접 만드는 게 아니라 기껏해야 그 형태를 바꿀 수 있을 뿐이라는 사실을 깨닫는다. 어느 쪽이든 바람직하다. 수직적 과정은 우리를 지탱하며 우리에게 지지대를 제공해서 좋고, 수평적 과정은 우리가 종전 질서를 반복하기만 하는 게 아니라 새로 만들어낼 수 있어서 좋다. 우리의 모든 균형은 이 같은 자연적 · 법률적 친자 관계의 갈등 사이에서 맞춰진다.

역할과 자리

각 사회가 혈연 규칙을 정비하는 방식은 해당 문화의 인류학적 뿌리와 관계된다. 이들 규칙은 은연중에 성별과 세대 차이의 '상징적 질서'를 그려놓는데, '당연하다'고 생각되는 역사와 전통에 따라 각자의 역할과 자리를 정리해주는 것이다. 가족의 변화와 관련한 논란의 격렬한 양상을 보면 부부 관계에서 남자와 여자의 '당연한' 자리, 가족 관계에서 아버지와 어머니의 '당연한' 자리

'오이디푸스 고양이', 화보집 『르 샤 1999, 9999Le Chat 1999, 9999』,
필립 글뤼크Philippe Geluck · 카스테르망Casterman, 2009.

에 대한 심도 있는 차원의 문제가 제기됨을 알 수 있다.

'오이디푸스 삼각형' 개념을 기반으로 하는 정신분석 구조를 찾아볼 수 있는 건 전통적인 가족 구조다. 이러한 관점은 충분히 언급해볼 만한 가치가 있다. 어머니에 대한 관계가 자궁 내 관계와 마찬가지로 융합적이기 때문이다. 모자 관계는 이상적으로 상대를 채워주는 어머니와 아이의 완벽한 이원적 관계다. 분리하는 아버지의 위력은 이 모든 것에 질서를 잡아주어 이 세상의 삶 가운데 쾌감의 공유만 중요한 건 아니라는 점을 일깨우며, 좌절이나 부족함, 거세 등과 같이 심각한 문제들을 거쳐야 욕구에 이를 수 있다는 점도 짚어준다.

이 모든 건 아이에게 본인이 세상의 중심은 아니라는 사실, 한계에 복종하는 법을 배워야 한다는 사실을 가르쳐준다. 이게 바로 아버지와 어머니가 아이에게 취해야 할 '정상적인' 자리라고 보는 건 매우(혹은 지나치게) 경직된 시각이다. 여기에서 말하는 어머니는 정신적인 연장선 위에서 아이와 하나로 융합된 존재고, 아버지는 외부에서 온 강도 같은 제삼자의 입장이다. 어머니와 아이의 관계에 난입하여 둘 사이를 갈라놓으려는 것이다.

이런 모델에서 프로이트는 아버지의 이미지를 어느 정도 '개선' 해주었다. 현실의 '약한' 아버지상과 아무런 관련이 없는 '강한' 아버지상을 만든 것이다. 아버지의 자리는 모든 사회구조와 관련 되는데, 이때의 사회구조는 '성씨'를 대표로 '전수'라는 상징적 기능을 담당하는 초월적 '아버지'를 중심으로 구축된다. '하나님 아버지'나 신에게서 비롯된 왕은 가족 내 아버지의 '당연한' 자리에 영향을 미치는 신권적 위계질서를 각인시킨다.

프로이트가 살던 20세기 초의 대표적인 중산층 가정에서 실제 아버지의 자리는 아이의 삶에서 거의 부재한 상태였다. 하지만 역설적이게도 아버지를 위협적이고 필수적이며 존재감 넘치는 사람으로 만드는 이론은 아버지의 빈자리에서 정립되었다. 아버지는 정신적인 법정이자 내적인 헌병으로, 법과 권위를 보장하는 존재가 된다. 욕구와 금지 사이의 갈등이 나타나는 청소년기에 거슬리기 시작하는 게 아버지다. 이런 갈등의 폭력성은 실제 아버지의 인격을 넘어서 상징적인 법을 대표하는 초월적 아버지에게로 향한다.

'아버지 병'

원하든 원치 않든 집안의 '아버지'라는 유령은 가정생활과 가족 간 갈등을 일으키고, 가족을 파탄 지경까지 몰고 간다. 수직적 가정과 수평적 가정의 고통스러운 만남은 갑자기, 격렬하게 아버지 역할의 혼란이라는 문제를 제기한다. 아버지의 권위가 더는 하늘에서 비롯되지 않기 때문에, 이를 타협하고 공유하며 발전시켜야 한다.

영화 '할로우 맨The Hollow Man', 감독 : 폴 버호벤Paul Verhoeven,
출연 : 케빈 베이컨Kevin Bacon, 2000.

　다정한 모습이나 함께 놀아주는 이미지, 몸을 맞대는 행위 등은
지금까지 어머니의 전유물이었다는 데 모두 공감할 것이다. 하지만
이제는 아무도 권위, 법칙의 전수, 분리 등의 역할을 맡는 걸 원치
않는다. 이런 역할이 제대로 수행되지 않아 아이가 힘들어한다면
빈자리에 대한 책임은 누구에게 돌아가야 하는가? 당연히 그 책임
의 화살은 아버지에게로 향하며, 이는 합당한 처사라고 생각된다.
실제로 아버지는 상징적인 초월적 아버지상의 방식으로 이런 역할
을 수행하지 않는다. 하지만 이 기능을 떠맡는 건 오로지 아버지 몫

이 아닌가.

부부나 가족 상담이 늘어나는 것도 이를 잘 보여주는 증거다. 아버지의 자격과 아버지의 역할을 조정하고 현실 속 아버지의 역할과 초월적 아버지의 역할을 조정하는 것은 수많은 남성들에게 극심한 내적 갈등의 원인이며, 대개 이런 상황은 첫아이가 태어난 이후 시작된다. 환경이 변함에 따라 불안정해진 아내에게 비난을 받거나 노여움을 사는 일이 많아지는 만큼 남편들의 삶은 더욱 힘들어진다. 집안의 아버지에게 늘 그림자가 드리워진 가운데 생겨나는 갈등 관계에서 남자도 여자도 이러지도 저러지도 못한 채 방황하나, 두 사람 모두 이 상황을 미처 깨닫지 못한다.

· · ·

프랑스혁명은 근본적으로 사회를 뒤집는 시작점이 되었으며, 그에 따른 파장은 오늘날 우리에게도 미치고 있다. 이는 가부장제가 허물어지는 시초였고, 집단과 제도가 사회조직의 기반이 되던 사회에서 자유 · 평등 · 박애의 가치를 누리는 개인 중심의 사회로 이동하는 출발점이었다. 그리고 수 세기 동안 여성들이 가부장적 규칙에 순응하여 살아왔기 때문에 새로운 규범을 만들어내는 것이 대개 어머니 쪽보다 아버지 쪽에게 고통스럽고 혼돈스러운 일이라는 점을 인정해야 한다.

Antimanuel

de

Psychologie

TEXTES

Louis Roussel

루이 루셀

사회학자, 인구학자

확신의 시대

개인의 자율성에 대한 개념은 모든 사람들의 상상에 존재할 뿐이었다. 몇몇 특정 부분에서도 그렇지만 결혼 제도도 한 가지 예고, 전체의 규범을 지키는 건 불가피한 일이었다. 따라서 일관적으로 부과되는 모든 금기 사항은 '신성한' 것이었다. 르네 지라르René Girard의 책 제목은 '폭력'과 '신성성'이라는 단어를 양자택일의 용어같이 잘 조합한다. 제도의 압박과 더불어 죽음은 늘 삶을 위협했고, 죽음에 대한 두려움으로 전체성은 개인의 생존을 보장해줄 수 있었다. 미셸 푸코Michel Foucault가 살펴본 바와 같이 전통 체제에서 주된 동력은 죽음이었다.

그런데 과거의 제도가 곧 공포의 제도는 아니다. 개인의 계획이 사회적 압박으로 좌절되지는 않았다. 이는 기본적으로 사람들 사이에 깊게 뿌리박힌 것이었기 때문에 사람들의 기대 자체를 한정 지었다. 이런 상황에서 사람들은 사회가 자신에게 기대하는 부분을 대개 자발적으로 실행에 옮겼으며, 정확히 자신에게 무엇을 요구하는지 인지했다. 사회적으로 살아가는 건 '당연한' 일이었다. 당시 사람들이 사회의 요구를 고분고분 따른 이유는 앞서 말한 대로 법칙의 준수와 개인의 생존 사이 관계를 막연히 인식했기 때문이다.

가족 내부에서도 느껴지는 관계의 의식은 아이들이 매우 효율적으로 사회화될 수 있게 해준다. 오늘날의 사회에서는 가족 차원을 중심으로, 원시사회에서는 전체적인 맥락을 중심으로 사회화가 이루어지지만, 두려움을 기반으로 하는 학습은 이 두려움의 상태를 유지하려 한다. 사회규범에 대한 종속을 정당화하는 규정을 의식 속에

'평생 동안', 1930년대 우편엽서,
PVDE.

담아두는 것이다. 아이는 의도적으로 혹은 단순히 현실에 동화되어 공동의 법칙을 내면화한다. 그리고 이를 심각하게 위반하는 것은 무엇이든 위험하다고 생각한다.

(결혼 제도를 포함하여) 사회의 제도가 보다 쉽게 제 기능을 하기 위해서는 죽음에 대한 두려움이 부인되지 않는 동시에, 사회와 연계되어 살아야 개인의 생존이 가능하다는 생각이 사람들의 의식에 분명히 자리 잡아야 한다. 배우가 자신도 시나리오에 일말의 책임이 있음을 안다 해도, 배우는 텍스트에서 얼마든지 자유로울 채비가 된 상태다. 반대로 인간이 제도는 자신의 행위에서 비롯된다는 사실을 모른다면, 인간은 어떤 초월적 존재에게 삶을 내주고 말았을 것이다. 따라서 살아남겠다는 의지는 고귀해진다.

집단의 압박은 신의 법칙으로 나타나고, 법규는 정신적 차원에서 마련되며, 필연성은 선으로 탈바꿈할 것이다. 따라서 전통 사회에서 법이란 하나의 규정으로 여겨지지 않았다. 고귀한 조상이나 신 등 올바르고 정당한 질서에 따르는 모든 것을 갖춘 초월적 존재가 천명한 외적 법을 인식한 것이다. 현재를 보장받기 위해서 현재가 과거를 반영하는 것만으로는 부족하다. 태초에 세상을 지배한 신이나 영웅을 모방해야 한다.

인간은 그런 식으로 순응하는 방향에서 제도를 '인간화' 한다. 이는 두려워서가 아니라 인간이 자신의 복종에 의미를 부여하기 때문이다.

『불확실한 가족 La Famille incertaine』

Daniel Marcelli

대니얼 마르셀리

소아정신의학자

"아빠, 나빠!"

어른들은 자식과 정서적으로 깊은 유대 관계를 형성하고 싶어한다. 진실하고 솔직하며 분명한 정서 관계, 늘 믿음과 사랑으로 충만한 정서 관계를 아이에게 기대하는 것이다. 그런데 아이에게 좌절감을 주면 아이가 눈살을 찌푸릴 위험이 있다(아이들이 보통 불쾌감과 위축됨을 나타내는 표시다). 아이는 반대의 뜻으로 뾰루퉁한 표정을 지을 수도 있고, 눈물이 고일 수도 있으며, 결국 시선을 외면할 수도 있다. 관계를 끊겠다는 의사의 표현이다.

몇 달 뒤 말을 하기 시작하면 아이는 부모의 거부 앞에서 "엄마, 못됐어!" 혹은 "아빠, 나빠!"라고 말하며 대화를 단절할 수 있다. "이젠 엄마(혹은 아빠) 싫어!"라고 말하고 "엄마(혹은 아빠)하고만 얘기할 거야!"라고 결론지을 수도 있다. 부부 사이에 미묘하게 자리 잡은 경쟁심을 이용하는 협박과 아이가 매우 빨리 능수능란한 술책을 익히는 현실은 부모에게 무척 견디기 힘든 부분이다. 엄마와 아빠가 예외 없이 모방 경쟁에 놓이므로 상황은 더 힘들다.

아빠 · 엄마 · 아이 3인 가정에서 아이를 키운다는 건 구성원 사이에 최소한의 구분을 요구한다. 그래야 2대 1의 위험한 갈등이 빚어지지 않기 때문이다. 이런 구분은 자연히 좌절의 경험과 기다리는 능력의 발달로 이어진다. 물론 이때의 좌절은 아이의 나이와 박탈의 성격을 고려하여 아이가 경험적 · 감각적으로 견뎌낼 수 있는 것에 상응해야 한다. 하지만 부모는 한시적으로 아이의 미움을 사는 위험을 감수해야 한다. 아이는 이를 통해 한계를 경험하고, 기다림 뒤에는 더없이 훌륭한 만족이 올 수 있으며, 잠시 동안 다른 사람을 미워할 수도 있다는 사실을 깨달을 것이다.

오늘날 여러 부모들이 아이들에게 이런 경험을 하도록 하는 것은 쉬운 일이 아니다. 부부 관계가 탄탄하지 않고, 부부 관계를 불확실한 미래에 맡기기보다 자식과 관계를 영속시키는 데 신경 쓰는 상황이라면 더더욱 그럴 것이다. 아이들의 눈에 잠시라도 '좋은 부모'로 보이지 않길 수락하는 건 고통스러운 일이 아닐 수 없다.

『아이, 가족의 1인자 : 아동의 권위L'Enfant, chef de la famille.
L'autorité de l'infantile』

Michel Tort

미셸 토르

정신분석학자

아버지의 성씨와 상징적 팔루스(남근)의 발기

'아버지의 성씨'라는 시나리오가 있다. 수많은 정신분석 스릴러에 영감을 준 시나리오다. 상황은 문화 속에서 벌어진다.

프롤로그 | 이야기의 시작, 아버지가 등장. 팔루스의 우월성이 개입된 문화를 배경으로 이야기가 전개.

1 막 | 아이와 엄마 등장. 아이는 엄마가 원하는 것에 자신을 동일시하려 함. 엄마는 아이가 아닌 다른 걸 만족시키고자 함. 아이는 엄마를 기쁘게 하기 위해 팔루스를 만듦.

2 막 | 아이, 엄마, 아빠 등장. 아빠가 법을 들먹이고, 팔루스라는 물건에서 어머니를 빼앗아간 뒤 아이를 좌절시킴. 각자의 욕구가 타인의 욕구 기준에 종속됨.

3 막 | 같은 상황. 팔루스가 있는 아빠는 엄마가 원하는 대상으로 이를 부활시키고, 엄마의 사랑을 차지함. 이런 동일화는 '나'의 이상향 구축으로 이어짐.

『부성 도그마의 종말Fin du dogme paternel』

Jean Le Camus

장 르 카뮈

심리학자

엄격한 아버지

이 이론적 틀의 내부에서, 즉 라캉 식 정신분석에서 아버지는 힘과 성욕이 있는 존재, 정언명령의 절대적 존재로 정의되며, 법의 '대리인'으로 격상된다. 좀더 명확히 말해 아버지는 법을 만드는 사람이 아니라 법을 대표하는 사람으로 나타난다. 이와 관련한 표현에 따르면 여기에서 말하는 아버지는 '상징적 아버지의 정부 대표' 역할만 담당하며, 대사 혹은 대리인처럼 이를 대신한다. 피에르 르장드르Pierre Legendre의 말을 빌려 다른 식으로 표현하면 다음과 같다. "아버지는 자신의 것이라고는 아무것도 없으며, 단지 대표할 뿐이다. 아버지의 삶이란 이 같은 기능을 하는 것이다."

그렇다면 아버지는 어떤 법을 대리할까? 이는 근친상간의 금지, 주인의 표현을 사용하면 '어머니라는 대상을 취하지 못하도록 하는 것'이다. 만국 공통적인 이 법칙은 아버지 마음대로 할 수 있는 게 아니며, 아버지 또한 이에 복종해야 하는 입장이다.

엄격한 아버지의 정의는 후기 라캉주의자들이 종종 사용하는 두 개념의 대비를 상기시키면서 보다 정확한 논의가 가능하다. 하나는 아버지와 어머니라는 양극성이고, 다른 하나는 실질적 아버지와 상징적 아버지라는 양극성이다. 앞의 경우에서 아버지는 사이를 갈라놓고 빼앗아가며 금지하고 좌절시키는 주체로서 개념이 정의되는데, 이는 먹을 것을 주고 한 몸이 되어주며 가까이 다가오고 위로·보호해주는 주체인 어머니와 대비된다. 어머니는 모든 것에 긍정하는

'자화상Autoportrait', 마틴 파Martin Parr, 1999.

반면, 아버지는 모든 것을 부정한다. 따라서 아버지는 '또 하나의' 어머니가 아니며, 기본적으로 '어머니'와 무척 다른 존재다.

여러 정신의학자들의 열렬한 성원을 받은 이런 개념은 최근 알도 나우리Aldo Naouri의 지지를 받았다. 알도 나우리는 여성과 어머니, 남성과 아버지의 절대적 이질성을 앞장서서 주장하는 인물이다. 후자의 구분은 현실 속 아버지와 상징적 아버지를 나눈 것으로, 앞에서 말하는 아버지는 자녀 교육에 어느 정도 투자하는 실질적이고 인간적인 아버지고, 뒤에서 말하는 아버지는 근친상간의 금기 법칙과 관련된 아버지로 프랑스어에서는 첫 글자를 대문자로 표현한다. 판사 역할을 하는 이런 아버지는 하나의 '기능'을 담당하는데, 영원한 문화 교류적 역할, 아이를 '말하는 동물' 수준으로 끌어올리는 역할을 맡는다.

아버지의 이 같은 '기능'은 인간적 차원에 들어가고 싶은 아이의 욕구에 부응한다. 아버지가 맡은 '기능'의 보편성은 그 '역할'의 일시적이고 공간적인 다변성에 대비된다. 아버지의 '역할'은 아버지로서 감당해야 할 책임과 어느 순간 사회가 부여한 기본적인 의무 사항을 포함한다. 따라서 '실질적 아버지'는 "사회적으로 구축된 이성"에 근거하여 만들어진다. 달리 말하면 "아버지는 아버지를 대신하는 인물이다. 이 세상 어느 아버지도 창시자의 이름으로 대표되지 않는 경우는 없다".

『오늘날, 어떻게 아버지가 되는가? Comment être père aujourd'hui』

Tony Duvert

토니 뒤베르

작가

별과 타르트

　어머니는 최고의 사과 타르트를 만들고, 아버지는 테니스 챔피언이 될 정도며, 장남은 일요일마다 멋진 수채화를 그리고, 둘째는 기품이 넘치는 여신 포스를 풍긴다. 막내는 동글동글 귀엽게 생긴데다 볼까지 통통하게 살이 올라 주부와 호텔 관리인, 할머니, 집배원 등 뭇 여성들이 자지러진다.

　하지만 막내가 정말로 잘생겼으며, 아버지는 라켓을 능숙하게 휘두르고, 둘째는 여성스럽고 우아하며, 첫째는 재능이 뛰어나다고 결론지어선 곤란하다. 맛있는 사과 타르트를 먹을 수 있다고 결론지어서도 안 된다. 이는 가족 내부의 가치일 뿐이기 때문이다.

　실제로 테니스 코트 위의 아버지는 서브 공격밖에 못 하는 것 같고, 둘째의 우아함은 암송아지에 앞치마를 둘러놓은 격이며, 첫째의 수채화는 눈 뜨고 못 봐줄 수준에, 뚱뚱하고 침을 질질 흘리는

막내는 역겨울 정도다. 타르트는 이에 들러붙어 씹기조차 겁이
난다….

자신의 섬에서 재구축된 로빈슨 크루소처럼 문명사회의 모든 요
소, 심지어 사회까지 제멋대로 조작하며, 가족은 그림과 운동, 유아
적 특징, 스타성, 타르트라는 수단을 이용하여 자기 수준에 맞게 모
든 걸 재창조한다.

『올바른 성 도감 Le Bon Sexe illustré』

15

정신적으로
달라진
개개인

프랑시는 들판을 산책하고 있었다.

그러다가 아내에게 자신은 한 번도 아내를 사랑한 적이 없으며, 예의상 아내와 함께 지냈을 뿐이라고 설명한다.

예상과 달리 아내는 곧 프랑시의 곁을 떠났고, 근사한 남자와 새 삶을 꾸린다.

당황한 프랑시는 아내처럼 해보려고 노력하나, 자식들 때문에 그럴 짬이 없었다.

비탄에 빠진 프랑시는 결국 자식들을 버리겠다는 극단의 결정을 내린다.

아이들은 예상과 달리 무척 즐거워했다. 아버지와 함께 지낸 건 예의상 그렇게 한 것뿐이기 때문이다.

정신적으로
달라진
개개인

부계 사회에서 점점 더 멀어지고, 자유의 구속에 점점 더 순응하는 이 새로운 사회는 구성원 개개인을 성신적으로 조금씩 변화시켰다. 이후 외부의 규칙이 더는 (거의) 통하지 않자, 우리는 자기의 내면성과 정신세계 쪽으로 관심을 돌린다. 결국 자신의 목소리에 귀 기울이고, 자신의 감정과 욕구, 자신이 필요로 하는 것에 더 관심을 쏟았으니 일면 긍정적인 부분도 있으나, 부정적인 측면도 없지 않다. 새로운 환경이 개인을 무척 불확실한 상황에 몰아넣어, 저마다 자신의 규범과 전망을 마련해야 했기 때문이다. 하여 우리는 어느 때보다 자신의 마음 상태에 휘둘렸으며, 배우자와 아이들, 부모, 사회 등 타인과 정서적인 관계에 지대한 영향을 받았다. 또 이 모든 관계에 끊임없이 의문을 제기한다. 모두 우리의 자유로운 선택에 달린 문제이기 때문이다.

이는 매우 새로우면서도 무척 오래된 문제다. 플라톤은 거의 3000년 전에 사회가 인간에게 기대하는 부분과 개인의 자유 사이에서 인간이 갈피를 잡지 못한다고 얘기했다. 외부의 제약에서 자유를 지켜내기 위한 인간의 투쟁은 이후로도 줄곧 인류의 사상사를 살찌웠다. 하지만 최근 수십 년간 이런 대치 상황에 상당한 변화가 있었다. 인류 역사상 처음으로 '스스로 선택'하는 것이 부부 사이뿐만 아니라 가족 간에도 의무로 자리 잡았기 때문이다.

가족이라는 이름의 작은 기업

아버지와 어머니, 아이들로 구성된 전통적 가정은 수세기 동안 잘나가던 중소기업 같은 이미지로, 의심이나 논란의 여지없이 '당연한' 하나의 모델이었다. '언제나' 종전 질서에 따라 만족하며 살아가는 체제였다. 그리고 3세대가량 시간이 지났을 뿐인데, 때로는 정신이 약간 아찔할 정도로 모든 게 달라지기 시작했다.

사회학과 민족학, 인류학이 심리학을 조명하면 세상은 정말 흥미로워진다. 예를 들어 세 학문의 도움을 받아 가족이라는 중소기업이 해당 사회에 따라 무척 다양한 모습으로 나타난다는 점을 알 수 있다. 어느 곳에서는 동성 간 결혼이 허용되고, 어느 곳에서는 아버지보다 외삼촌의 자리가 훨씬 크다. 게다가 젠더의 문제가 이런저런 이유로 흔들리기도 한다. 규범에 따라 정립된 것과 무척 다른 가족적 상황은 이들 사회에서 상징적 질서의 일부가 된다. 이 같은 사회를 구성하는 개인들은 자신의 다양한 규칙을 기준으로 삼으며, 개인적 규칙 또한 집단의 안정성을 보장한다.

중앙아프리카의 아잔데족은 돈 많은 남자가 모든 여자를 휩쓸어 간다. 따라서 그보다 궁핍하여 아내를 못 찾은 남자들은 훨씬 가난한 남자와 결혼하는 게 허용되며, 금전적 상황이 나아져 이성 간 결혼

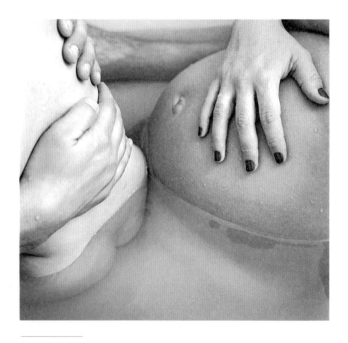

'랭피오Limpio', 낸시 코스트Nancy Coste, 2005.

으로 가정을 꾸릴 때까지 진짜 결혼 생활을 하며 가정을 이룰 수 있다. 중국 남서부의 나족은 결혼하지 않으며, 아이도 평생 어머니 집에서 보낸다. 남자는 꽤 하위 계급에 속한다. 사랑하는 남녀는 다른 사람들의 눈에 띄지 않게 밀회하고, '아버지'라는 개념은 실질적으로 존재하지 않는다. 사회적 전수의 역할을 담당하는 건 여자들이며, 아이들에게 집안 내 남자의 자리는 외삼촌이 대신한다. 케냐의 일부 부족에서는 독신 여성이나 미망인, 불임 여성이 다른 여자와 결혼할 수 있으며, 익명의 정자 제공자를 만나 비밀리에 임신한 상대 여성 자녀들의 아버지가 될 수 있다. 우리에게는 새롭고 충격적이지만, 이들 사회의 이 같은 상황은 '자연적' 질서의 일부다. 집단의 규칙은 각자가 방황하지 않을 수 있도록 해주는 기준점이 된다.

현대 서구 사회에서 일개 구성원으로 살아가는 우리의 머리를 어지럽게 만드는 건 '도덕' 지킴이들의 주장대로 규칙이 변했다는 사실이 아니다. 문제는 그 규칙이 유동적이라는 점이다. 그때그때 만들어내는 법은 매우 불확실하며, 사회가 '가족'으로 인정하는 부분도 마찬가지 상황이다. 가족의 개념은 점점 더 모호해지며, 법의 테두리에서 설명되지 않을 정도다.

나폴레옹법전에서 가족은 사회생활의 '자연적' 요소라고 소개되지만, 가족은 전혀 자연적인 게 아니며, 외려 '문화적' 개념에 가깝다. 따라서 판례의 문제가 제기되면 무엇을 근거로 아이의 부모를 결정해줘야 하는지 답이 나오지 않는다. 만일의 경우 시신이라도 파내어 아이의 DNA와 일치하는지 알아볼 수 있는 생부를 아버지로 봐야 하는가, 아니면 호적상 아이의 아버지로 올라 있고 아이를 길러준 양부를 아버지로 봐야 하는가? 어머니는 또 어떤가. 자궁에서 아이를 길러준 여성이 어머니인가, 아니면 태어난 순간부터 아이를 예뻐하고 길러준 여성이 어머니인가? 한 아이의 인생에서 어머니의 남편 혹은 아버지의 아내는 어떤 자리를 차지하고, 어떤 권리가 있는가?

요즘 사회의 추세에 따라 '생부-생모-아이'라는 원래의 생물학적 삼위일체 체제에서 멀어지기 시작하면 정신적으로 많은 변화를 겪은 우리는 어느 쪽이 진짜인지 결정할 수 없는 상황에 처한다. 그리고 대개는 변호사 사무실이나 판사 앞에서, 심리상담사 앞에서, 혹은 이 모든 이들을 동원하여 어느 쪽이 진짜인지 확인하지 않으면 안 된다.

낳은 정인가, 기른 정인가?

프로이트의 이론은 위험할 정도로 경직되었으며, 심지어 전통적인 가족의 형태를 '자연적인' 차원으로 올려놓았다. 가정이

영화 '유어스, 마인 앤 아워스Yours, Mine And Ours',
감독 : 라자 고스넬Raja Gosnell, 2006.

라는 것이 문화적 과정의 일환임을 망각하는 수준까지 나아가며, 이를 정의하는 게 바로 사회임을 외면한 처사다. 그게 '자연스러운 것'이라고 생각하면 마음은 편안하다. 그러나 우리는 여기에서 아무것도 할 수 없으며, 그것 때문에 적어도 우리가 선택할 여지가 없어진다.

진보는 이 '자연스러운' 질서를 뒤흔드는 것이다. 혹자는 아니라고 소리치며 진보란 문명의 종말을 고하는 것이라고 생각할 수도 있다. 그러나 세상의 종말을 예고하기 전에 현재 가정에서 일어나는 상황을 주의 깊게 살펴보라. 난관에 부딪힌 가족들이 찾아오는 심리 치료 현장은 또 어떤가. 우리가 심리 치료 현장에서 느끼는 건 수천 가족들이 예의 '자연적' 질서에서 점점 멀어지며, 그 아이들이라고 전통적 가정에서 자란 아이들보다 잘 지내거나 못 지내지 않는다는 점이다. 이제 구식 논리에 기대기보다 발상을 전환하여 실질적으로 존재하는 모든 가족들이 제대로 살아갈 수 있도록 해야 할 때다. 현재 살아가는 모든 아이들이 자신이 태어난 이 세상에서 하나의 자리를 마련할 수 있도록 해주어야 한다.

특히 수직적 가정에서 주장하는 '낳은 정'으로서 친권의 개념과 수평적 가정에서 자가 조직적으로 생겨난 '기른 정'으로서 양육권의 개념을 구별해야 한다. 양육권은 실제로 아이들을 기르는 어른에게 이들의 삶에 끼어들 자리를 내어준다. 아이의 친부든 아니든 사회적으로도 인정된다. 수평적 가정에서 자연적 혈연관계는 법률적 친자 관계에 밀려나고 있으며, 양육권이 친권보다 우위에 놓이는 게 현실이다.

왜 두 가지 가운데 굳이 하나를 택해야 하는가? 지금 상황에서는 두 가지가 상호 공존할 수 있고, 상호 공존할 필요도 있다. 법률적 친자 관계에서는 피가 섞이지 않았으되 서로 애정을 느끼는 관계가 가능하나, 자연적 혈연관계에서 수립해놓은 세대 간 차이를 무마하려는 경향이 있다. 자연적 혈연관계에 따라 세대 간에 부여된 과도한 제약이 법률적 친자 관계를 형성할 가능성을 포함하여 자유에 대한 우리의 이상과 반대된다는 것이다. 유일한 해법은 '친권-자연적 혈연관계'와 '양육권-법률적 친자 관계'의 균형을 찾는 것일 듯하다. 이는 가능성 있는 일이며, 이에 따라 무척 훌륭한 가족이 탄생한다.

기원의 문제

가정은 점점 하나의 우주가 되고 있다. 그 안에서는 생물학적 친권과 사회적 친권이 결합된 고전적 친권 관계에 '준 친권적' 관계가 더해진다. 아이를 엄마의 새 남편이나 아빠의 새 아내, 재혼 전 자식이 있는 경우 그 아이들과 이어주는 관계가 추가된 것이다. 영어로 이런 형태의 부모 관계는 의붓 관계, 즉 'stepfather^{계부}' 'stepmother^{계모}' 등으로 칭한다. 이처럼 재혼하는 어른과 그 배우자의 아이들 사이에 수립되는 관계는 순전히 사회적 친권 관계지만, 사회는 이들이 자기 자식도 아닌 아이들에게 '진짜' 부모처럼 대해주길 바란다. 이런 상황은 아이들 또한 평소 자신을 돌봐주는 어른에 대해 '진짜' 자식인 것처럼 행동하도록 한다.

따라서 새로운 형태의 친자 관계가 형성되며, 이는 인류학자들이 대부분 공감하고 인지하는 한 가지 원칙에 따라 더욱 확대되는 추세다. 성적인 결합으로 자식을 만든 사람만 부모는 아니라는 것이다.

'봄베이 블루스Bombay Blues', 파브리스 말지외Fabrice Malzieu, 2001.

무엇보다 아이를 직접 양육하고 교육하는 어른, 이들에게 미래를 보장해주는 어른 또한 부모다.

이처럼 직접 낳지는 않았지만 아이에게 새로운 엄마 혹은 아빠를 만들어주는 비 혈연적 친권의 사회적 행동은 빈번히 늘어나는 추세다. '준 친권'은 그 법적 기반을 찾고자 한다. 따라서 양부모를 포함한 제삼자가 '자녀의 교육과 보호에 관계된 모든 일상적 행위를 수행할 수 있는' 가능성을 열어주려고 노력하면서, 아이를 둘러싼 법적 보호 조치를 늘리는 방향에서 점점 더 많은 법 개정이 진행되고 있다.[*]

---

[*] 지역 공공 교육기관과 관련한 2004년 6월 17일 법령 제2004-563호 제18조를 개정한 제3조.

생물학이 발전하고 새로운 생식 기술이 더해지면서 상황은 더 복잡해진다. 아이에게 생물학적 친부모가 있을 가능성이 보다 줄어든 것이다. 예를 들어 수정된 다른 사람의 난자를 이식받아 아이를 출산할 수도 있고, 부부가 지구 반대편까지 가서 남의 자궁을 빌려 자기 아이를 키우도록 할 수도 있다. 여기까지만 해도 아이가 세상에 태어나기까지 수정·임신·출산은 분리할 수 없는 하나의 과정이었지만, 이를 인위적으로 구분한 순간부터 이런 상황에서 태어난 아이에게 자신의 탄생에 차례차례 기여한 여성이 여러 명으로 늘어난다는 문제가 제기된다.

동성 부부는 혈연적 친권과 사회적 친권의 격차를 더 벌려놓는다. 부모가 되려는 시도는 일반적인 가정의 힘으로 해결되고, 실질적인 부모의 역할은 순전히 정서적이고 사회적인 차원에서 이루어지기 때문이다.

. . .

사회조직의 영속성을 보장해준다는 규칙을 변화시키는 것은 시간이 많이 소요되며, 그리 만만한 일도 아니다. '대리모'와 관련한 부분이 그 씁쓸한 실례다. 프랑스 법에서는 여전히 아이를 직접 출산한 여성을 어머니로 인정한다. 다른 여자의 난자로 임신된 아이를 출산하더라도 난자를 제공한 여성은 아이의 유전적 어머니일 뿐이다. 미국이나 영국에서 아이들은 다른 여자의 뱃속에서 나오더라도 (생식세포를 제공하고 출산 후 실제로 아이를 키우는) '의뢰인 모친'의 아이로 인정되지만, 프랑스는 그렇지 않다.

우리가 문제를 제기해야 할 새로운 상황이 대리 임신과 동성 부모만은 아니다. 아이가 태어나고 수년이 지나 자식이 존재한다는 사실을 안 생부의 문제도 있다. 익명의 정자 기증으로 태어난 아이가 자신의 유전학적 기원을 알지 못하는 경우, 재구성 가정에서 양부모가 법적으로 전혀 인정받지 못하는 경우, 대개 권리 주장이 무산되는 조부모의 경우도 문제가 된다. 각각의 사례에서 제기되는 문제점은 꽤 비관적으로 동일하다. 아버지 한 사람 혹은 어머니 한 사람이 아니라, 어른 여러 명이 아이의 적법한 부모로 호명 · 지명 · 인정될 가능성은 어디까지인가 하는 것이다. 어른 여러 명이 어떻게 아이를 중심으로 '부모 네트워크'를 구축할 수 있을까?

이들을 받아들여 장기간 함께하기 위해서는 이들을 우리의 표상 체계 안에서 경쟁시키지 말아야 한다. 이들을 암묵적인 경쟁자로 인식하기보다 다른 역할을 맡은 사람, 서로 힘이 되는 보완적 관계에 있는 사람으로 이해해야 한다. 그런데 프랑스의 법은 이와 정반대 방향으로 가고 있다. 현재 프랑스 법이 찾아낸 해결책은 '거짓말'뿐이다. 어떻게 해서든 전통적인 가족 형태를 지키겠다는 일념 아래, 아이 문제를 둘러싼 주요 인물들을 완전히 말소함으로써 법적인 거짓말을 지어내는 것이다.

익명의 생식세포 기증은 마치 '진짜' 아버지라도 되는 양 생물학적 아버지를 사라지게 만들어야 '의뢰인' 아버지가 그 자리에 들어올 수 있다. 난자나 배아 기증 문제, 심지어 입양 문제조차 상황은 동일하다. 유전자를 물려준 생부와 생모를 감추어 신성하고 고귀한 전통적 가정 형태를 회복하는 것이다. 부모가 여러 명으로 늘어나는 현 상황에서 이 같은 친자법이 법률적 친자 관계 형성, 즉 아이의 서사적 정체성 구축에 직접적인 장애물이 될 수 있다는 사실은 알려고도 하지 않는다.

과학이 생물학적 진실 부분을 밝혀주면서 이 모든 거짓말은 점점 더 신빙성이 떨어졌다. 우리는 아이의 '진짜' 부모가 아이와 더불어 실질적 부모 노릇을 하는 사람이라는 걸 알고 있다. 특히 생후 초기 아이를 기르고 아이에게 말을 건네며 아이를 대화와 언어, 교류, 성의 세계로 이끈 주인공, 실질적으로 존재하며 구체적으로 현재하는 이 사람이 '진짜' 부모다. 단순히 생식세포를 주었다거나 법적 지위만 있는 사람들은 과거 아이의 삶에 개입된 사람일 뿐이다.

익명의 생식세포를 기증받아 태어난 아이들 가운데 일부는 이 새로운 환경에 잘 적응하며, 더는 알고 싶어하지 않는다. 지금의 아버지가 자신의 아버지고, 지금의 어머니가 자신의 어머니다. 또 다른 일부는 자신의 핏줄에 대한 호기심을 발전시키기도 한다. 사람들은 이들에게 '진짜' 아버지를 찾고 싶어하는 것이냐며 의도를 비난한다. 새빨간 거짓말이다. 이들은 자신의 유전적 기원을 알고자 하는 '정당한' 욕구가 있으며, 자신에게 생식세포를 준 사람이 어떤 인물인지 알고 싶을 뿐이다. 자신의 유전적 기원을 찾았을 때 아이들은 구체적으로든 아니든 기증자와 대면한다. 아이들은 호기심을 충족한 것뿐이며, 이후의 삶은 지속된다.

버려진 아이들이 자신의 생부와 생모를 찾았을 때도 마찬가지다. 이들이 서로 연락할 수는 있으나, 아이의 생부·생모는 입양 가정의 양부모와 경쟁 상대가 되지 않는다. 그리고 이런 상황은 대개 아이들이 자신의 '진짜' 부모, 즉 자신을 길러준 실제 부모와 맺는 관계를 더욱 돈독하게 만들어준다.

· · ·

정신심리학계에서는 개인의 기원에 대한 접근을 차단하는 게 일종의 오류라고 생각한다. 그런데 결국 기원이란 무엇인가? 이는 유전적인 것도 아니고, 우리의 선대에 있는 것도 아니다. 그 무엇도 심리계통학에서 말하듯 계통수로 요약되지 않는다. 우리가 이런 가지에서 나왔고, 이런 수액에서 비롯됐다고 매우 논리적으로 설명해주는 모든 날짜와 사건들이 곧 개인의 기원이다. 내게 기원이란 가족 간에 지금 여기, 함께 존재한다는 사실에 의미를 부여하고자 주고받는 역사적 맥락이다. 이 같은 역사를 이야기하고 또 이야기하면서, 이를 수백 번 거듭하고 나날이 새롭게 만들면서 가족이라는 유대 관계를 엮어가는 것이다.

정체성의 문제

　　수년 간 환자들을 상담하면서 자신의 기원에 대한 이야기가 정확히 수평적 가정과 수직적 가정의 연결 부위에 위치한다는 점을 알았다. 물론 아이가 자신의 유전적 부모에 대해 거듭 알고 싶어한다면 응당 그에 대한 정보를 줄 수 있어야 할 것이다. 하지만 이들에게 가장 중요한 것은 지금의 가족이 자신을 실재할 수 없는 정자로 국한하지 않고 자신의 인격에 힘을 불어넣어 줄 수 있다는 점이다. 양부모가 조상과 조부모를 포함하여 자신의 가족사에 대해 말해줄지, 아니면 입양한 아이의 고향에 대해 자신이 아는 것을 이야기

TV 애니메이션 '우주의 징징Les Zinzins de l'espace',
연출 : 장-이브 랭보Jean-Yves Raimbaud ·
필립 트라베르사Philippe Traversat, 1997.

해줄지 적절한 판단을 내리듯이, 난자나 생식세포의 기증을 통해 태어난 아이를 둔 부모들 또한 이런 만남에 대해 설명할 수 있어야 한다.

이유는 간단하다. 정체성이 서사적 성격을 띠기 때문이다. 철학자 폴 리쾨르Paul Ricœr는 우리가 어떻게 'idem동일성'과 'ipse자기성'라는 두 가지 정체성을 갖는지 명쾌한 설명을 제시한다. 'idem'은 상동성과 집단성을 기반으로 하는데, 흑인들 가운데 흑인, 유대인들 가운데 유대인, 공산주의자들 가운데 공산주의자, 입양아들 가운데 입양아가 그 예다. 이 모든 관계는 우리를 한 집단, 한 가족, 한 마을, 한 나라에 연결해준다. 'ipse'는 차이에 근거하는데, 내가 동화되는 이 공동체 안에서 나를 유일한 존재로 만들어주는 요소를 말한다. 나의 개인적인 역사는 유일하고 독특하며, 다른 어느 사람의 역사와도 비슷하지 않다는 것이다.

나의 정체성은 '동일성'만으로 구성되지 않으며, '자기성'만으로 구성되지도 않는다. 두 가지 모두 나의 정체성이며, 두 가지가 내게 이야기하는 방식이 나의 정체성이다. 치료사로서 내가 하는 일은 공동체적 동일시, 집단의 소속감에서 벗어나는 법을 찾아주는 게 전부다. 이는 매우 중요한 부분이다. 그래야 '나'를 말할 수 있기 때문이다. 하지만 '나'는 이런저런 역사에서 비롯된 유일하고 독보적인 개인이며, 나의 기원은 두 가지 요소에 모두 기반을 두고 있다.

나의 선택

　지금의 상황은 아버지와 어머니, 아이만으로 가족이 구성되는 협소한 틀과 거리가 멀다. 하지만 제도는 '생부와 생모'만으로 구성되는 전통적인 가족에 지나친 고집을 부리는 나머지 지금까지 다른 가능성을 생각하지도 못하며, 이를 상징적으로 표현하지도 못하고 있다. 이는 관련 어휘의 빈곤에서 입증된다. 프랑스어에서는 'beau-père' 'belle-mère'라고 할 때 이것만으로는 양아버지 · 양어머니를 가리키는지, 시아버지 · 시어머니를 가리키는지, 장인 · 장모를 가리키는지 알 수 없다. 해당 어휘가 없다는 건 잔인하게도 점점 늘어나는 새로운 형태의 양육권을 둘러싸고 엄청난 혼돈이 빚어지고 있음을 반영한다. 개인의 인성을 구축하는 데 무척 중요한 역할을 하는 부분인데도 말이다.

　가정 내 상황을 뒤흔드는 새로운 현상들에 대해 언급하는 건 이런 상황이 '자연적인 것'이라는 말을 하기 위해서가 아니다. 인공 수정이나 입양, 재혼 가정 등 어느 것도 간단한 일은 아니다. 하지만 보통 가정이라고 해서 사정이 간단하지도 않다. 어느 쪽이든 우리가 앞으로 극복해야 할 점은 아직 '생물학적'이라고 부르는 부분과 '사회적'이라고 부르는 부분의 대비다. 이를 극복해야 (사연이 어찌 됐든) 모든 아이들에게 이런저런 현실이 축적되면서, 이 아이들이 세상에 태어나 한 가정에 받아들여진 뒤 그곳에서 사랑 받고 돌봐지며 교육받았다는 사실이 하나하나 쌓여갈 수 있다.

아이는 사랑 받아야 할 존재일 뿐만 아니라, 자신이 태어나 살아가는 사회에 완전히 통합되도록 공동의 다원적인 친권 체제에 의해 지탱된다는 느낌을 받아야 하는 존재다. 하지만 아이들에게 인정받고 받아들여지며 사랑 받아야 한다는 사실에 급급한 부모들은 종종 자신이 이 같은 가치에서 아이들에게 전수해야 할 부분을 방치하는 상황이다. 이로써 종잡을 수 없는 불안으로 가는 문이 열린다.

자유에서 기인한 병

정신분석이 처음 생겨났을 때 개인의 성장을 짓누르는 지나친 정신적 제약에서 해방되는 데 도움을 주는 것이 그 목적이었다. 강박증과 히스테리 증세를 만들어내는 '초자아'의 바이스를 느슨하게 풀어주는 것이다. 오늘날 상황은 정반대가 되었다. 지금 환자들은 '구속'에서 기인한 병보다 '자유'에서 기인한 병을 자주 겪으며, 그중 대표적인 것이 부모들의 끔찍한 불안증이다. 이런 불안증은 아이들이 제멋대로 부모를 사랑하지 않기로 결정할 수 있다는 데 기인한다.

정신적으로 달라진 오늘날의 개인은 점점 더 강한 충동적 욕구를 느끼고 점점 더 강도 높은 흥분을 추구하는 가운데 삶의 문제를 해

영화 '피터 앤 반디Peter and Vandy', 감독 : 제이 디피트로Jay DiPietro,
출연 : 제이슨 리터Jason Ritter · 제스 웨이슬러Jess Weixler, 2009.

결해야 하고, 금지라는 이름으로 앞길이 막히는 경우는 점점 더 줄
어든다. 이 같은 세계에서 아이가 균형 잡힌 어른이 되도록 하려면
어떻게 키워야 할까? 어떻게 하면 아이들이 이 새로운 자유를 이용
하여 '행복'을 구축하도록 도와줄 수 있을까? 이런 상황을 극복하
고자 상담실 문을 두드리는 사례가 점점 더 늘고 있다. 이 모순적
환경에서 어느 정도 갈피를 잡을 수 있도록 부모나 가족, 청소년에
게 훌륭한 조언을 해주는 지침서도 넘쳐난다.

　문제는 아이가 태어난 순간부터 시작된다. 아이가 젖을 달라고

할 때마다 줘야 하나, 시간을 정해놓고 줘야 하나? 아이가 울도록 내버려둬야 하나? 아이를 아이 방에서 재워야 하나, 부모 방에서 같이 자야 하나? 그렇다면 몇 살까지? 아이에게 하지 말라고 말해야 하나, 해도 된다고 말해야 하나? 명령할까, 설명할까? 학교에 적응하는 법을 배우도록 해야 하나, 아이게게 적합한 학교를 찾아봐야 하나?

한꺼번에 세트로 해결되는 것은 없으며, 각자 선택해야 한다. 어떻게 해야 할지 각자 방법을 만들어내고 해결책을 모색해야 한다. 사회가 정해놓은 선대의 가치를 곱게 대물림하기보다 직접 모든 걸 선택해야 한다. 아이는 어떻게 길러야 하고, 엄마가 해야 할 일은 무엇이며, 아빠가 해야 할 일은 무엇이고, 각자의 역할은 무엇이며, 자리는 어디인지 분명하게 정해주던 과거에서 벗어나 이제는 직접 선택을 해야 한다.

무엇을 스스로 꾸려간다는 건 상당히 복잡한 일이고, 좀처럼 마음이 놓이지 않는다. 이는 청소년기의 '아이'로서 꽤 견디기 힘든 상황이며, 더욱이 이 시기에는 힘든 것들이 한두 가지가 아니다. 아이는 딱히 반대해야 할 구속에 맞서는 게 아니라 "마음대로 하렴" "네 생각을 말해봐" "하고 싶은 걸 얘기해" "네가 선택해" 등 끊임없는 지령에 따라야 한다. 불안이 극복할 수 없는 지경이 되면 일부 청소년은 자신에게로 화살을 돌린다. 자신에게 상처를 주고, 불규칙한 식사를 하며, 우울증에 빠지고, 약물중독이 생기는데다, 좀처럼 활동을 하지 않는 등 감당하기 힘든 불균형 상태의 증상이 나타난다. 게다가 이런 경우는 점점 더 늘어나는 실정이다.

어른들 또한 이 '자유에서 기인한 병'으로 고통 받고 있다. 중독과 의존의 온갖 문제에 처하는 것이다. 아무도 나를 분리하지 않는데 어떻게 스스로 분리하며, 한 번도 융합 상태에서 벗어난 적이 없는데 어떻게 필요보다 욕구를 챙길까?

이는 몸과 소속감, 정체성을 둘러싼 문제에서도 나타난다. 이 시대에 사는 우리는 아름다워야 하고, 특정 이미지에 부합되어야 하며, 체격이나 실루엣, 근육, 머리칼이나 눈동자의 색, 피부색 등도 우리의 선택에 달렸다. 이 사회에서는 자신의 생물학적·사회적 성별과 정체성을 자유롭게 선택할 수 있으며, 수술을 받고 이에 적합한 호적을 만들어내는 것도 가능하다. 이는 심지어 바람직하면서도 필수적인 가치가 됐다.

사람들은 이 모든 질문에 대해 심리·정신의학계에서 확답해주길 간절히 바란다. 이는 심리학이 예상이라는 걸 별로 하지 못하는 학문이라는 점을 망각했기 때문이며, 설령 문제를 해결하고 그 상황에 의미를 부여할 수 있다 해도 심리학은 명확한 사용법을 제시할 수 없다는 점을 잊고 있기 때문이다.

나는 정상인가?

절대적 기준에서 개인의 행복을 도모하려는 현대사회는 한 가지 모순에 사로잡힌다. 개인에게 늘 더 많은 선택의 자유를 주려다 보니 법제화해야 하는 게 점점 더 많아진 것이다. 따라서 힘겨운 고뇌에 빠진 우리는 '다른 모든 사람들처럼' 우리의 '권리'인 '행복'에 다가가기 위하여 해방되지 않으면 안 된다.

그렇다면 어떤 '행복'을, 어떤 값을 치르고, 어떤 기준에 따라 추구할까? 이 문제에는 의견이 분분할 수 있다. 사회에서 가족, 정체성, 생사의 문제를 둘러싸고 벌어지는 모든 논란에서 심리학계의 발언은 일단 크게 주목받는다. 지금 우리는 규범, 정신 건강, 빼앗긴 행복 등을 보장해주는 사람들이 되었기 때문이다.

하지만 어떤 기준을 보장한단 말인가? 기준은 끊임없이 달라지고 있다. 우리의 할머니·할아버지 세대에는 여자에게 즐거움을 주는 남자가 남자다운 남자였다. 훌륭한 아버지란 아내가 친정어머니 곁에서 출산하도록 조용히 내버려두는 남자였다. 오늘날 아이가 태어날 때 자리를 비우는 아버지는 자격이 없는 아버지로 간주되며, 딸의 출산을 곁에서 지켜준 할머니는 지나치게 부부 일에 개입하는 사람이 된다. 오늘날 개개인은 정신적으로 많은 변화를 겪었다. 이제는 자기 스스로 헤매고 이해하며, 찾고 초월해야 한다. 우리 자체가 순수한 정신 구조가 되었다. 지금 우리는 자신에 대해 점점 더 의문을 제기하고, 자신의 내면에서 그 답을 찾아야 한다.

100년 전만 해도 정신의학은 정상적인 사람과 미친 사람의 경계를 그어주는 분야였다. 나쁜 것의 기준을 정하고, 사회를 보호하는 게 정신의학의 사명이었다. 하지만 정신분석이 탄생하면서 불과 몇 년 만에 정상적인 것과 비정상적인 것의 구분이 사라지고, 정상적인 수준과 병적인 수준의 연속성이 정립됐다. 프로이트와 그 후계자들은 '미친 사람'과 '온전한 사람'의 격차를 없애면서 모든 사람에게 어두운 정신적 힘이 내재되었으며, 이 힘은 우리가 태어나는 순간부터 구축되어 '미친' 사람에게서나 찾아볼 수 있는 요소들이 모든 이들에게서 발견된다는 점을 이해하게 해주었다. 하지만 모든 사람에게 약간은 미친 기질이 있고 약간은 정상적이라면 그 기준은 어디에 있을까?

이제 '심리학'은 정신 질환자뿐만 아니라 모든 사람을 대상으로 하면서 사람들의 삶 속으로 들어왔다. 아마도 독자들이 지금 이 책을 읽는 이유 가운데 하나가 아닐까 싶다. 심리학은 사회에서 개인으로 무게중심이 이동한 현 상황과 맥락을 같이한다. 사람들은 저마다 자신과 주위 사람들의 내면에서 일어나는 것들에 관심을 두며, 회의감이 들고 우울함에 빠지며 애도에 잠기고 불안함이 엄습할 때, 어려운 결단을 내려야 하는 등 힘겨운 시기를 겪을 때는 그런 경향이 더욱 심해진다. 우리의 삶을 구성하는 이 모든 요소들은 내면에서 우리를 움직인다. 이제 우리는 철학이나 정치적 투쟁, 종교에서 답을 구하지 않고 마음의 전문가들에게서 답을 찾는다.

이렇듯 요즘의 심리 · 정신의학계는 기준이 될 만한 최종 좌표계를 요구받는다. 심리학이라는 분야가 존재하는 까닭은 오늘날 사회에서 어떻게 하면 행복하게 살아갈 수 있을지 이야기해주기 위해서다. 심리학 지침서와 개론서, 행복에 관한 매뉴얼 등이 쏟아져 나오는 상황이 이를 증명한다. 하지만 기준에 대해 말해주는 것이 진정우리가 해야 할 일일까? 이는 우리보다 사회 전체가 맡아줘야 하는 일이 아닐까?

물론 사태를 보다 정확히 보는 데 우리가 도움이 될 수는 있다. 예를 들어 어린아이와 어른의 성관계는 아이에게 정신적 외상을 줄 가능성이 있다는 확답을 제시할 수도 있고, 어린아이의 정신 구조와 성욕 체계, 어른들의 정신 구조와 성욕 체계 등에 대해 우리가 실험을 통해 알아낸 사실들을 이야기해줄 수도 있다. 이 둘을 섞는 건 위험하며, 이는 하지 않는 게 낫다는 견해를 밝힐 수도 있다. 이는 기준을 제시하는 한 가지 방식이다. 그러나 성적인 성숙의 기준이 14세나 16세가 아닌 15세에 결정된다고 어떻게 단언할 수 있겠는가? 이런 기준을 정하는 건 심리 · 정신의학자들이 아니라 사회다.

TEXTES

Gérard Neyrand

제라르 네이랑

사회학자

중립적 친권

친권을 생물학적인 것으로 받아들이는 건 법이 상징적으로 나타내고자 애쓰는 '사회적 친권화' 규정을 부인하는 셈이다. 사회적 친권화는 부모와 자식 관계에서 형성되는 '심리적 친권화'로 이어진다. 바로 심리학자들이 주장하는 친권이다. 그전에는 생부가 아니면서 친부 노릇을 하는 건 그럴 법한 일이었고, 생모가 아니면서 친모 노릇을 하는 건 일부 경우에 국한된 일이었다. 하지만 사회적·심리적 차원의 부모가 받아들여진다는 건 앞으로 굳이 생부 혹은 생모가 아니어도 부모로 인정될 수 있다는 말이다.

아직은 인정하기 어렵겠지만 (부모의 역할을 하는 후원자로서) 부모는 종전의 어머니·아버지와 달리 성별이 없어진다는 뜻도 된다. 달리 말해 (새로운 증거가 나올 때까지) 한 아이를 만들기 위해 어머니와 아버지가 필요한 건 맞지만, 부모 역할을 하는 데는 성별이 필요 없다. 각자의 생물학적 성은 구분되나 성별은 친권에 비해 부차적이며, (성별도 선택하는 마당에) 우리는 성별과 상관없이 부모가 될 수 있다. 우리는 기본적인 부부 구조에서 어머니이자 부모고, 아버지이자 부모다. 친권이라는 개념에 모성적 친권과 중립적 친권, 부성적 친권이 모두 포함된다는 얘기다.

이 시대의 사회적 변화 양상을 보면 이 같은 특징을 보다 잘 이해할 수 있다. 부모의 성별적 특성이 나타나는 부분은 축소되고, 중립적인 부모 역할의 비중이 더 커지기 때문이다. 프랑수아 드 생글리François de Singly가 말한 바와 같이 "한 사회의 모든 활동이 반드시 성적 측면에 따라 성적 코드화되어야 하고, 반드시 '남성성' 혹은 '여성성'을 가리켜야 할 이유는 없다". 따라서 "지금부터는 전통적인 남성성 혹은 여성성과 상관없이 (중립적 직업에 부합하는) '중립적 친권'을 기반으로 새로운 친권 개념이 구축될 것"이다. (…)

디디에 르 갈Didier Le Gall · 야미나 베타아르Yamina Bettahar (dir.),
「사회적 변이, 그리고 양육권에 대한 관점의 전복Mutations sociales et renversement des perspectives sur la parentalité」, 『복수친권 La Pluriparentalité』

Geneviève Delaisi de Parseval

주느비에브 들래지 드 파르즈발

정신분석학자, 인문학자

자연적 혈연관계, 끊을 수 없는 인연

포스트모더니즘 사회의 가정에서 대번에 확인되는 한 가지 사실은 가계나 혈통과 관련된 '수직적 축'이 개인의 파란만장한 삶 가운데 핵심으로 자리한 반면, (결혼과 관련된) '연합적 축'은 점점 더 취약해지고 임시적으로 나타난다는 점이다. 혈통이 우위를 차지한 것이다. 혈연은 해체될 수 없는 유일한 인간관계이자, 법학자와 의사, 사회학자, 정신분석학자들이 달려들어 회의도 해보고, 책이나 논문도 써가며 논의를 펼칠 만한 가치가 있는 사안이었다.

나는 혈연 축의 방향이 전환됐음을 느꼈으며, 이는 아이가 생겼다는 사실이 결혼의 좋은 구실이 될 수 있다는 점에서도 잘 나타난다. 결혼하는 게 아이를 갖기 위한 좋은 구실이던 수십 년 전과 정반대 상황이다. 얼마 전만 해도 자식들은 으레 언젠가 집을 떠나 독립할 것이라고 생각했다. 하지만 독신주의가 일반화되고 가정이 재구성되면서 집을 떠나는 사람은 부모 쪽이 되었으며, 역설적이게도 가족의 연속성 보장을 책임지는 건 자식들이다. 중심축이 이동한 것이다.

독신주의와 이혼, 재혼 혹은 수많은 형태의 재구성 가족 등으로 생긴 부부 관계의 변화에 따라 결혼의 단꿈은 점점 더 빨리 끝나간다. 때로는 리모컨으로 채널 돌리듯 배우자를 바꾸기도 하고, 사회는 이에 대해 크게 뭐라고 하지 않는다. 게다가 사회 내 어디에서든 통용되는 괜찮은 '암호'만 알고 있다면 사회는 개인에게 엄청난 자유를 부여한다. (생식세포의 기증을 허용하는) '자녀 계획'이라는 이름의 만능 주문으로 마음만 먹으면 어느 사람이나 쉽게 부모가 될 수 있기 때문이다.

몇 가지 사례

● 마리아의 경우

마리아는 바르셀로나의 한 개인 병원에서 익명의 난자를 기증받았다. 마리아는 시험관 수정을 하기도 전에, 의료팀 생물학자와 인터뷰하는 과정에서 자기 아이가 안 될 것을 확신했다. '유전적으로는 그렇다. 그저 뱃속에 아이를 데리고 있는 것뿐이기 때문

'모성Maternité', 낸시 코스트, 2002.

이다. 아이는 내 남편과 난자를 기증해준 여자의 자식이 될 것이
다.' 자신의 난자가 아닌 이상 모자 관계는 완전하지 않으리라는 생
각을 표명한 셈이다.

따라서 생물학자가 마리아에게 "아이를 품에 안은 뒤에는 자신의
유전적 요인이 빠졌다는 사실을 잊을 것"이며 "임신과 법이 더해져

서 한 사람의 엄마가 만들어지는 것"이라고 설명해주었는데도 통상적인 친자 구조 논리와 개인의 생각에 따라 대답했다. "아닙니다. 아이는 난자 기증자와 내 남편 사이에서 생겨난 겁니다." 이때 마리아의 머릿속에서 든 생각은 '유전학과 법이 더해져서 한 사람의 엄마를 만들어내는 것'이었다. 결국 '생물학적으로 올바른' 친자 개념이 자리 잡으려면 "난자 기증자가 기여한 부분을 자신의 친권에 속한 '무엇'으로 변형시키면서 마리아가 이를 자기 것으로 만들어야 한다".

. . .

"자신의 유전자로 아이를 가졌지만, 자기네와 전혀 닮지 않은 아이를 둔" 주변 사람들을 떠올리며, 마리아도 결국 이 같은 생각을 받아들이기는 했다. 마리아는 자신의 혈연관계를 안착시키기 위해서도 이 같은 논리를 이용했다. "마리아는 난자 기증자를 자신이 '모자간 혈연관계를 생각할 수 있게 도와준' 사람으로 인식한다." 그런데도 난자 기증자에 대해 더 많은 정보를 알지 못한 것을 애석하게 생각했다(스페인에서는 '최소한이나마' 기증자에 대해 아는 게 법적으로 허용되었다. 기증받는 사람에게 기증자에 대한 신원 외적인 정보를 공지하기 때문이다). 마리아는 기증자가 어떤 식으로든 강압이 아닌 '자유기증'을 해준 것이길 바랐다.

● 프로스티의 경우

　　배아 냉동에 관한 '좋은 예'가 한 가지 있다. 호주 멜버른의 모나시대학에 파견되어 주말 근무하러 갔을 때 묵었던 집의 주인 부부 이야기다. 프로스티의 어머니는 첫 결혼을 통해 두 딸을 얻었고, 아이를 낳고 얼마 지나지 않아 (영미권 국가에서 흔한) 난관 결찰술을 받았다. 그리고 이혼한 뒤 아이가 없는 남자와 재혼했는데, 남편이 아이를 원했다.

　　프로스티의 어머니는 시험관 수정을 신청했으나, 첫 번째 배아 이식은 실패로 돌아갔다. 프로스티의 어머니에게는 배아가 무척 많았기 때문에, 초과분은 냉동했다. 네 번째 배아 이식 시도에서 '작업'은 순조롭게 진행됐고, 시험관 수정 센터 냉동기에서 2년을 보낸 뒤 '존'이라는 남자아이가 태어났다.

　　배아 이식이 순조롭게 완료되기 전에 존의 누나들이 앞으로 태어날 동생의 그림을 그렸는데, 동생을 냉장고의 유리관 속에 들어 있는 모습으로 표현했다. 존은 내게 자신의 방이 이런 그림으로 뒤덮인 걸 보여주었다. 사람들은 농담 삼아 존에게 '프로스티'라는 별명을 붙여주었다. 이는 눈사람 캐릭터를 가리키는 말이다. 심지어 6년 뒤 프로스티의 어머니는 사람들이 아직도 그를 존이라고 부르지 않는다며 불만을 토로했다. 프로스티의 부모는 아이에게 진짜 이름을 되찾아주기 위해 학기가 시작되면 학교를 바꿀 준비도 하고 있었다.

이 모든 상황은 활기차고 즐거운 분위기에서 벌어졌다. 노력의 여지가 있다면 인간의 머리는 어려운 상황이라도 달게 받아들일 수 있다는 점을 잘 보여주는 사례다. 존의 어머니에게는 두 자녀가 있는 상태였기에 실제로 본인이 불임이라는 느낌이 들지는 않았을 것이다. 이런 부분 덕분에라도 프로스티의 경우는 별 문제없이 잘 마무리될 수 있었다. 존은 현재 의대 과정을 마치고 (우연인지 몰라도) 생식 생물학 쪽으로 진로를 잡고 있다.

『값진 가족 Famille à tout prix』

Nicole Prieur

니콜 프리외르

소아 · 청소년 심리 치료사

기원 이야기

'옛날 옛적에…' 라는 기원은 옛날이야기일 뿐이다. 하지만 옛날이야기가 아무것도 아닌 건 아니다. 이 이야기는 우리를 이어주기도 하고 분리하기도 하기 때문이다.

아이는 시간이라는 개념을 의식하면서 세상은 자신이 태어나기 전에 존재하고 있었으며, 삶은 자신이 없이도 지속될 수 있음을 깨닫는다. 자신을 만들어낸 실체는 자신의 외부에, 자신보다 먼저 존재했다는 사실을 깨달은 아이는 '초월성' 을 체감한다. 다만 그 체감도가 명확하지 않은데, 인간의 손을 벗어나는 초월적 측면을 소화해낼 언어적 표현 수단이 아직 갖춰지지 않았기 때문이다.

따라서 아이는 의문을 제기하고 말을 건다. 자신을 받아들여준 이 외부 세계에서, 무작정 자기 앞에 나타나 자기를 둘러싼 이 외부 세계에서 자기 자리를 찾아야 하기 때문이다. 이 막연한 질문들 사이로 막연한 걱정 하나가 싹트기 시작한다. 겉으로는 '내가 왜 존재하는가?'라는 불분명한 의문이지만, 속으로는 '내가 왜 여기, 이때, 이 가정에, 이 부모들과 함께 있는가? 다른 곳에서 다른 때 태어날 수도 있었을 텐데, 왜 내가 지금 여기에서 당신들과 함께 있는가?'라는 내용을 함축하고 있다.

· · ·

아이는 자신이 전적으로 우연히 이곳에 있는 게 아니라는 점을 느껴야 하며, 지금 여기 있는 자신의 존재는 우연처럼 보이지만 그 뒤로 의지와 계획이 존재했음을 깨달아야 한다. 아이는 이런 질문들을 통해 외부에서 들리는 말들이 자신의 존재를 확인시키고, 자신의 중요성을 인정해줘야 할 필요성을 느낀다. 자신의 기원과 탄생에 대해 자신은 아무것도 해줄 말이 없기 때문이다. 아이는 다른 사람의 입을 통해서만 자신의 유래에 대한 이야기를 들을 수 있다.

기원은 자연히 이타성異他性을 만들어내고, 소속감의 뼈대가 되는 관계의 구조에서 자신의 자리를 마련해준다. 부모, 형제, 자매, 조부모 등이 각자 자기만의 표현과 지극히 개인적인 시각에서 자신의 탄생과 유래에 대해 이야기해주는 것을 들으면 세상이 우리에게 할당해준 자리, 그 자리 속으로 들어가 정착할 수 있다.

『나는 어디에서 왔을까? Raconte-moi d'où je viens』

Salvador Minuchin

살바도르 미누친

정신의학자, 가족 치료사

치료받는 가족들 : 무엇이 문제인가?

대개 가족이 치료를 받아야 하는 상황에 처하는 건 구성원 중 한 명이 보이는 증상 때문이다. 이 구성원은 가족이 '문제 있는 사람' 혹은 '문제'라고 낙인찍어 규명된 환자다. 하지만 가족이 구성원 중 한 명을 '환자'라고 지명할 때, 우리는 지명된 환자의 증상이 체제 유지 기제에 속하거나 체제에 따라 구조적으로 유지되는 기제라는 가정을 해볼 수 있다. 환자의 증상은 가족 내에서 무언가 기능장애가 발생했음을 나타내는 것일 수 있으며, 개별적 삶의 특수한 상황이 구성원 중 한 사람에게 나타나 가족이라는 구조에 의해 유지되는 것일 수도 있다. 어느 경우든 한 사람에게 문제가 있다고 생각하는 가족의 합의는 이 증상이 일정 선에서 구조적으로 악화되는 중임을 의미한다.

구조적 가족 치료

로베르 스미스 씨와 그의 아내, 열두 살 난 아들, 스미스 씨의 장인이 나와 처음으로 가족 치료 상담을 했다. 스미스 씨는 가족 중 환자로 판명된 인물이다. 지난 7년 동안 불안우울증으로 두 차례 입원 치료를 받은 적이 있고, 최근에 재입원을 희망했다.

미누친 | 문제가 뭡니까? 어느 분부터 시작하실까요?

스미스 | 제 문제인 것 같습니다. 문제가 있는 건 바로 접니다….

미누친 | 그렇게 확신하지 마세요. 절대 그렇게 확신하시면 안 됩니다.

스미스 | 저는 병원에도 간 적이 있는 걸요. 그거면 말 다했죠.

미누친 | 하지만 그게 늘 스미스 씨의 문제라는 생각이 들지 않는군요. 그럼 시작해봅시다. 스미스 씨는 뭐가 문제인가요?

스미스 | 저는 신경질적이고, 늘 기분이 확 뒤집어져요…. 절대 진정이 안 돼요. 상태가 안 좋은 것 같아서 입원하게 해달라고 가족에게 부탁했어요.

미누친 | 스미스 씨가 문제라고 생각하십니까?

스미스 | 그렇게 생각해요. 그게 누구 때문인지는 모르겠지만, 문제가 있는 사람은 바로 접니다.

미누친 | 생각을 계속 이어보세요. 당신 이외의 다른 사람 혹은 무엇에 의해 초래된 것이라면, 그게 어떻게 당신의 문제라고 할

수 있죠?

스미스 | 그렇게 말씀하시니 좀 당혹스럽네요.

미누친 | 가족 분들을 한번 살펴보세요. 누가 스미스 씨를 짜증스럽
게 하나요?

스미스 | 가족 중에는 나를 짜증스럽게 하는 사람이 없는 것 같아요.

미누친 | 아내 분께 질문해도 괜찮겠습니까?

　이런 식의 문답으로 시작된 첫 상담은 스미스 씨의 문제에 새롭
게 접근한 시도였다. 치료사는 개인에게 집중하기보다 가족 내부의
사람에게 집중한다. '그렇게 확신하지 말라'는 말은 스미스 씨 혼
자만이 문제거나 문제였다는 확신에 의문을 제기한다. 스미스 씨와
그 가족, 스미스 씨가 만난 정신 건강 전문가들이 하나같이 공유한
그 확신부터 문제를 제기하는 것이다.

『치료받는 가족들 Familles en thérapie』

크리스토퍼 래시

사학자, 사회학자

나르키소스 콤플렉스

　　새로운 나르키소스는 죄의식이 아닌 불안감에 사로잡혔다. 그는 타인에게 자신의 확신을 강요하지 않는다. 그는 삶의 의미를 추구하려 한다. 과거의 맹신에서 벗어난 그는 자신의 삶이 처한 현실에 의구심을 품는다.

　겉으로 이완되고 온화한 성품을 보이는 그는 인종적·민족적 순수주의에는 별로 흥미가 없다. 하지만 그에게는 집단의 충성심이 주는 안도감도 없고, 그는 친부모 수준으로 개입이 심한 국가가 부여하는 선처를 얻어내기 위해 모든 사람과 경쟁한다는 느낌을 받는다. 그는 성적인 측면에서 청교도주의적인 성향보다 개방적인 태도를 보이나, 그에게는 과거의 금기 사항에서 벗어나는 게 평온을 안겨주지 못한다.

　동의와 환호를 구할 때는 열심히 경쟁에 뛰어들지만, 경쟁은 달

가워하지 않는다. 자기도 모르게 경쟁을 파괴에 대한 억누를 수 없는 충동으로 연결시키기 때문이다. 따라서 경쟁에 기반을 둔 이데올로기는 거부하고 자본주의 발달 이전 단계를 높이 평가하는 편이며, 스포츠나 게임에서 어느 정도 제한된 방식으로 경쟁심이 나타나는 것도 경계한다.

마음 깊이 반사회적 기질을 키우면서도 협동과 팀워크를 권장한다. 규칙을 준수할 것을 옹호하나, 은연중에 그러한 규칙이 자신에게는

'마르세유Marseille', 앙투안 다가타Antoine d'Agata, 2001.

적용되지 않는다고 확신한다. 욕구가 제한되지 않는 상황에서 굶주림을 느낀 그는 19세기 정치·경제의 영리에 급급한 사람처럼 부와 재산을 축적하지 않는다. 그러나 즉각적인 욕구 충족을 요구하며, 영원히 충족되지 않는 초조한 욕구 상태에서 살아간다.

나르키소스가 미래를 걱정하지 않는다면 그가 과거에 별로 관심이 없기 때문이다. 그에게 행복한 순간을 내면화하고 소중한 추억을 기억 속에 간직하는 건 어려운 일이다. 나이가 들면 아무리 훌륭한 환경에서 살아간다 해도 슬픔과 고통이 뒤따르게 마련이지만, 그런 상황을 타개해줄 과거의 소중한 추억을 담아두지 못한다. 나르시시즘의 특징을 점점 더 강조하고 권장하는 사회에서, 과거의 문화적 가치 폄하는 (우위를 점할 수 없는 현실 통제를 포기한) 지배 이데올로기의 빈곤뿐만 아니라 나르키소스의 내면적 삶에 대한 관대함을 반영한다. (…)

겉으로 쾌활하고 적극적으로 보이는 이 같은 태도가 오늘날 우세해진 까닭은 정신 구조의 나르키소스적 빈곤 때문이며, 해당 욕구의 만족도에 따라 이 욕구를 구분하지 못하기 때문이다. 우리는 자기 위치에서 자신이 필요로 하는 것을 경험으로 판단하기보다 전문가에게 정해달라며 방치한다. 그러고 나서 자신이 필요로 하는 걸 저들이 전혀 충족하지 못하는 것 같다며 놀라움을 표출한다. (…)

『나르키소스 콤플렉스Le Complexe de Narcisse』

무엇보다 행복이 최고

　　최근까지 동양에는 정신분석이라는 게 없었다. 이유는 간단하다. 개인의 삶이 자신의 정신 구조와 내면성이 아니라 소속된 집단에 따라 정해지는 사회에서, 개인이라는 개념 자체가 존재하지 않았기 때문이다. 이 사회에서 봤을 때 인간은 주위를 둘러싼 모든 것에서 떨어질 수 없다. 즉 세상에 태어난 이후 자신에게 주어진 모든 관계의 끈에서 벗어날 수 없다. 인간은 이 같은 관계의 끈으로 정의된다. 이 관계의 네트워크가 인간인 셈이다.

　　따라서 정신 구조를 개인 내부의 일로 국한하는 듯한 정신분석과 관련한 모든 연구는 동양인에게 별 의미가 없는 일이었다. 동양 사회에서 치료사들은 몸에 대해 연구했다. 이는 병을 치료하기 위해서가 아니다. 정신이 몸속에서 구현되기 때문에 몸에 대해 연구함으로써 정신이 쇄신될 수 있다는 생각에, 건강을 개선하기 위해서다.

　　하지만 우리는 엄청난 영향력을 발휘하는 자본주의 경제 모델에 따라 조금씩 소비의 세계화에 참여하고 있다. 일본, 인도 등을 포함한 아시아권 국가나 이어 아프리카에 이르기까지 그동안 정신분석이 별 의미가 없던 곳에서 조금씩 정신분석 쪽으로 관심을 기울이고 있다. 사람들은 개인주의화되고, 늘 자신의 감정과 욕구에 눈을 뜬 상태로 살아가며 자신이 원하는 것과 원하지 않는 것, 특히 '가치 있는 것'을 선택할 줄 알아야 하는 상황이 보편화됐다. 무슨 수를 써서라도 자신의 행복을 구축해야 하는 세상이 온 것이다. 이를 위해 평생 노력해야 하더라도 말이다.

심리학자, 정신의학자, 정신분석학자,
이들은 무엇을 하기 위해 존재하는가?

마이클 잭슨이 죽었다고 연락을 받았다. 비행기가 추락했다고 연락을 받았다. 프랑스에 심한 독감이 발생했다고 연락을 받았다. 대통령이 이혼을 했다고 또 재혼을 했다고 연락을 받았다. 이는 과연 정상적인가? 이게 심한 경우인가? 사랑은 어떻게 해야 하는가? 어떻게 하면 좋은 부모가 될 수 있는가? 행복해지려면 어떻게 해야 하는가? 사람들은 답이 없는 이런 문제에 심리학자들이 답을 제시해주길 기대한다.

점점 '진보'하는 사회에서 태어난 각자는 한 사람의 정신적인 개별 주체며, 우리 같은 심리 · 정신의학계 사람들은 결코 외면할 수 없는 전문가가 되었다. 게다가 심리 · 정신 전문가들은 책, 정보지,

관료 위원회, 사고 현장, 범죄 영화, 학교, 기업, 기관 등 도처에서 모습을 나타낸다. 우리에게는 위기를 통제·제압하지 못하는 제도의 부족함을 채워달라는 요구가 들어오며, 사회적 처방전을 내달라는 주문도 들어온다. 질문은 늘 동일하다. 기준이 어디에 있으며, 어떻게 이를 정의하고 수용하며 지켜갈까 하는 문제다.

· · ·

이런 물음에 답하는 것도, 기준을 정하는 것도 내가 하는 일은 아니다. 환자가 소외되는 상황에 처하며 괴로워하게 만든 특정 질병들을 치료하고자 한 프로이트는 마음을 치료하는 의사이자 기술자다. 1세기 만에 정상적인 수준과 병적인 수준의 경계가 허물어졌으며, 경계는 완전히 없어졌다. 극도의 정신 질환에 걸린 상태와 정상적인 상태의 연속성이 사라진 것이다. 그보다는 안정기, 과도기 등의 표현이 더 어울린다.

세대에서 세대로 넘어가며 학계에서는 조기 경험이 미치는 영향을 발견하고, 이에 대한 이해를 높여갔다. 상담실 문을 두드리는 사람들의 요구에 따라 동시대 사회에서 맡는 역할의 중요성이 높아진 것과 맥락을 같이한다. 실업과 우울증이 짝을 이루는 것은 별로 놀라운 일이 아닌 반면, 새로운 표상들의 이례적 세계를 세상에 공개하면서 동성애와 양육권이 짝을 이룬 지는 얼마 되지 않았다.

정신분석이 태동한 뒤 세상도, 개인도 엄청나게 달라졌기 때문에 우리는 일상적으로 새롭게 처세를 고안해야 한다. 내가 어떤 이론을 발견 혹은 재발견하는 곳은 내 병원이다. 날마다 환자들과 만나면서 이 이론에 살을 더하고 변화시키는 것이다. 덕분에 내가 개입한 상황과 환자들에게 들은 이야기를 이해하고 해석할 수 있다. 심리·정신 전문가들의 특수성은 바로 여기에 있다. 환자의 내면세계와 경험 속으로 들어가 지금 일어나는 일을 알아내는 데 도움이 될 무엇을 찾고, 결국 환자를 변화시키는 것이다.

· · ·

내가 하는 일은 부부와 가족, 개인의 이야기를 들어주고, 이들에게 고통을 주는 관계를 변화시킬 수 있도록 돕는 것이다. 하여 환자들의 목을 조르던 인연의 끈을 삶의 구명줄로 만들어주는 게 목적이다. 한 시민으로서 이 새로운 개인주의 사회에서 제기되는 모든 윤리적 문제들에 대해 고민을 해보기도 한다. 사회의 개인들은 단지 자신의 정서적 관계와 정신 구조에 관련되어 있지 않다. 사회가 사람들 사이의 관계를 평가하고 유지하며 조직하는 방식은 정신 건강의 한 요인이다.

하여 '심리' 전문가라고 해서 내가 참여 시민에서 멀어지는 건 아니며, 사회학자·법학자·정치학자·인류학자와 사회 내 관계에 대해 연구하는 모든 사람들과 더불어 나 또한 우리 사회를 뒤흔드는 근본적인 문제들에 대해 고민해야 한다. 새로운 부모상과 성별에 따른 차이, 젠더의 문제도 생각해봐야 하고, 생명 윤리도 살펴봐야 한다. 관계를 변화시키고 훼손하며 복잡하게 만들고 이를 엮어주기도 했다가 훼방을 놓기도 하는 모든 것에 대해 고민해봐야 한다.

. . .

사람들이 프로이트에게 치료란 무엇인지 물어보자, 그는 "사랑하고 일하는 능력을 회복시키는 것"이라고 대답했다. 우리를 사회적 측면과 인성적 측면에서 주변 세상과 다시 이어주는 게 치료라는 뜻이다. '심리학'은 어떤 경우에도 행복을 보장해주지 않으며, 모든 이들에게 통용될 만한 기준을 제시하지도 않는다. 하지만 그 특수성과 독특한 행보로 말미암아 각자가 자신의 지표를 찾는 데 도움을 줄 수는 있다. 관계의 경화증과 관련된 고통을 경감하려고 노력할 수 있으며, 인간을 소외에서 해방할 수 있다.

그렇게 하는 목적은 무엇일까? 물론 '행복해지는 것'이다. 이 시대 사람들이 우리에게 미치도록 갈구하는 것이 행복이기 때문이다. 때로는 행복에 대한 집착이 모든 것의 우위에 놓일 정도다. 여기에는 심리학을 무궁무진하게 만드는 중요하고 결정적이며 흥미롭고 핵심적인 문제도 하나 포함된다. 끊임없이 변하는 세상에서 목표를 향해 헤쳐나가야 하는 나, 당신, 우리가 서로 이어졌음을 몇 번이고 반복하여 지각할 수 있으려면 어떻게 해야 하는지 연구하는 것이다. 우리를 사람으로 만들어주는 건 인간관계이기 때문이다.

p. 25 Maisant Ludovic/hemis.fr ;

p. 28 Miss.tic ;

p. 37 Campiglia/KharbineTapabor ;

p. 42 Rue des Archives/BCA ;

p. 50 Brassaï (dit), Halasz Gyula – Batifolage, Collection particulière – Estate
Brassai - RMN, Michel Bellot ;

p. 57 Rue des Archives/BCA ;

p. 65 Rue des Archives/RDA ;

p. 74 Rue des Archives/BCA ;

p. 77 Placid/Onlygraphic ;

p. 81 Marc Abel/Picturetank ;

p. 93 Rue des Archives/RDA ;

p. 100 banane.be ;

p. 110 Rue des Archives/BCA ;

p. 118 Rue des Archives/BCA ;

p. 121 Stuart Pearce/Age Fotostock ;

p. 144 Rue des Archives/Collection BCA ;

p. 146 Rue des Archives/OVRM ;

p. 155 Rue des Archives/BCA ;

p. 158 Pascale Séquer ⊚ ADAGP, Banque d'Images, Paris 2009 ;

p. 169 HUGHES Hervé/hemis.fr ;

p. 177 Rue des Archives/BCA ;

p. 187 Claude Le Gall/Agence VU ;

p. 189 Rue des Archives/BCA ;

p. 195 Olivier Goulet –Demain tu seras plus belle encore – ⊚ ADAGP, Banque d'Images ;

p. 199 Rue des Archives/BCA ;

p. 211 Rue des Archives/BCA ;

p. 215 Pat Bonjour/ICONOVOX ;

p. 222 ⊚ Yale University Art Gallery/Art Ressource, NY/Scala, Florence ;

p. 228 Ouka Leele/Agence VU ;

p. 236 RMN/Jean-Gilles Berizzi ;

p. 238 Vincent Capman/Riva Press ;

p. 246 Rue des Archives/BCA ;

p. 261 Colette Masson/ Roger-Viollet ;

p. 266 Rue des Archives/RDA ;

p. 269 Erik DIETMAN ⊚ ADAGP, Banque d'Images ;

p. 274 a29/KPA/Gamma/Eyedea Presse ;

p. 285 Rue des Archives/AGIP ;

p. 293 RMN/Franck Raux ;

p. 305 Matta Roberto (dit), Matta Echaurren Sebastian ⊚ ADAGP ⊚ Collection Centre Pompidou, Dist. RMN/Béatrice Hatala ;

p. 309 Ouka Leele/Agence VU ;

p. 315 Ufuk Uyanik/Altopress ;

p. 317 Rue des Archives/BCA ;

p. 327 Rue des Archives/BCA ;

p. 334 René Magritte ⊚ Photothèque R. Magritte – ADAGP ;

p. 339 Rue des Archives/BCA ;

p. 344 Honoré/Iconovox ;